Klarant Verlag

Rolf Uliczka ist geboren und aufgewachsen am Rande der romantischen Holsteinischen Schweiz und lebt mit seiner Frau seit einigen Jahren im Saterland. Menschen in all ihren Facetten und ihre Geschichten haben ihn schon immer fasziniert. Auch das Schreiben war und ist eine seiner größten Leidenschaften. Ostfriesland, das Land der Leuchttürme, des Wattenmeeres, der grünen Landschaften mit seinen geheimnisvollen Mooren und Inseln, wo jährlich Millionen ihren Urlaub verbringen, bietet ihm viel Stoff für das Unerwartete. Genau das macht auch die Spannung seiner Ostfrieslandkrimis aus.

Rolf Uliczka

Kluntjesmord in Carolinensiel

Die Kommissare Bert Linnig und Nina Jürgens ermitteln: 7. Fall

Ostfrieslandkrimi

Klarant Verlag

Klarant Verlag, www.klarant.de – www.ostfrieslandkrimi.de
ISBN: 978-3-95573-950-8
1. Auflage 2019
Umschlagabbildung: Klarant Verlag

Anmerkung des Autors: Es handelt sich bei dem Ostfrieslandkrimi »Kluntjesmord in Carolinensiel« um eine frei erfundene Geschichte. Eventuelle Ähnlichkeiten mit realen Personen, Firmen, Gesellschaften, Behörden, Vereinen oder Örtlichkeiten wären rein zufälliger Natur. Lediglich das Strandrestaurant Wattkieker und die Cliner Quelle in Carolinensiel, das Café am Yachthafen in Bensersiel sowie einige Orte der Handlungen sind zum Teil real, aber im Zusammenhang mit der frei erfundenen Geschichte ausschließlich fiktiv eingebunden.
Printed in the EU.

Prolog

Wo war Linda? Hatte sie sich vielleicht schon zu Bett gelegt? Das war eigentlich nicht ihre Art. Und schon gar nicht so früh am Abend. Zumindest hätte sie ihm noch Gute Nacht gesagt. Aber wahrscheinlich nahm sie noch zur Entspannung ein Bad.

Leise klopfte Sogi an die Badtür. Es war keine Musik zu hören und es kam auch keine Antwort. Vorsichtig öffnete er die Tür. Wohliger Kerzenduft umfing ihn und das Licht der Kerzen verbreitete eine gemütliche Atmosphäre. Die Badewanne war fast bis zum Rand mit Wasser gefüllt. Aber warum war das so dunkel?

Sogi schaltete die Deckenbeleuchtung an. Dann traf es ihn wie ein Schlag. Das Dunkle im Wasser war Blut. Von Linda ragten nur die Knie ein wenig seitlich links und rechts aus dem Wasser heraus. Er brauchte einen Moment, um zu begreifen, was hier geschehen war. Dann stürzte er auf die Wanne zu, griff in das Wasser, wo sich Lindas Schultern befinden mussten. Als er sie hochzog, sah er sofort: Hier kam jede Hilfe zu spät. Verzweifelt ließ er sie los und sie sank ins Wasser zurück.

Aufgrund der bereits abgekühlten Wassertemperatur schätzte er, dass sie schon über eine Stunde so gelegen haben musste. Und er hatte unten versucht, seinen Kummer in Whisky zu ertränken! Das Aus der Firma. Der Räumungsbefehl. Der Selbstmord seines besten Freundes und Compagnons. Theo!

Linda! Er hätte es verhindern können – und er hätte es verhindern müssen! Diese Erkenntnis traf ihn wie ein Blitz. Er wusste, er müsste Notarzt und Polizei verständigen. Aber er war wie gelähmt. Und dann entdeckte er den Schriftzug, der mit Lippenstift auf den Spiegel über den beiden Waschbecken geschrieben war: »Wir sehen uns drüben, mein geliebter Sogi. Und bring die Kinder mit, ich habe es nicht geschafft. In ewiger Liebe Linda.«

Und auf einmal wusste er, was zu tun war. Er verschloss die Badezimmertür von außen, damit nicht inzwischen eines der Kinder aufwachen und vielleicht ihre Mutter im Bad finden würde. Im Schlafzimmer nahm er aus Lindas Nachtschränkchen eine Tablettenschachtel und machte sich damit auf den Weg nach unten in die Küche. Dort löste er jeweils drei Tabletten in drei Gläser mit Fruchtsaft auf. Dann ging er, um seinen Kindern das Getränk zu bringen.

»Das solltet ihr unbedingt trinken, damit ihr keine schlimmen Albträume bekommt. Das hat die Mami vorhin nur vergessen«, sagte er zu Tim, nachdem dieser schlaftrunken die Augen geöffnet hatte.

»Wieso bringt uns das Mami nicht?«

»Sie musste sich mit schlimmer Migräne hinlegen. Das kennst du ja bei ihr, da braucht sie absolute Ruhe.«

Nachdem der Junge getrunken hatte, murmelte er noch irgendetwas Unverständliches und war dann bereits wieder ins Land der Träume zurückgekehrt.

Auch Lea fragte nach ihrer Mutter. Nachdem er sie ebenfalls beruhigt und sie getrunken hatte, schlief sie auch gleich wieder selig ein.

Nach etwa einer Stunde trug Sogi seine schlafenden Kinder nach unten in die Garage und setzte sie hinten auf die Rückbank seines Wagens. Er hatte bereits einige Vorbereitungen getroffen. Dann setzte er sich hinter das Steuer, startete den Motor und schloss die Autotür. Auch ihn begann jetzt die Müdigkeit durch die Schlaftabletten und den Alkohol zu übermannen. Seine letzten Gedanken waren die Worte seiner Frau auf dem Spiegel im Bad, und den Rest würden die Abgase besorgen, die über zwei Schläuche von den beiden Auspuffrohren ins Innere des Autos geleitet wurden.

1. Kapitel

Fast 5 Jahre später

Im malerischen Kutterhafen von Neuharlingersiel war die alljährliche Regatta der hiesigen Granatfischer gestartet. Das Rennen um das begehrte »Blaue Band« wurde wie in jedem Jahr gemeinsam vom dortigen Fischerverein und dem Kurverein organisiert.

In diesem Jahr sorgte die Sonne bei wolkenlosem Himmel für sehr angenehme Temperaturen und der laue Ostwind für die nötige Erfrischung. Die Boote näherten sich in voller Fahrt der Hafeneinfahrt. Die bunten Wimpel und Fähnchen der festlich geschmückten Boote, die mit ihrem Kiel eine weiße Gischtwelle vor sich herschoben, flatterten im Wind. Aber auch die berühmte Piratenflagge durfte zur Freude der Kinder natürlich nicht fehlen.

Der Duft von gebratenem Fisch sorgte für gehörigen Appetit und die Seemannslieder des Shanty-Chores für die maritime Stimmung. Melanie Jäger schaute auf die Uhr. Eigentlich sollte ein Beamter ja pünktlich sein. Sie hatte schon Probleme, ihren vereinbarten Treffpunkt neben dem Wahrzeichen des Kutterhafens von Neuharlingersiel, den beiden Granat-Fischern in ihrem stummen Zwiegespräch, zu behaupten.

Es war vielleicht doch keine so gute Idee gewesen, ausgerechnet diesen Platz als Treffpunkt zu vereinbaren. Und dann auch noch gerade zu der Zeit, als die Regatta ihren Höhepunkt erreichte. Melanie, eine Wittmunderin, Mitte vierzig, war auf der Suche nach einer verlässlichen Partnerschaft. Das Schicksal hatte es bisher nicht so richtig gut mit ihr gemeint.

Dabei hatte alles vor Jahren so vielversprechend für sie angefangen. Ausbildung zur Bürokauffrau und sogar die Heirat des gut aussehenden Sohnes ihres Chefs, worum sie manche ihrer ehemaligen Schulkameradinnen beneidet hatte. Kurz darauf kündigte sich bereits Nachwuchs an. Aber dann passierte es. Hochschwanger hatte sie einen Autounfall und verlor bei einer Not-OP ihr Kind. Seitdem konnte sie auch keine Kinder mehr bekommen.

Ihr Mann hatte sie einige Jahre danach zu allem Übel auch noch wegen einer anderen verlassen, mit der er inzwischen außerehelich ein Kind gezeugt hatte. In der Firma ihres Schwiegervaters wollte sie nicht mehr arbeiten und suchte sich eine neue Stelle. Dann die Scheidung. Ihr Selbstwertgefühl und ihr Verhältnis zu Männern hatten einen gehörigen Knacks bekommen.

Die Folge waren unzählige einsame Stunden. Obwohl sie schnell wieder einen neuen Job gefunden hatte, zog sie sich privat in ein Schneckenhaus zurück. Sie setzte, wie sicher schon so manche Frau in einer ähnlichen Situation, ihren Kummer und ihre Verzweiflung in Pfunde um. Sie versuchte zwar mit Diätplänen aller Art dagegen anzukämpfen, allerdings mit eher mäßigem Erfolg. Dennoch war sie, obwohl sie bereits etwas barocke Formen angenommen hatte, immer noch eine recht attraktive Frau.

Pfunde hin oder her, hatte sie sich ihre positive und sympathische Ausstrahlung bewahrt. Halblange blonde Naturlocken, blaue Augen, die allerdings seit ihrem Unglück etwas an Glanz verloren zu haben schienen. Auch wenn das Gesicht etwas voller geworden war, zeigte es doch sehr ebenmäßige und ansprechende Züge. An männlichen Avancen mangelte es ihr daher eigentlich nicht. Was aber durch ihre Verbitterung keinen rechten Zugang zu ihren realen Wahrnehmungen erhielt.

Und so war sie nach ihrer Scheidung schon in einige weitere Enttäuschungen mit Männern hineingeschlittert. Eine alte Freundin, über die sie auch an die neue Arbeitsstelle gekommen war, hatte ihr mal gesagt: »Mit deinem Misstrauen und deinen schlechten Gedanken zerstörst du von vornherein jede positive Aura, in der eine neue Beziehung entstehen könnte.« Nach ihrer eigenen Wahrnehmung lag es allerdings in erster Linie an der mangelnden Verlässlichkeit und Ehrlichkeit der potenziellen Partner. Der Seitensprung mit Folgen ihres Ex-Ehemannes hatte sich tief in ihre Seele eingebrannt.

Dem Argument ihrer Freundin konnte sie immerhin entgegenhalten, dass bisher alle Männer, denen sie nach ihrer

Trennung begegnet war, im Grunde nur das eine von ihr gewollt hatten. Einer wollte, wie sich herausgestellt hatte, mit ihr sogar seine Ehefrau betrügen. Trotzdem hatte sie es auf gutes Zureden ihrer selbst ernannten Partnerschaftsberaterin noch einmal über ein Single-Portal versucht und dort Kontakt mit einem geschiedenen Beamten, Helge Beckmann, aufgenommen, der aus Frankfurt stammte und seit einiger Zeit hier bei einer Behörde arbeitete. Auf den Bildern und in seinen Chats hatte er einen netten und sympathischen Eindruck auf sie gemacht. Sie hatten sich noch nicht persönlich getroffen, bisher nur über das Portal ausgetauscht und sich jetzt zum ersten Mal bei der Kutter-Regatta in Neuharlingersiel verabredet.

Wo bleibt er denn nur?, fragte sich Melanie, um sich dann gleich selbst die Antwort zu geben, dass er ja wohl das erste Mal hier in Neuharlingersiel bei der Regatta sein würde und daher sicher wegen des großen Andrangs Probleme hatte, rechtzeitig zum Treffpunkt zu kommen. Sie hätte ihn vielleicht vorher darauf hinweisen sollen, schalt sie sich selbst.

Und dann sah sie ihn. Und auch er hatte sie trotz des Gedränges bereits entdeckt – denn die Kleinsten waren sie beide nicht – und ihr zugewinkt. Ihr Herz klopfte bis zum Hals, obwohl es ja nun wirklich nicht das erste Date dieser Art war. Aber er hatte es ihr bereits sehr angetan und sie war schon sehr gespannt, ob er auch live würde überzeugen können. Vom Äußeren her hätte er mit seinen dunkelbraunen Haaren und dem dunklen Teint durchaus auch Südländer sein können. Sie hatte sich extra eine leichte nicht zu enge weiße Bluse und einen sommerlichen halblangen, geblümten, weit fallenden Rock angezogen. Das betonte ihre Figur, ohne sie einzuengen. Sie hasste es, wie eine Wurst in der Pelle auszusehen.

Höflich, aber zielstrebig bahnte er sich seinen Weg zu ihr, was bei dem Gedränge, gerade am Kopf der Kaianlage, schon eine besondere Herausforderung war. So hatte sie noch einige Augenblicke Zeit, um ihn zu beobachten und auf sich wirken zu lassen. Er hingegen war durch das Gedränge in Anspruch genommen. Sie stellte fest, dass sein gepflegtes Äußeres mit der modernen Kurzhaarfrisur voll den Bildern aus den Chats entsprach. Da hatte sie auch schon so manchen Fake kennengelernt, mehr Schein als Sein. Auch das unifarbene hellblaue kurzärmelige Hemd sprach für einen guten Geschmack.

Schließlich stand er vor ihr. Artig distanziert gab er ihr die Hand und überreichte ihr eine in Cellophan verpackte rote Rose. »Hallo«, sagte er, »schön, dass wir uns jetzt persönlich kennenlernen. Aber mit so einem Auftrieb habe ich nicht gerechnet, sonst wäre ich schon viel früher hier gewesen. Sorry.«

»Moin«, antwortete sie, »freut mich, dass du es trotz Hindernissen überhaupt geschafft hast, den Weg hierher zu finden. Vielen Dank für das Blümchen. Ich schlage vor, dass wir noch das Einlaufen der Kutter abwarten und uns dann ein ruhigeres Plätzchen suchen.« Ihre letzten Worte gingen fast in der Lautsprecheransage unter, in der die Ankunft der ersten Kutter ankündigt wurde.

Nachdem die bunt geschmückten Fischerboote ihren Platz im Hafen gefunden hatten, beschlossen die beiden, nach Carolinensiel zur Cliner Quelle zu fahren, um dort in Ruhe Tee zu trinken und sich in einem persönlichen Gespräch besser kennenzulernen. Melanie war mit ihrer Freundin nach Neuharlingersiel gekommen und hatte sie über Handy informiert, dass sie mit Helge zurückfahren würde. Und so machten sie sich in Helges Wagen auf den Weg nach Carolinensiel.

Dort war wie erwartet wesentlich weniger Betrieb und sie fanden in der Cliner Quelle sogar auf der Außenterrasse noch einen Platz unter einem der Sonnenschirme. »Ist das jedes Jahr so ein Auftrieb?«, fragte Helge. »Ich war zwar regelmäßig hier an der Wattenmeerküste im Urlaub, aber immer in der Nebensaison, da ich selbst ja keine Kinder habe und somit nicht auf die Schulferienzeit angewiesen war wie mancher meiner Kollegen.«

»Bei der Kutter-Regatta und auch bei anderen Events dieser Art in den Küstenorten hier ist das meistens so. Das hängt natürlich auch immer ein bisschen vom Wetter ab. Wobei die meisten Urlauber es so halten wie die Ostfriesen: Schlechtes Wetter gibt es nicht, nur falsche Kleidung. Aber schönes Wetter lockt automatisch auch noch zusätzlich Tagesgäste aus dem Umland an, wodurch es in den Orten, die gerade große Veranstaltungen durchführen, natürlich schon mal etwas eng werden kann.«

»Das hätte ich mir eigentlich auch denken können«, zeigte sich Helge ein wenig reumütig. »Jedenfalls war das mal ein tolles Erlebnis. Insofern bedauere ich es nicht, dass wir uns gerade da im Hafen getroffen haben. Die bunt geschmückten Fischerboote waren tolle Fotomotive. Ich glaube, da sind mir mit meinem Handy ein paar ganz gute Schnappschüsse gelungen.«

Kaum hatten sie ihre Kuchen- und Getränkebestellung aufgegeben, da konnte sich Melanie die Frage nicht verkneifen: »Hast du dir das Kännchen Ostfriesentee mit Kluntjes und Sahne jetzt nur aus Solidarität mir gegenüber bestellt?«

»Nein«, antwortete Helge lachend. »Hat dich das verwundert, dass ein Hesse Ostfriesentee mit Kluntjes und Sahne trinkt?«

»Allerdings. Ist schon etwas ungewöhnlich.«

»Ich hatte dir ja schon erzählt, dass ich regelmäßig in Ostfriesland Urlaub gemacht habe. Und das ostfriesische Teezeremoniell hatte es mir von Anfang an angetan. Wenn der heiße Tee den Kandis leise zum Knacken bringt und die mit dem speziellen Löffelchen hineingehobene Sahne sich in kleinen Wölkchen ausbreitetet, das hat schon etwas ganz Besonderes. Das war auch in meinem Frankfurter Büro schon so etwas wie mein Markenzeichen geworden. Es hatte bereits die Runde gemacht, und das nicht nur bei meinen Kollegen: Wenn man sich mit Helge Beckmann gutstellen will, dann serviert man ihm einen leckeren Ostfriesentee mit Kluntjes.«

Nachdem die beiden ihr Stück Kuchen gegessen und ihren Tee getrunken hatten, machten sie sich zu Fuß auf den Weg zum Strand nach Harlesiel. Sie wollten dort einen Strandspaziergang machen und dann später zum Abendessen beim Wattkieker einkehren. Nun hatten sie nicht nur Zeit und Gelegenheit, sich persönlich auszutauschen, sondern konnten auch noch einen tollen Ausblick auf die glänzende Wasseroberfläche bis hin zu den Inseln Langeoog, Spiekeroog und Wangerooge genießen. Erst ab etwa achtzehn Uhr würde die Tide wechseln und das Wasser beginnen abzulaufen.

Melanie berichtete von dem Autounfall, der ihr ganzes Leben veränderte, und den daraus entstanden Folgen, auch in Bezug auf ihre Ehe. Über solche Details hatten sie sich in ihren bisherigen Chats noch nicht ausgetauscht. Da wollte Melanie erst einmal einen persönlichen Eindruck von ihrem Chatpartner gewinnen. Helge machte auf sie einen vertrauenserweckenden Eindruck, und so sagte sie ihm auch, dass sie sich seit ihrer Trennung weitgehend zurückgezogen habe, was zum Teil ja auch tatsächlich stimmte. Jedenfalls vermied sie es, von ihren schlechten Erfahrungen bei Dates wie dem heutigen zu berichten.

Helge erzählte von seiner gescheiterten Ehe. Er meinte, das hätte wohl in erster Linie daran gelegen, dass für beide Ehepartner die Karriere im Vordergrund stand. Da sei für das Ausleben einer Zweisamkeit einfach zu wenig Raum gewesen. Melanie gab ihm zu verstehen, dass sie zwar einen guten Job als Büroangestellte, aber keine Ambitionen und keinen Ehrgeiz für das Erreichen einer Spitzenposition habe.

»Das wären doch schon mal ganz gute Voraussetzungen für uns beide«, ging Helge sachlich darauf ein. »Mit meiner Versetzung nach Wittmund habe ich gerade erst wieder eine Stufe auf der Karriereleiter genommen. Also vom Einkommen her sicher eine gute Voraussetzung für ein angenehmes Leben zu zweit.«

»Was machst du denn eigentlich genau?«, wollte Melanie wissen. »Bisher hast du ja nur rausgelassen, dass du Beamter im gehobenen Dienst bist.«

»Ich will es mal so sagen: Die meisten steuerpflichtigen Bundesbürger sehen mich lieber von hinten als von vorne und am allerliebsten überhaupt nicht, weder zu Hause noch in ihren Büros«, antwortete er lachend.

»Ah, ich verstehe. Du bist beim Finanzamt. Und was machst du da genau?«

»In Frankfurt war ich Betriebsprüfer im Außendienst. Hier bin ich als Sachgebietsleiter der Vorgesetzte von solchen Prüfern.«

»Auweia, dann waren wohl deine Mitarbeiter erst vor einiger Zeit bei uns in der Firma im Einsatz. Mein Chef war ganz schön angenervt, um es mal vorsichtig auszudrücken. Jedenfalls hat er zum Schluss gesagt: ›Wenn der mir noch mal unter die Augen kommt, weiß ich nicht, was passiert‹. Und ich fürchte, der meinte das ernst. Um was es da genau gegangen ist, da habe ich keine Ahnung. Es muss meinen Chef aber wohl viel Geld gekostet haben, denn er meinte, das hätte ihn fast um seine Existenz und uns um unseren Arbeitsplatz gebracht.«

»Also, zu irgendwelchen Steuerfällen kann, darf und will ich konkret nichts sagen. Aber grundsätzlich ist für viele Bürger Steuerzahlung ein lästiges Übel, dem sich mancher versucht zu entziehen. Und wenn sie dann von einem Kollegen ertappt werden, dann sind natürlich nicht sie selbst schuld an ihrer Misere, sondern der Prüfer, der sie der Steuerhinterziehung überführt hat. Das kennen wir, das gehört nun mal zu unserem Job. Da braucht man schon ein dickes Fell.«

»Ich kann mir bei meinem Chef aber nicht vorstellen, dass der ein Steuerhinterzieher ist«, versuchte Melanie ihren Chef in Schutz zu nehmen.

»Das will ich damit auch gar nicht sagen, manchmal ist es auch Unwissenheit und Gedankenlosigkeit. Das Ergebnis ist für den Staat das gleiche, es werden ihm – und damit für seine hoheitlichen Aufgaben zum Wohle der Allgemeinheit – Steuereinnahmen vorenthalten. Jedenfalls ist mir in meiner gesamten Zeit als Prüfer noch kein Fall untergekommen, wo nichts falsch gewesen wäre, sei es absichtlich oder durch Unkenntnis vom Steuerpflichtigen herbeigeführt. Insofern haben gerade meine Kollegen und ich für den Staat eine sehr wichtige Funktion zu erfüllen, die der Dienstherr auch mit einer gewissen Machtfülle ausstattet.«

»Da müsstest du dich mal mit meinem Chef unterhalten. Der schimpft darauf, dass deine Kollegen ausgerechnet bei kleinen mittelständischen Unternehmen die Sau rauslassen, wie er es ausdrückte. Dabei sind gerade die doch das Rückgrat der deutschen Wirtschaft. Und bei den großen Konzernen kuscht das Finanzamt, obwohl die sogar Milliarden – quasi nach außen hin fast legal – ins Ausland verschieben.«

»Ich glaube, wir sollten das Thema wechseln, denn dazu können wir Beamte hier vor Ort nichts sagen. Wir machen unseren Job, wie der Gesetzgeber, die Regierung und unsere Vorgesetzten es von uns verlangen. Auf die große Politik haben wir genauso wenig unmittelbaren Einfluss wie du oder dein Chef. Aber ich weiß, dass das ein beliebtes Stammtischthema ist.«

Die beiden hatten gar nicht bemerkt, wie die Zeit vergangen war. Bei den heutigen Temperaturen war ein Fußbad im Watt sehr willkommen gewesen und hatte für etwas Abkühlung gesorgt. Für Melanie war das einfach, sie brauchte nur ihre Sandalen abzustreifen und schon konnte sie durch das Wasser waten. Helge hingegen hatte bei den engen Hosenbeinen seiner hellen Leinenhose schon ein wenig Probleme, diese hochzuziehen. Auch seine schicken Sneaker sollten wohl eher nicht mit dem Wattwasser in Berührung kommen. Sie hatten vor ihrem Strandspaziergang einen Tisch beim Wattkieker bestellt und wollten nicht unpünktlich sein. Daher machten sie sich bald auf den Weg dorthin. Als sie ankamen, war bereits das Fisch-Buffet eröffnet und sie ließen sich die maritimen Köstlichkeiten schmecken, die sie beide so liebten.

Auf dem Heimweg nach Wittmund fragte Melanie: »Was hast du denn morgen vor? Ich wollte eigentlich mit einer Freundin einen Tag in Spiekeroog am Strand verbringen.«

»Dabei wäre ich wahrscheinlich eher fehl am Platz, außerdem habe ich morgen eine Verabredung mit einem ehemaligen Kollegen aus Frankfurt, der hier gerade Urlaub macht. Aber sonst wäre ein Tag am Strand sicher eine gute Idee und Gelegenheit, sich noch etwas besser kennenzulernen.«

»Ich glaube, meine Freundin hätte durchaus Verständnis dafür gehabt, wenn ich statt mit ihr lieber mit dir fahren würde. Dafür hätte sie dir, wie ich sie kenne, sicher auch ihre bereits bezahlte Buchung abgetreten. Sie kennt meine Geschichte und hat mich sogar ermutigt, es noch mal mit diesem Single-Portal zu versuchen.«

Als sie das Haus, in dem Melanie zur Miete wohnte, erreicht hatten, stieg Helge aus, um ihr die Autotür aufzumachen und beim Aussteigen behilflich zu sein. Uhhi, dachte Melanie, so etwas gibt es noch. Sie konnte sich nicht erinnern, wann das ein Mann bei ihr zum letzten Mal gemacht hatte. Jetzt fehlt es nur noch, dass er mir zum Abschied die Hand küsst, ging ihr durch den Kopf. Das machte Helge allerdings dann doch nicht, stattdessen gab er ihr zum Abschied einen angedeuteten Kuss auf die Wange.

Für Melanie eine völlig neue Erfahrung. Die meisten Dates hatten bisher mit dem Versuch der Männer geendet, anschließend bei ihr im Bett zu landen. Sie winkte ihm noch nach, bevor sie dann ins Haus ging. Warum hatte sie ihn bloß nicht reingebeten? Wenn sie ehrlich zu sich selbst war, wäre es ihr bei ihm sogar recht gewesen, wenn der Abend – vielleicht noch nach einem kleinen Sekt – in ihrem Bett geendet hätte. So würde sie sich aber bis zum nächsten Samstag gedulden müssen. Noch vorhin hatten sie sich für einen gemeinsam Tag von Harlesiel aus auf Wangerooge verabredet. Helge wollte die Online-Buchung für die Überfahrt und den Strandkorb für sie beide übernehmen.

Aber nicht selten kommt es leider anders, als man denkt.

2. Kapitel

Sonntagmorgen, Melanie hatte nach einer unruhigen Nacht – ihre Gefühle schlugen seit langer Zeit mal wieder Purzelbäume – gerade eine Kanne Kaffee aufgebrüht und das Toastbrot in den Toaster geschoben, da klingelte es. Wie verabredet stand Claudia, pünktlich wie immer, vor der Tür. Die beiden Freundinnen umarmten sich herzlich zur Begrüßung.

»Setz dich! Das Frühstück ist fertig«, forderte Melanie sie auf und goss den Kaffee in die vorbereiteten Tassen.

»Wie war es denn gestern?« Claudia konnte ihre Neugier nicht zügeln. »Was habt ihr zwei denn nach der Regatta unternommen? Eigentlich hatte ich mich schon darauf eingestellt, dass unser Ausflug nach Spiekeroog zwar nicht direkt ins Wasser, aber für mich zumindest in den Liebesteich fällt. Und dass ich meine Karte abtreten muss, was ich dir zuliebe sogar herzlich gern getan hätte.«

»Du bist süß! Aber nun lass uns doch erst mal frühstücken, die Fähre wartet nicht«, spannte Melanie ihre Freundin auf die Folter. Selbst im Halbschlaf hatte sie bemerkt, wie sich Schmetterlinge in ihrem Bauch zu regen begannen, wenn sie nur an Helge dachte. Und sie genoss dieses Gefühl, das sie schon so lange nicht mehr erlebt hatte. Sie wollte dieses Gefühl einfach noch eine Weile bewahren und sich auf gar keinen Fall zerreden lassen.

Sie kannte Claudia als selbst ernannten Beziehungscoach. Sie war es, die sie immer wieder gedrängt hatte, doch etwas in Bezug auf Männer zu unternehmen. Aber wenn es dann wieder so weit war, fand gerade Claudia – so lieb sie sonst auch war – immer sofort irgendein Haar in der Suppe. Das war Melanie heute Nacht, beim Nachdenken über ihre Situation und Rückblick auf den vergangenen Tag, auf einmal bewusst geworden. Sie hatte sich dabei auch die kritische Frage gestellt, was ausgerechnet Claudia als Partnerberaterin so auszeichnete. Insbesondere, da sie selbst auch als Single lebte. Eine Antwort war ihr dazu nicht eingefallen. Jedenfalls konnte sie davon ausgehen, dass ihre liebe Freundin sie gleich wieder von Wolke sieben auf den Teppich der nüchternen Realität herunterholen würde. Dem schob sie daher gleich einen

Riegel vor: »Ich muss die Eindrücke selbst erst einmal verarbeiten. Dazu hatte ich ja von gestern Abend auf heute kaum Gelegenheit«, was natürlich nicht ganz der Wahrheit entsprach.

»Dazu hattest du doch immerhin eine ganze Nacht Zeit. Oder wolltest du etwa damit sagen, dass du heute Nacht wirklich tief und fest geschlafen hast?«

»Keinen Kommentar«, erwiderte die Angesprochene lachend und holte die Eier aus dem Eierkocher, der sich gerade rechtzeitig, wie es schien, gemeldet hatte.

Immer wieder versuchte Claudia während des Frühstücks mehr aus ihrer Freundin herauszuquetschen. Aber Melanie blieb hartnäckig. Schließlich waren die beiden im Wagen von Claudia auf dem Weg zum Fährhafen nach Neuharlingersiel.

Gott sei Dank hatten sie schon vor einiger Zeit, sogar mit zehn Prozent Frühbucherrabatt, das Ticket für die Hin- und Rückfahrt und den Strandkorb gebucht. So mussten sie sich nicht in die lange Schlange am Schalter einreihen. Als Gepäck hatten sie nur ihre Rucksäcke mit etwas Verpflegung und einigen Strandutensilien dabei, sodass sie sich auch nicht um die Gepäckaufgabe kümmern mussten und gleich nach Öffnung an Bord gehen konnten.

Trotz des Andrangs war eine gute Stimmung unter den Reisenden. Das Wort »Entschleunigen« hatte als Slogan wohl schon seine Wirkung getan. Strahlend blauer Himmel und eine ruhige See empfingen die Fahrgäste, als die Fähre nach dem Ablegen offenes Fahrwasser erreichte. Kurz vor der Abfahrt hatte das Hochwasser seinen höchsten Stand erreicht gehabt und begann jetzt mit Wechsel der Tide, wieder in die endlose Weite der Nordsee zurückzufließen.

Bei der klaren Sicht war die Kette der ostfriesischen und friesischen Inseln sehr schön zu sehen. Vor zwanzig Jahren hätte man jetzt permanentes Klicken der Fotoapparate hören können. Heute traten nur, fast lautlos, die Handys und Smartphones in Aktion. So manches Selfie-Live-Video von der Ausfahrt wurde über den Facebook-Äther geschickt, wie man an den scheinbaren Selbstgesprächen mit der am langen Arm ausgestreckten Handyhand erkennen konnte.

»Schau mal«, machte Melanie ihre Freundin aufmerksam, »ich krieg ein' Föhn. Guck dir bloß mal an, wie viele unserer Mitreisenden mehr mit ihren Handys beschäftigt sind, als die tolle Natur bei diesem traumhaften Wetter und die glänzende Weite des Wassers unseres Wattenmeeres zu genießen. Wenn sie damit Fotos oder Videos machen, okay. Aber sonst …«

»Sehe ich genauso. Für mich ist jede Überfahrt immer wieder ein Erlebnis, mit immer wechselnden Eindrücken. Aber jedem das seine. Übrigens bist du mir noch ein paar Antworten schuldig«, konnte Claudia es sich nicht verkneifen.

»Lass mir noch ein wenig Zeit. Vielleicht nachher im Strandkorb, wenn wir ungestört sind.«

Claudia gab sich geschlagen. Woraufhin die beiden jungen Frauen schweigend die Überfahrt bei der außergewöhnlich ruhigen See genossen. Jede hing ihren Gedanken nach. Melanie beschäftigte sich mit den Schmetterlingen in ihrem Bauch und Claudia, die genau das ahnte, mit Gedanken darüber, warum ihre Freundin diesmal so verschlossen war. Das kannte sie eigentlich sonst nicht bei ihr.

Schließlich legte die Fähre im Hafen von Spiekeroog an. Die Freundinnen waren nicht zum ersten Mal hier und kannten ihren Weg, während sich viele der Reisenden erst einmal orientieren mussten. Obwohl gerade die Überschaubarkeit dieser Insel fast schon als Markenzeichen angesehen werden konnte. Hier brauchte man keine Motorisierung, ja selbst ein Fahrrad war hier eher hinderlich und sogar an manchen Stellen auf der Insel verboten. Es dauerte nicht lange und die ersten Familien machten sich mit ihren ausgeliehenen Bollerwagen, in denen auch die Kleinsten Platz finden konnten, in Richtung Ortszentrum und Strand auf den Weg.

Claudia und Melanie zog es, nachdem sie ihren Strandkorb gefunden hatten, bei dem Traumwetter mit hochsommerlichen Temperaturen erst einmal ins Wasser, um sich ein wenig abzukühlen. Dann machten sie es sich im Strandkorb gemütlich und es dauerte nicht lange, da zeigte das ruhige und gleichmäßige Atmen von Melanie an, dass sie eingeschlafen war.

Die wird doch nicht die ganze Nacht mit dem Typen im Bett verbracht haben?, ging es Claudia durch den Kopf und sie platzte fast vor Wissbegier. Hat sie oder hat sie nicht? Jedenfalls war ihr beim Frühstücken nichts aufgefallen, was auf einen nächtlichen Herrenbesuch hingedeutet hätte. Auch im Bad, welches sie vor ihrer Abfahrt noch schnell aufgesucht hatte, war ihr nichts aufgefallen. Sie brauchte jetzt einfach ein wenig Bewegung, um sich abzureagieren, denn sie wollte ihre Freundin auch nicht stören. Daher machte sie sich auf zu einem kleinen Strandspaziergang.

Als sie zurückkam, war Melanie wohl gerade wieder in der Realität angekommen und hielt ihr eine geöffnete Flasche Mineralwasser hin. »Sag nix, ich seh dir an, dass du gleich platzt. Also, damit hier am Strand kein Unglück geschieht, werde ich dich aufklären, okay?«

»Okay«, bestätigte Claudia lachend, nachdem sie getrunken und sich gesetzt hatte.

»Also, er ist der erste Mann, ich weiß gar nicht, seit wie langer Zeit, der mir beim Ein- und Aussteigen die Autotür aufhielt und sich nach einem tollen Nachmittag und Abend vor meiner Haustür nur mit einem Wangenkuss verabschiedet hat, ohne gleich mit mir ins Bett hüpfen zu wollen.«

»Vielleicht ist der ja ein schwuler Romantiker«, konnte sich Claudia mit einem Grinsen den flapsigen Kommentar nicht verkneifen. Das war keine Auskunft, die sie erwartet hatte. »Aber den heutigen Tag wollte er offensichtlich nicht mit dir verbringen, oder hatte er den mit seinem Partner oder einer anderen Bekanntschaft verplant?«

In diesem Augenblick wurde Melanie klar, dass sie mit ihrer nächtlichen Einschätzung in Bezug auf die Motive ihrer Freundin, sie als Beziehungscoach zu betreuen, recht gehabt hatte. Auf einmal dämmerte ihr, dass ihre Freundin selbst Beziehungsprobleme hatte. Das war ihr bislang, da sie selbst mit sich und ihren Partnerschaften beschäftigt war, überhaupt nicht aufgefallen.

Aber sie war ihr in diesem Moment nicht böse. Sie empfand fast ein wenig Mitleid, daher sagte sie, ohne auf die etwas bissigen

Bemerkungen einzugehen: »Dafür hat er einen ganz plausiblen Grund genannt. Ich hatte ja eigentlich auch einen Grund, schließlich waren unsere Tickets für die Fähre ja schon seit Langem online gekauft und bezahlt. Und er war mit einem ehemaligen Kollegen aus Frankfurt verabredet, der hier zurzeit Urlaub macht.«

Claudia tat in diesem Moment ihre etwas heftige Reaktion leid. »Tut mir leid, Melanie, war nicht so gemeint«, schlug sie versöhnlichere Töne an. »Du hast recht, leider hattest du bislang andere Erfahrungen machen müssen. Daher hoffe und wünsche ich dir, dass du endlich mal Glück hast. Aber wie sieht er denn aus? Hast du denn gestern keine Fotos gemacht? Ich weiß, du siehst es als schlechtes Omen an, wenn du im Vorfeld bereits Bilder aus dem Chat schickst.«

»Na klar.« Melanie öffnete die Bildergalerie ihres Smartphones und zeigte ihrer Freundin stolz die Aufnahmen vom gestrigen Tag.

Schon nach dem zweiten Bild entfuhr es Claudia: »Ach du liebe Scheiße! Den kenn ich.«

»Woher kennst du den denn? Und wieso ach du liebe Scheiße«, äffte Melanie verärgert.

»Das ist der, von dem unser Chef gesagt hat: ›Wenn ich dem mal im Dunklen begegne …‹ Das war der vom Finanzamt, dem wir fast eine Arbeitslosigkeit zu verdanken gehabt hätten, wenn der Chef nicht an seine absoluten Reserven gegangen wäre. Aber was heißt Reserven, das Geld kam von seiner Frau. Ihr Bruder hat in England die Firma der Eltern übernommen und sie ausgezahlt. Dadurch war das überhaupt nur möglich. Andernfalls hätten wir beide wohl auch schon auf der Straße gestanden.«

»Aber was hat Helge damit zu tun? Bei der Betriebsprüfung waren doch zwei ganz andere bei uns im Büro«, reagierte Melanie etwas irritiert.

»Na klar. Wie du richtig erkannt hast, waren zwei Beamte nacheinander bei uns im Büro, um meine Buchhaltung zu überprüfen. Es war ja nicht unsere erste Betriebsprüfung. Vor einigen Jahren, das war noch vor deiner Zeit, da kam der, der auch als Erster vor Kurzem bei mir die Prüfung gemacht hat. Damals hat der Chef sich darüber gefreut, dass ein alter Schulfreund, mit dem er zusammen Abi gemacht hatte, die Prüfung durchführte. Er hat uns dann erzählt, dass der zur Finanzbehörde gegangen ist, während er in England studiert und später auch dort in der Firma seines Schwiegervaters gearbeitet hat. Du musst wissen, unser Chef hat, nachdem er in England sehr gut verdient hatte, hier zu Hause dann die Firma gegründet. Mit der Firma seines Schwiegervaters, und jetzt seines Schwagers, arbeiten wir heute ja noch eng zusammen. Aber eigentlich dürfte ich dir das alles gar nicht erzählen.«

»Ich werd es schon nicht ausplaudern. Aber ich weiß immer noch nicht, was Helge damit zu tun haben soll.«

»Ganz einfach. Nachdem der erste Prüfer bei mir fertig war und auch die Unterlagen, die bei unserem Steuerberater lagen, geprüft waren, kam es zu einer Besprechung im Steuerberatungsbüro, an der ich als Buchhalterin auch teilgenommen habe. Da erschien dein Helge mit einem anderen Kollegen und hat uns aufgeklärt, dass einige Punkte noch einer genaueren Überprüfung bedürften, und alles ging von vorne los. Dazu kam dann der andere Prüfer zu uns ins Büro und sagte, dass sein Kollege überraschend nach Oldenburg versetzt worden sei. Das Endergebnis kennst du.«

»Ja, aber wenn der andere Prüfer Sachen gefunden hat, die sein Vorgänger wohl versucht hat – zugegeben, zugunsten unserer Firma – unter den Teppich zu kehren, dann kannst du das doch nicht Helge ankreiden«, versuchte Melanie ihre frisch gewonnene Liebe zu verteidigen.

»Wenn es so wäre, sicher nicht. Aber unser Steuerberater ist ja auch nicht blöd. Der sagte, dass das in erster Linie eine Ermessensfrage wäre. Das könne man zugunsten, aber auch zuungunsten des Steuerpflichtigen auslegen. Er hatte ja von der Sache, um die es ging, gewusst, es aber anders beurteilt und konnte sich dabei inzwischen sogar auf aktuelle Grundsatzurteile berufen. Aber dein Helge war knallhart, den interessierten die Grundsatzurteile einen Dreck und der war nicht umzustimmen. Sein Schlusssatz bei der Abschlussbesprechung war: ›Wenn Sie das anders sehen, bleibt Ihnen ja der Rechtsweg.‹ Das hätte unseren Chef aber auch nicht davor bewahrt, erst einmal zahlen zu müssen. Und ob er dagegen klagt, weiß ich noch nicht einmal. Aber wie gesagt, Melanie. Halt bloß die Klappe, sonst komm ich in Teufels Küche und bin meinen Job los.«

Das musste die Angesprochene erst einmal verdauen. Was hatte ihr Helge genau zu diesem Thema gestern gesagt? Er hätte noch keine Prüfung erlebt, wo nichts falsch gemacht worden wäre, sei es aus Absicht oder Unkenntnis. Von Auslegung hatte er nicht gesprochen, wohl aber von einer gewissen Machtfülle, mit der ihn der Dienstherr ausgestattet habe. In Melanie arbeitete es. Sie versuchte sich vorzustellen, dass der Helge, den sie gestern kennengelernt hatte, der sich höflich, zuvorkommend und fast liebevoll um sie bemüht hatte, so knallhart sein sollte, wie Claudia es beschrieben hatte. Sie konnte und wollte es nicht glauben.

»Melanie! Kein Wort! Ist das klar?!«, wurde sie aus ihren Gedanken gerissen.

»Keine Angst, ich hau dich schon nicht in die Pfanne. Aber so ganz glauben kann ich das alles noch nicht. Ich würde ja gerne beide Seiten anhören. Aber ich kann Helge nicht darauf ansprechen, ohne dich in Schwierigkeiten zu bringen. Ich weiß ehrlich im Moment nicht so richtig, wie ich damit umgehen soll.«

Ihre ganze euphorische Stimmung und die aufkeimenden Gefühle waren wie ein Kartenhaus zusammengestürzt und sie ertappte sich bei dem Gedanken, ihre Freundin dafür verantwortlich machen zu wollen. Sie hatte es offensichtlich mal wieder geschafft. Trotzdem hörte sie sich sagen: »Jedenfalls danke ich dir für deine vertraulichen Informationen. Bis zu meinem nächsten Date am nächsten Samstag ist ja noch ein wenig Zeit, da kann ich mir ja noch viele Gedanken machen. Deshalb lass uns dieses Thema beenden. Komm, ich kann jetzt eine Abkühlung gebrauchen.«

Aber auch als die beiden erfrischt und abgekühlt zum Strandkorb zurückkamen, wollte keine rechte Stimmung mehr aufkommen. Claudia ärgerte sich über sich selbst. Wie konnte sie sich nur dazu hinreißen lassen, solche Betriebsinterna, über die außer dem Chef und ihr kaum jemand in der Firma informiert war, auszuplaudern? Auch wenn sie ihrer Freundin grundsätzlich vertraute, konnte sie nicht absolut sicher sein, dass Melanie nicht doch mal was bei ihrer neuen großen Liebe fallen lassen würde. Und dass sie bereits bis über beide Ohren verliebt war, entging einer aufmerksamen Beobachterin, die sich zudem gerade in Partnerschaftsangelegenheiten als Frau vom Fach fühlte, natürlich nicht.

Melanie haderte immer noch mit dem, was sie da gerade erfahren hatte. Konnte das wirklich der Mann sein, den sie gestern als so aufmerksamen Kavalier – früher hätte man wohl gesagt der alten Schule – kennengelernt hatte? Bei diesem Gedanken musste sie innerlich grinsen. Allein das Wort Kavalier war doch in ihrer Generation so gut wie ausgestorben. Ihr fiel dabei wieder ein, dass sie gestern Abend bei der Verabschiedung schon fast mit einem Handkuss gerechnet hatte. Total antiquiert, schoss es ihr durch den Kopf. Aber bei Helge hätte sie es sich dennoch vorstellen können.

»Was hältst du davon, wenn wir hier zusammenpacken?«, wurde sie aus ihren Gedanken gerissen. »Wir können ja vielleicht noch im Ort ein Eis essen gehen und dann verpassen wir auch nicht unsere Fähre.«

»Gute Idee«, stimmte Melanie ihrer Freundin zu. »Ich glaube, dass sich da am Horizont ohnehin bereits einige Wolken auftürmen. Da kann hier an der Küste aus harmlosen Schönwetterwolken auch mal schnell ein Wolkenbruch werden.«

Schweigsam machten sich die beiden auf den Weg. Auch als sie bei ihrem Eis saßen, fiel kaum noch ein Wort. Melanie war inzwischen der Gedanke gekommen, dass es ja auch durchaus denkbar wäre, dass ihr Chef tatsächlich versucht hatte Steuern zu hinterziehen. Sie dachte dabei auch an die Ausführung von Claudia, was der Chef über seinen alten Schulfreund gesagt hatte. Vielleicht war Helge ja wirklich einer Kungelei bei seinem Mitarbeiter auf die Spur gekommen, was dann zu einer Art Strafversetzung für diesen geführt hatte. Am liebsten hätte sie jetzt Helge angerufen, nur um seine sonore Stimme zu hören. Allein der Gedanke daran verursachte eine leichte Gänsehaut. Und sie musste sich eingestehen, dass sie wohl ein Opfer von Amors Pfeilen geworden war. Schon wieder so ein antiquierter

Gedanke, aber irgendwie schien der zu der von Helge bei ihr erzeugten Stimmung zu passen.

An diesem Abend schienen beide Freundinnen – jede allerdings aus einem anderen Grund – froh darüber zu sein, als sie sich endlich vor Melanies Haustür mit einer flüchtigen Umarmung verabschieden konnten.

Melanie hatte kaum die Wohnungstür hinter sich ins Schloss geworfen und ihren Rucksack abgelegt, da versuchte sie auch schon mit ihrem Handy Helge zu erreichen. Es kam aber nur die Ansage, dass der Teilnehmer im Moment nicht zu erreichen sei. Sie tippte die Eins, die bewirken würde, dass eine SMS ihn über ihren Anrufversuch informierte. Ihr war nämlich eingefallen, dass er davon gesprochen hatte, dass er sonntagabends regelmäßig im Wald zum Joggen ging. Sicher hatte er sein Handy nicht mitgenommen, denn sie konnte sich vorstellen, dass er bei der Wärme sicher nur mit einer kurzen Sporthose und einem T-Shirt zum Laufen ging.

Nach einer halben Stunde versuchte sie es noch mal. Aber mit dem gleichen Ergebnis wie zuvor. Damals, vor einigen Jahren, war sie noch mit ihrem Mann regelmäßig gemeinsam zum Laufen und auch zum Schwimmen gegangen. Daher wusste sie, dass sie für fünf Kilometer etwa eine halbe Stunde gebraucht hatten. Welche Strecke Helge bei seinen Läufen zurücklegte, darüber hatte er leider nicht gesprochen. Aber sie ging davon aus, länger als eine Stunde würde er wohl kaum unterwegs sein. Daher wollte sie es nachher noch mal versuchen.

Wäre ja eigentlich auch ihrer Figur sehr zuträglich, wenn sie selbst wieder mit Sport anfangen würde. Vielleicht sollte sie sich mal im Fitnesscenter anmelden. Das könnte sicher nicht schaden und zudem wäre es auch schön, mit Helge gemeinsam durch den Wald zu joggen. Sie nahm sich vor, das mal bei nächster Gelegenheit anzusprechen. Eigentlich tue ich ja schon so, als wenn es mit ihm wirklich zu einer echten Partnerschaft kommt, ging es ihr durch den Kopf. Da sie heute Morgen nach dem Frühstück sehr rasch aufgebrochen waren, machte sie sich daran, wieder alles tipptopp zu machen. Sie konnte sich vorstellen, dass ihre keimende Liebe auch da sehr pingelig sein dürfte.

Dann versuchte sie noch einen Anruf. Inzwischen waren gut eineinhalb Stunden seit dem ersten Anruf vergangen. Wieder die gleiche Ansage. Diesmal schickte sie ihm selbst eine SMS, in der sie ihn um einen Rückruf bat. Schade, WhatsApp hatte er, wie er sagte, nicht installiert. Das sei ihm alles zu oberflächlich. Auch die ganzen Social Media lehnte er vehement ab.

Lustlos zappte sie durch die Fernsehprogramme. Ihre Gedanken waren aber nur damit beschäftigt, warum er sich nicht meldete. Ob er sie vielleicht gar nicht wiedersehen wollte? Den Eindruck hatte er gestern aber nicht gemacht. Und sie glaubte auch nicht, dass er ein Problem damit hätte – zumal nach der Schilderung von Claudia –, ihr auf höfliche, aber sehr bestimmte Art zu sagen, dass sie beide wohl nicht füreinander geschaffen seien. Dann war sie schließlich in einer Krimiwiederholung gelandet, bis ihr Körper nach dem wenigen Schlaf der vergangenen Nacht sein Recht forderte und sie sanft einschlummerte.

3. Kapitel

Helge hatte einen Tisch für zwei Personen beim Italiener in Wittmund bestellt, weil sein ehemaliger Kollege die mediterrane Küche sehr schätzte. Aber auch er ließ sich ab und an gerne eine Pizza oder Lasagne schmecken. Georg Grundmann hatte in dieser Hauptsaison mit dem absoluten Traumwetter nur noch eine kleine Ferienwohnung in Leerhafe bei Wittmund gefunden. Eine Unterkunft mit Blick auf das Meer, mit seinen ständig wechselnden Wetterphänomenen und Eindrücken, wäre ihm zwar lieber gewesen, aber so war der Urlaub für ihn noch preiswerter, was seiner auf Sparsamkeit ausgelegten Beamtenmentalität durchaus entgegenkam.

Seine Frau war mit ihren zwei schulpflichtigen Kindern nach Mallorca geflogen, um in den Ferien ihre Eltern zu besuchen, die dort ein kleines Häuschen an der Küste besaßen. Er aber wollte für den Berlin-Marathon im September trainieren und da schien ihm das Klima an der Nordseeküste geeigneter als die Sommerhitze auf der mallorquinischen Insel.

Für ein ungestörtes Gespräch eignete sich die gemütliche Pizzeria in Wittmund ideal. Fünf Minuten vor der Zeit ist des Beamten Pünktlichkeit. Fast auf den Glockenschlag genau trafen sich die beiden Kollegen vor der Tür des Restaurants. Die Begrüßung hätte auf Außenstehende jetzt nicht gerade so gewirkt, als hätten die beiden sich schon seit der Zeit ihrer Ausbildung zum Steuerinspektor gekannt. Freundlich lächelnd, aber höflich distanziert gaben sie sich die Hand, bevor sie das Lokal betraten. Manch andere langjährige enge Arbeitskollegen, die sich ein ganzes Jahr nicht gesehen hatten, wären sich hier wahrscheinlich vor lauter Wiedersehensfreude um den Hals gefallen.

Insider wussten natürlich von dem speziellen Verhältnis der beiden. Bei manchen langjährigen Eheleuten hätte man vielleicht von einer gewohnheitsmäßigen Zweckgemeinschaft, im Extremfall von einer Art Hassliebe gesprochen. Ja, mit dieser Beschreibung kam man der Beziehung dieser beiden Finanzbeamten wahrscheinlich noch am nächsten. Schon während der Ausbildung waren sie im Notenvergleich von

Ehrgeiz getriebene Konkurrenten. Mal war der eine vorne gewesen, mal der andere. Allerdings konnte man beiden, bei aller Rivalität in der Sache, eine gewisse Kollegialität und Fairness nicht absprechen. Obwohl sie privat nie echte Freunde geworden waren.

Nachdem die beiden ihre Bestellung aufgegeben und die üblichen Höflichkeiten ausgetauscht hatten, kamen sie auf die alten Zeiten zu sprechen, weil sich daraus für beide die gegenwärtige Situation entwickelt hatte. Wenn auch in völlig unterschiedliche Richtungen. Helge war durch seine Bewerbung auf den Posten eines Sachgebietsleiters die Treppe hochgefallen, während seinem Kollegen eine Förderung versagt geblieben war, was diesen schon mit ein wenig Neid erfüllte. Dabei hatte es vor Helges Weggang aus Frankfurt eigentlich ganz anders ausgesehen.

Daher war auch Helges erste Frage: »Was um alles in der Welt ist denn passiert, dass du den Posten unseres alten Chefs nicht bekommen hast? Ich habe mich doch gerade deshalb hier in Wittmund beworben, weil der Alte dich als seinen Nachfolger nominiert hatte. Zu meinem Leidwesen, wie ich ehrlich gesagt heute zugeben muss.«

»Dass du darüber nicht begeistert warst, ist mir nicht verborgen geblieben. Wir waren ja schon seit unserer Inspektoren-Ausbildung mit unseren Noten und später auch mit unseren Beurteilungen immer weitgehend gleichauf. Warum der Alte mir dann plötzlich den Vorzug geben wollte, weiß ich auch nicht. An unserem internen Wettbewerb kann es nicht gelegen haben, da führtest du zu der Zeit sogar mit einigen hunderttausend Euros.«

Über den geheimen Wettbewerb, von dem Georg gesprochen hatte, wussten offiziell im Amt nur die beiden »Kämpfer«, Helge und Georg, und ihr Sachgebietsleiter Bescheid, den die beiden ehrfurchtsvoll nur den Chef oder den Alten nannten. Gezählt wurden die Ergebnisse der bei den geprüften Steuerpflichtigen und Firmen eingetriebenen Beträge der Steuernachzahlungen. Dabei wurden nur die Prüfungen herangezogen, bei denen die beiden jeweils alleine geprüft hatten. Große Firmen, wo sie mit mehreren Kollegen gleichzeitig im Einsatz waren, wurden nicht gewertet. Beide konnten aber den Ruf unter den Kollegen für sich verbuchen, bei einer Steuerprüfung immer eine sichere Bank für das Finanzamt zu sein. Ohne Nachzahlung hatte bisher bei keinem von ihnen eine Prüfung geendet. Wohl aber manche sogar sehr tränenreich oder wutschäumend, je nach Mentalität der Geprüften.

Aber dagegen hatten beide inzwischen ein dickes Fell entwickelt. Für sie stand fest: Wenn es um die berechtigten Interessen des Staates wie Steuereinnahmen ging, gab es für Animositäten und Sentimentalität keinen Raum. Zudem waren beide davon überzeugt, dass für die meisten Steuerpflichtigen Steuerhinterziehung – und sei es durch Schwarzarbeit – immer noch ein Kavaliersdelikt war und von manchem fast schon als sportliche Herausforderung gesehen wurde. Und sie waren sich sicher, dass mancher anschließend über seine damit erzielten Erfolge beim Stammtisch und im Kollegenkreis kräftig auf den Putz haute und wahrscheinlich sogar noch die Lacher auf seiner Seite hatte. Grund genug für die beiden Finanzbeamten, sich für den Staat kräftig ins Zeug zu legen. Denn solchen Praktiken galt es nach ihrer Auffassung Einhalt zu gebieten.

»Aber was ist denn passiert, dass du den Posten nicht bekommen hast, sondern das Weichei Nobbi? Ausgerechnet der«, bohrte Helge noch einmal nach.

»Du warst gerade einen Monat weg, da hatte ich eine Prüfung bei einem kleinen IT-Unternehmen abgeschlossen. Eigentlich wäre der Jungunternehmer noch gar nicht mit einer Betriebsprüfung dran gewesen. Der hatte die Firma gerade erst ein paar Jahre, war damit aber schon recht erfolgreich. Wir bekamen jedenfalls eine Anzeige von einem seiner Ex-Mitarbeiter ins Haus. Na, lange Rede, kurzer Sinn, ich bin natürlich fündig geworden. Er musste einen mehrfachen sechsstelligen Betrag nachzahlen. Übrigens hätte ich dich damit sogar in unserer Statistik eingeholt gehabt. Der Alte und ich waren eigentlich davon überzeugt, der muss den Laden dichtmachen. Wieder einer dieser ›Sportsfreunde‹ – du weißt, was ich damit sagen will – weniger am Markt.«

»Na, dann warst du doch absolut prädestiniert für die Nachfolge vom Alten.« Helge verstand die Welt nicht mehr.

»Na ja, du kannst dir vorstellen, der Steuerberater von dem hat Einspruch eingelegt, den der Alte wie gewohnt abgebügelt hat. Die Steuerschuld wurde ja unabhängig davon sowieso fällig. Aber irgendwo hat der doch tatsächlich das Geld hergezaubert und bezahlt. Also nix mit Dichtmachen. Außerdem wurde gegen unseren Bescheid Klage eingereicht.«

»Und wo war dabei das Problem für dich? Solche Prozesse ziehen sich doch Jahre hin. Da hättest du doch längst fest im Sattel vom Alten gesessen.«

»Ja, hätte, wäre, wenn. Die Klage kam nicht von seinem Steuerberater, sondern von einer der teuersten Steueranwaltskanzleien aus München. Und damit nicht genug, gegen mich und den Alten kam von dort auch gleich noch eine saftige Dienstaufsichtsbeschwerde.«

»Na und? Waren das deine ersten Einsprüche, Klagen oder Dienstaufsichtsbeschwerden?«

»Nein, natürlich nicht. Aber auf einmal flatterten unzählige Anfragen von den Medien zu diesem Fall ins Haus. Fernsehen, Wirtschaftszeitungen und -magazine, das ganze Programm. Wurde von uns natürlich alles abgewiegelt. Du kennst das ja, Steuergeheimnis und so. Aber dann hatte irgendjemand bei Facebook einen alten Fernsehbericht von irgendeinem Wirtschaftsmagazin ausgegraben und ins Netz gestellt und damit einen regelrechten Shitstorm gegen uns losgetreten. Und plötzlich hatten wir eine Welle von Trittbrettfahrern. Es hagelte auf einmal Widersprüche, Klagen und Dienstaufsichtsbeschwerden.«

»Na gut, aber du sagtest doch, dass der eigentlich seine Klitsche hätte zumachen müssen. Woher hatte der denn auf einmal so viel Geld, dass der plötzlich seine Steuerschuld bezahlen konnte? Ihr kanntet doch durch die Prüfung alle seine Kontenstände. Konntet ihr denn da nicht einhaken? Vielleicht war das ja sogar Schwarzgeld oder Geldwäsche? Und wie konnte der sich überhaupt diese teure Anwaltskanzlei leisten? Das riecht ja schon fast nach organisiertem Verbrechen.« Helge konnte es nicht fassen.

»Nix Schwarzgeld, Geldwäsche oder organisiertes Verbrechen, mein Lieber. Alles ganz legal und safe. Die Schwiegermutter von dem Typen stieg als stille Teilhaberin ganz offiziell mit in sein Unternehmen ein. Und der Leiter der Anwaltskanzlei war sein Schwiegervater, der quasi von dem Geld seiner Frau – auf dem Umweg über die Beteiligung in der Firma seines Schwiegersohnes – sogar ganz regulär und rechtlich unangreifbar bezahlt wurde.«

»Erklärt aber immer noch nicht, wieso du nicht den Posten vom Alten bekommen hast.«

»Ich muss dir ja nicht erklären, dass wir uns nicht immer an die Grundsatzurteile des Bundesfinanzhofes zugunsten Steuerpflichtiger halten. Und du kennst die Einstellung unseres Alten dazu und wie er sich darüber aufregen konnte, wenn mal wieder ein Verbrecher durch ein zu mildes Gerichtsurteil oder einen Freispruch mangels Beweisen auf die Menschheit losgelassen wurde und einer gerechten Bestrafung entging. Also habe ich bei meiner Prüfung rausgeholt, was rauszuholen war, obwohl einiges in Grundsatzurteilen inzwischen anders gesehen wurde.« »Habe ich ja auch nicht anders gemacht«, zeigte Helge volles Verständnis. »Schließlich gab uns doch dafür sogar zum größten Teil der offizielle Nichtanwendungserlass des Bundesministeriums der Finanzen die Rechtfertigung. Den Rest deckte dann der Alte ab. Letztlich gab uns der Erfolg beim Eintreiben von Steuernachzahlungen recht. Und wenn ein kleiner mittelständischer Unternehmer erst einmal einen sechsstelligen Betrag abgedrückt hatte, blieb für einen Pflichtanwalt beim Finanzgericht oft nicht mehr das Geld, sodass es in der Regel nur beim Widerspruch blieb, der bei uns im Amt dann locker abgewiesen werden konnte.«

»Ja, aber plötzlich wurde bei uns in der Leitung nicht mehr unsere Erfolgsquote bei der Eintreibung von Steuergeldern in den Vordergrund gerückt, sondern auch ganz maßgeblich die Einspruchs- und Gerichtsquote«, fuhr Georg fort. »Und da liegen wir beide, wie du ja weißt, auch ganz vorne. Die Aufmerksamkeit der Medien auf unsere Behörde war für die da oben natürlich auch nicht gerade angenehm. Jedenfalls wurde unser Bescheid von

Amts wegen – aufgrund der Nichtbeachtung der Grundsatzurteile – aufgehoben. Anstatt mehrfach sechsstellig nachzuzahlen, wurde daraus nur noch ein Minimalbetrag von unter zehntausend Euro. Die Anzeige von dem Ex-Mitarbeiter wurde als Retourkutsche gegen seinen ehemaligen Chef gewertet und als Bagatelle eingestuft. Und dann hatte die Dienstaufsichtsbeschwerde auch noch disziplinare Folgen für den Alten und mich. Na gut, war nicht schön für ihn, wenige Tage vor seinem Ruhestand. Aber für mich war es das mit der Karriere.«

»Unfassbar!« Helge konnte seinen Unmut nicht mehr unterdrücken, schließlich hätte es genauso ihn treffen können. »Da reißt du dir Tag für Tag den A… für den Staat auf und kriegst am Ende noch einen Tritt dahin.«

»Dann weißt du, wie ich mich fühle. Am liebsten würde ich die Brocken hinschmeißen. Aber soll ich auf meine Altersversorgung als Beamter verzichten, für die ich Jahrzehnte gearbeitet und manche unbezahlte Überstunde geleistet habe? Schließlich habe ich ja auch eine Verantwortung gegenüber meiner Familie. Also kneife ich die A-Backen zusammen und mache weiter. Aber wie ist es denn dir hier bisher ergangen? Du machst ja einen recht zufriedenen Eindruck.«

»Also, um es gleich zu sagen, euer Shitstorm ist nicht bis in die ostfriesische Provinz vorgedrungen. Auch zu mir nicht, denn ich bin nicht bei Facebook und Co, wie du weißt. Jedenfalls kann man sagen, hier ist die Welt noch in Ordnung. Und ich genieße das. Zudem konnte ich meine mitgebrachten Erfahrungen schon gut nutzen. Es ist mir inzwischen gelungen, die Erfolgsquote bei den Steuernachzahlungen deutlich nach oben zu bringen, was von meiner Amtsleitung durchaus mit Wohlwollen gesehen wird. Zum Beispiel hatte ich vor Kurzem hier einen ähnlichen Fall wie du. Da stand allerdings bereits die zweite Betriebsprüfung an. Einer meiner Mitarbeiter, der schon die erste Prüfung vor einigen Jahren – übrigens ohne Beanstandungen – durchgeführt hatte, war auch jetzt wieder im Einsatz. Dann sang mir ein Vögelchen, dass der ein alter Schulfreund von dem Unternehmer wäre. Also habe ich doch mal genauer hingeschaut.«

»Und?« Georg war sehr gespannt.

»Was soll ich sagen? Ich wurde fündig. Den Mitarbeiter haben wir von seinem Dienstposten entbunden und in eine andere Dienststelle versetzt. Und auf einmal kam ein richtiger kleiner Geldsegen in die Staatskasse. Na ja, die Firma konnte sich aufgrund guter Rücklagen gerade noch mal vor einem Crash retten. Aber da werden wir auch künftig ein wachsames Auge draufhaben.«

»Das ist es ja, was ich meine. Wie viel Geld entgeht dem Staat für seine hoheitlichen Aufgaben durch Steuerhinterziehung? Und das fängt im Kleinen an. Deswegen ist unsere Aufgabe ja auch so wichtig, wird aber leider nicht genug gewürdigt. Ich freue mich für dich, dass du es hier offensichtlich gut getroffen hast. Hier seid ihr sicher auch nicht so stark im Fokus der Öffentlichkeit wie wir in Frankfurt mit den vielen Großkonzernen, die mit ihren teuer bezahlten Steueranwälten keinerlei Respekt mehr vor der Finanzbehörde haben.«

Unspektakulär, wie die Begrüßung dieser beiden Staatsbeamten stattgefunden hatte, verliefen auch die Beendigung dieses kollegialen Gedankenaustausches und die Verabschiedung.

Nicht beachtet hatten die beiden ehemaligen Kollegen den Herrn hinter ihnen am Fenster, der sich intensiv mit der Ostfriesen-Zeitung beschäftigt hatte und unmittelbar nach ihnen das Lokal verließ.

Georg machte sich auf den Weg zu seiner Ferienwohnung. Er wollte heute noch die Halbmarathonstrecke laufen, die ihn dann über das gut ausgebaute Radwegenetz um Wittmund am Schluss durch den Knyphauser Wald brachte, was er in diesem Jahr mit fast schon Mittelmeertemperaturen als angenehme Abkühlung empfand. Eigentlich wäre er viel lieber auf den Deichen der Küstenlinie entlanggelaufen, aber die waren immer wieder durch Zäune zum Schutz der Deichschafe unterbrochen. Genauso wenig wie den Herrn im Lokal registrierte er den dunkelblauen Corsa, der ihm bis zu seiner Unterkunft in Leerhafe gefolgt war.

Helge war inzwischen zu Fuß bei seiner Einliegerwohnung in einer der Wittmunder Wohnsiedlungen angekommen. Er hatte heute noch sein sonntägliches Joggingprogramm im Wittmunder Wald auf der Agenda. Dazu wollte er aber abwarten, bis die

Nachmittagshitze etwas verflogen war und die Sonne tiefer im Westen stand.

***

Der stetige Wind vom Meer hatte die wabernde Sommerhitze ein wenig vertrieben, als Helge zu seinem Auto ging. Seine Vermieterin kam wohl gerade von einem Spaziergang zurück und er wechselte ein paar freundliche Worte mit ihr, bevor er zum Wittmunder Wald fuhr. Bei Angelsburg konnte er mit dem Wagen ein Stück in den Wald fahren und ihn dort an einer etwas breiter ausgefahrenen Stelle abstellen, ohne eventuelle Forstfahrzeuge zu behindern. Da er in der Regel dreimal in der Woche hier seinen Waldlauf absolvierte, hatte er inzwischen verschiedene Routen zwischen fünf und fast zehn Kilometern herausgefunden.

Heute überlegte er, ob er es bei fünf Kilometern belassen sollte. Vielleicht würde ja auch Melanie noch anrufen und sie könnten sich doch noch heute Abend sehen. Sie müsste wohl mit der Flut gegen neunzehn Uhr mit der Fähre von Spiekeroog zurückkommen. Bis dahin könnte er dann wieder zu Hause und auch schon geduscht sein. Melanie hatte mit ihrer charmanten Art seine Erwartungen noch bei Weitem übertroffen, und wie gerne hätte er sie gestern Abend noch in ihre Wohnung begleitet. Am liebsten sogar, um dann noch die Nacht mit ihr zu verbringen. Aber er war in Liebesdingen kein Draufgänger. Er liebte etwas füllig proportionierte Frauen und seine neuste Bekanntschaft aus dem Single-Portal hatte es ihm nicht nur vom Wesen her, sondern auch optisch angetan.

Es war nicht immer so gewesen, dass es bei solchen Dates bei ihm gleich klick machte. Oft hatte er eine solche Bekanntschaft enttäuscht schon nach dem ersten Date wieder beendet.

Er überlegte, ob er diesmal beim Laufen sein Smartphone in der Gesäßtasche seiner kurzen Sporthose mitnehmen sollte. Wegen der sommerlichen Temperatur hatte er keinen Jogginganzug mit etwas tieferen Taschen angezogen. Daher befürchtete er, dass er das Handy unterwegs verlieren könnte, und ließ es im Wagen liegen.

Während des Laufens ließ er auch immer gerne die Natur auf sich wirken und seine Gedanken schweifen. Vogelgezwitscher begleitete ihn. In der Ferne hämmerte ein Specht und ein Eichelhäher checkerte, weil er vielleicht eine Wildkatze oder einen Fuchs entdeckt hatte. Für seinen Kollegen empfand Helge fast ein wenig Mitleid, zumal er sich sicher war, dass ihm das hätte genauso passieren können. Aber dann drängten sich die Gedanken an den gestrigen Tag mit Melanie in den Vordergrund. Ja, er könnte sich durchaus ein Leben mit dieser Frau vorstellen.

Sie hatte nichts von dieser ehrgeizigen Agilität seiner Ex. Obwohl er gerade dies an seiner Ehefrau anfangs so sexy gefunden hatte. Sie nahm die Dinge in die Hand, auch in der zwischenmenschlichen Beziehung und im Bett. So war sie privat wie beruflich. Dabei hatte sie die Grenzen fließend gesehen, auch in Bezug auf zwischenmenschliche Beziehungen. Insofern war seine Aussage über das Scheitern seiner Ehe gegenüber Melanie nur die halbe Wahrheit gewesen. Für ihn musste die Welt absolut planbar und verlässlich sein, was sich durchaus auch mit seinem beruflichen Ehrgeiz in Einklang bringen ließ, aber nicht mit der Art der Eheführung seiner Angetrauten. Wenn ihr danach war, dann ließ sie ihren Gefühlen freien Lauf, auch außerhalb der Ehe. Schließlich hatte er die Reißleine gezogen und die Scheidung eingereicht.

Melanie hatte ja auch bereits ähnlich negative Erfahrungen in ihrem Leben gemacht. Beruflich war sie mit ihrer Situation offensichtlich sehr zufrieden. Bei ihr schien ihm alles überschaubar und vor allem verlässlich. Und genau das schien ja auch sie zu suchen und würde es bei ihm bekommen. Eigentlich doch eine ideale Verbindung. Sein Herz machte bei diesem Gedanken einen Freudensprung, und das kam nicht allein davon, dass er sein Tempo deutlich erhöht hatte, um möglichst schnell wieder nach Haus und unter die Dusche zu kommen.

Warum sollte er eigentlich warten, bis sie anrief, fragte er sich auf einmal. Klar, solche Initiativen hatte er früher seiner Ex überlassen. Aber dienstlich war er doch auch gewohnt zu agieren.

Warum dann nicht auch privat und gerade im Gefühlsleben? In diesem Moment wurde ihm bewusst, warum er gestern Abend bei der Verabschiedung von Melanie nicht seinen Gefühlen gefolgt war. Er hatte, wie er es gewohnt war, auf ihre Initiative gewartet. Oh, bin ich blöd, ging es ihm durch den Kopf.

Erst jetzt fiel ihm auf, dass ihm normalerweise auf seinem Weg immer wieder mal Spaziergänger oder andere Jogger begegneten. Heute schienen aber viele das Kaiserwetter an den Stränden der Küste und auf den Inseln einem Waldlauf oder -spaziergang vorgezogen zu haben. Außer einem Spaziergänger mit Hund, der aber dann in einen anderen Weg eingebogen war, bevor er ihn erreichte, war heute wohl kein Mensch im Wald unterwegs.

Schließlich hatte er seinen Wagen wieder erreicht. Bevor er einstieg, machte er wie üblich erst noch seine Dehnungsübungen. Hinter seinem Wagen parkte ein Lieferwagen, gegen die Fahrtrichtung mit dem Heck zu seinem Auto. Der will wohl nachher möglichst schnell wegkommen, dachte er, weil diese Art zu parken eigentlich seinem Empfinden zuwider war. Aber hier im Wald sollte ihn das eigentlich nicht stören.

Er hatte gerade die Fernbedienung des Autoschlüssels gedrückt, um die Fahrertür zu öffnen, als er einen Knall hörte. Im gleichen Augenblick schoss ein höllischer Schmerz, vom Rücken in Höhe des linken Schulterblattes ausgehend, durch seinen ganzen Körper. Reflexartig versuchte er mit der rechten Hand das Zentrum des Schmerzes zu erreichen. Irgendetwas hing da. Es schien ein kleiner runder Zylinder zu sein. Schließlich bekam er das Ding zu fassen. Obwohl ihm irgendwie bereits die Sinne zu schwinden drohten, realisierte er, dass ihn offensichtlich die Kanüle eines Betäubungspfeiles getroffen hatte.

Ich brauch mein Handy, ich muss Hilfe holen! Er öffnete die Fahrertür und wollte sich gerade hineinbeugen, um nach dem Handy zu greifen, da wurden seine Arme brutal nach hinten gerissen. Mit der Stirn knallte er heftig gegen die obere Kante der Karosserie. Dann klickten Handschellen um seine Handgelenke. Es war das Letzte, was er noch bewusst wahrnahm, bevor ihm die Sinne endgültig schwanden.

4. Kapitel

Ein Montagmorgen, bei dem sich jeder, der einer Arbeit nachzugehen hatte, lieber einen Urlaubstag gewünscht hätte, um diesen irgendwo am Strand mit Freunden oder der Familie verbringen zu können. Die Wolken, die sich gestern noch am Horizont der Nordsee im Westen gezeigt hatten, waren doch nicht bis zur ostfriesischen Wattenmeer-Küste vorgedrungen, und so hatte heute wieder strahlender Sonnenschein den Beginn einer ganz normalen Arbeitswoche begrüßt.

Aber für das Finanzamt und das Kommissariat in Wittmund wohl doch nicht ganz so normal, wie sich die Beamten das vorgestellt und sicher auch gewünscht hätten. Der Erste Kriminalhauptkommissar Bert Linnig vom Kommissariat Wittmund war mit seiner Kollegin, Kriminalhauptkommissarin Nina Jürgens, mit Blaulicht und Sirene zu einem Einsatz im Wittmunder Wald unterwegs. Das Finanzamt des Kreises Wittmund hatte heute Morgen einen Mitarbeiter als vermisst gemeldet. Um neun Uhr hätte der Kollege eine Abschlussbesprechung für eine durchgeführte Steuer-Außenprüfung leiten sollen. Er war aber unabgemeldet nicht erschienen, was für ihn völlig untypisch war.

Daraufhin war ein Kollege aus dem Amt bei ihm zu Hause vorbeigefahren, um bei seiner Vermieterin nachzufragen. Die hatte den Vermissten, Helge Beckmann, am späten Nachmittag des Vortages noch gesprochen. Da sei er gerade mit seinem Auto, nur in T-Shirt und kurzer Sporthose, zum Jogging im Wittmunder Wald aufgebrochen. Sie hätte sich schon gewundert, dass sie den Bewohner ihrer Einliegerwohnung mit seinem Wagen nicht wie sonst hatte zurückkommen hören. Das Haus lag am Ende einer ganz kleinen Stichstraße, wo sonst normalerweise kein Autoverkehr stattfand.

Kollegen von der Forensik hatten das Handy des Vermissten tatsächlich im Wittmunder Wald bei Angelsburg geortet, von wo es seit der von der Vermieterin angegebenen Zeit nicht mehr wegbewegt worden war. Das ließ zumindest befürchten, dass ihm beim Joggen irgendwo im Wittmunder Wald etwas zugestoßen war und dass er Hilfe brauchte. Aber bevor jetzt eine Riesenwallung gemacht wurde, wollten sich Bert und seine Kollegin erst einmal ein Bild der Lage verschaffen. Denn schließlich handelte es sich um einen Mann in den besten Jahren und weder um ein hilfloses Kind noch einen demenzkranken älteren Menschen. Zumeist lösten sich Vermisstenmeldungen dieser Art schon nach kurzer Zeit ganz von selbst, indem der Vermisste plötzlich wieder auftauchte und im Nachhinein alles eine nachvollziehbare Erklärung fand.

Eine Hundertschaft und mehrere Hundeführer hielten sich aber schon mal in Bereitschaft. Die Polizeihauptmeister Bernd Guben und Silke Jansen aus seinem Team hatte Bert zu der Vermieterin geschickt, um nähere Informationen einzuholen.

Kurz nach dem Ortsrand von Angelsburg erreichte Berts ziviles Polizeifahrzeug den Wittmunder Wald, in den an dieser Stelle ein Waldweg hineinführte. Bereits von hier konnten die Beamten in einiger Entfernung einen am rechten Wegesrand abgestellten PKW erkennen. Sie ließen ihren Dienstwagen am Waldrand stehen und gingen zu Fuß zu dem parkenden Wagen, um so wenig wie möglich Spuren zu verwischen.

Schon einige Meter davor erkannten sie, dass die Fahrertür nur angelehnt war. Und als sie beim Fahrzeug angekommen waren, fiel ihnen sofort die Blutspur an der Kante des Wagendaches, oberhalb der Fahrertür, auf.

»Das sieht gar nicht gut aus«, stellte Bert sachlich fest und öffnete, nachdem er sich Handschuhe übergestreift hatte, vorsichtig die Tür. Ohne dass er sich hineinbeugen musste, sah er das Handy auf der Mittelkonsole. Er wählte an seinem Smartphone eine gespeicherte Nummer und kurz darauf klingelte das Handy im Auto des Vermissten, das die Polizisten bereits am Nummernschild erkannt hatten.

»Hier brauchen wir beide gar nicht erst weiterzumachen, da muss gleich die Spurensicherung ran«, sagte Bert. »Und wir benötigen jetzt doch die Bereitschaft mit der Hundestaffel.«

»Werde ich gleich anfordern«, antwortete Nina, »obwohl ich fast befürchte, dass wir hier den Vermissten auf seiner Joggingstrecke nicht finden werden. Nicht geschlossene Autotür,

Blutspur an der Dachkante, das sieht eher nach einem Gewaltverbrechen hier bei seinem Auto aus.«

»Ich fürchte, dass du recht hast«, bestätigte Bert, der einer Schleifspur, die von zwei Schuhfersen stammen konnte, folgte. »Die Spur endet kurz hinter dem Heck des Fahrzeugs. Und hier muss auch ein größerer Wagen gestanden haben, so wie das aussieht.«

Inzwischen hatte sich Kriminalhauptkommissar Sören Nansen, der Leiter der Spurensicherung, am Telefon gemeldet. Bert berichtete ihm von ihrem Fund. Nina hatte inzwischen die Bereitschaft mit Hundestaffel angefordert und begonnen, den Waldweg um das Fahrzeug abzusperren.

Es dauerte nicht lange und dann kam die Riesenwallung, wie Bert das manchmal zu nennen pflegte, doch in Gang. Die Spurensicherung war bereits kurz nach dem Telefonat eingetroffen. Auch Bernd und Silke meldeten sich von ihrem Gespräch mit der Vermieterin zurück. Sie hatten einige getragene Kleidungsstücke aus der Wohnung des Vermissten geholt und mitgebracht. Die Hundeführer waren, nachdem ihre Tiere Witterung und die Spur aufgenommen hatten, schon im Einsatz. Die Hundertschaft war noch unterwegs. Vor einer gezielten Suche nach dem Vermissten mussten zunächst die forensischen Spuren gesichert und die Ergebnisse der Hundeführer abgewartet werden.

Die Hunde zogen zügig bis zu einer Wegekreuzung voran. Dann führte eine Spur offensichtlich geradeaus weiter und eine andere den rechten Weg entlang. Für die Hundeführer stand fest, dass Helge Beckmann hier zu einer Rundlaufstrecke abgebogen war und der andere Weg zurück zum Auto führte. Die beiden Beamten trennten sich daher an dieser Stelle und jeder folgte einer Spur. Ihre Vermutung bestätigte sich, da sie sich auf etwa halber Strecke wieder trafen. Bevor sie sich zusammen auf den Rückweg machten, informierten sie Bert über Handy. Für Bert war vor allem die Information wichtig, dass an keiner Stelle der Laufstrecke des Vermissten die Spur vom Weg abgewichen war.

Damit konnte mit an Sicherheit grenzender Wahrscheinlichkeit davon ausgegangen werden, dass Helge Beckmann nicht irgendwo seitlich des Weges eventuell einem Schwächeanfall erlegen war. Für Bert stand fest: Wenn sich aus den Ergebnissen der Spusi nicht noch etwas anderes ergeben sollte, zum Beispiel, dass der Vermisste von seinem Auto aus irgendwo in der Nähe des Parkplatzes in den Wald geschleppt worden sein könnte, dann brauchte hier die Hundertschaft gar nicht erst zum Einsatz zu kommen. Viel wahrscheinlicher war, dass der Gesuchte tatsächlich bis zu einem anderen parkenden Wagen gezerrt worden war, denn genau dort, wo die Schleifspuren endeten, hatten auch die Hunde diese Spur verloren.

Inzwischen waren die Fahrzeuge der Hundertschaft eingetroffen, hielten sich aber noch außerhalb des Waldes in Bereitschaft. Es dauerte eine Weile, bis Sören bestätigte, dass die Schleifspuren wohl von Sportschuhfersen waren und alles darauf hindeutete, dass der Gesuchte in ein Fahrzeug verladen und abtransportiert worden war. Ferner vermutete er, dass es sich um einen Einzeltäter handelte, der den Vermissten zu seinem Wagen geschleift hatte. Bei mehr als einem Entführer ging Sören davon aus, dass solche Schleifspuren nicht vorhanden wären, weil man den Entführten wahrscheinlich getragen hätte.

»Wir sind dann so weit fertig«, schloss Sören sein erstes Resümee. »Das Fahrzeug werden wir zum Kommissariat bringen lassen.«

»Danke, Sören«, antwortete Bert. »Ihre Leute können wieder abrücken«, gab Bert dann Anweisung an den Führer der Hundertschaft. »Tut mir leid, dass ihr umsonst den Weg gemacht habt.«

»Besser so, als wenn wir hier eine Leiche aufgespürt hätten«, erwiderte dieser und meldete sich dann ab.

»Ich habe schon einen Aufruf an die örtlichen Medien herausgegeben, dass wir einen vermissten Jogger suchen«, sagte Nina, die gerade von ihrem Einsatzfahrzeug zu Bert zurückkam, der noch bei Sören und seinen Leuten stand.

»Okay, dann treffen wir uns im Kommissariat und warten auf deinen Bericht, Sören«, schloss Bert die Sache am Fundort des Vermisstenfahrzeugs ab, um mit Nina zur Dienststelle zurückzukehren. Es gab einiges zu tun und zu veranlassen. Unter anderem musste über eine personelle Aufstockung des Teams nachgedacht werden.

Aber bevor Bert Linnig eine Erweiterung seines Kripo-Stammteams veranlasste, brauchte er erst einmal eine solide Lagefeststellung. Er war nicht der Mann, der gleich bei jedem neuen Fall in einen künstlichen Aktionismus verfiel. Der gebürtige Rheinländer, der einen großen Teil seiner über dreißigjährigen Polizeikarriere in der Ruhrmetropole Essen verbracht hatte, war ein erfahrener Routinier. Das konnte man inzwischen auch von seiner um einige Jahre jüngeren Kollegin Nina Jürgens sagen. Sie war erst vor Kurzem aufgrund ihrer herausragenden Leistungen als Profilerin im Team zur Kriminalhauptkommissarin ernannt worden.

Beide hatten bereits eine gescheiterte kinderlose Ehe hinter sich. Ursache dafür waren wohl in erster Linie bei beiden das dienstliche Engagement und die unregelmäßigen Dienstzeiten gewesen. Nina hatte ihren Ex an eine Beamtin in einem hannoverschen Landesministerium verloren, weil er wohl den planbareren Dienstzeiten seiner dortigen Kollegin den Vorzug gegeben hatte. Für Nina war seinerzeit eine Stellenausschreibung in Wittmund eine gute Möglichkeit für einen Neuanfang gewesen.

Inzwischen waren Nina und Bert nicht nur dienstlich ein Team, obwohl sie selbst sich das lange Zeit nicht eingestehen wollten. Aber schließlich hatten doch die Gefühle gesiegt. Nach der jetzigen Hauptsaison hier an der Küste wollten sie in einem derzeit noch als Ferienhaus genutzten Häuschen in Carolinensiel einen gemeinsamen Hausstand gründen. Obwohl Nina immer noch eine eigene Wohnung in Wittmund hatte, wohnte sie inoffiziell schon seit einiger Zeit bei Bert, nachdem sie bei einem ihrer letzten Fälle gerade noch im letzten Moment dem Sensenmann von der Schippe gesprungen war.

Sie war in einen Hinterhalt geraten und lebensbedrohlich verletzt worden. Dabei hatte sie auch ihr ungeborenes Kind verloren, auf das sie und Bert sich schon so gefreut hatten. Zu allem Übel konnte sie seitdem nach ärztlicher Prognose keine Kinder mehr bekommen. Selbst für eine taffe Polizistin, Karatekämpferin und Profilerin keine leichte Situation. Aber auch

Bert hatte das alles nicht unberührt gelassen und er war sehr um seine Nina besorgt. Dennoch gingen beide im Dienst sehr sachlich und kollegial miteinander um. Wie sagt es der Volksmund so treffend: »Dienst ist Dienst und Schnaps ist Schnaps.«

Zum engeren Team gehörten dann noch »Pat und Patachon«, wie die Polizeihauptmeister Bernd Guben und Silke Jansen heimlich genannt wurden. Silke, eine gemütlich und etwas kompakt wirkende, nicht sehr große Ostfriesin und Bernd, ein gut ein Meter neunzig großer Schlaks aus dem Ruhrgebiet. Wenn man die beiden nebeneinander laufen sah, drängte sich automatisch das Bild aus dem Stummfilmklassiker des Komiker-Duos auf. Im letzten Jahr war dann noch die inzwischen auch zur Polizeihauptmeisterin ernannte quirlige Rita Schneider aus Osnabrück hinzugekommen. Eine ehemalige Sprint-Landesmeisterin, die sich bereits als wertvolle Teamverstärkung bewährt hatte.

Bert stand im Besprechungsraum an seinem Flipchart, um die Fakten festzuhalten. Anschließend wurden die Blätter an der Wand aufgehängt, damit alle Teammitglieder jederzeit im Bilde waren. Bevor Sören mit ersten Ergebnissen der Forensik kam, fasste Bert noch einmal zusammen: »Fest steht, Helge Beckmann, ein Beamter des hiesigen Finanzamtes, ist von seiner gestrigen Joggingrunde nicht mehr nach Hause zurückgekehrt. Seine Spur verliert sich hinter seinem auf einem Waldweg des Wittmunder Waldes geparkten Fahrzeug. Die leicht offen stehende Tür, das im Wagen liegende Handy und die Blutspuren an der Dachkante seines Autos sind Indizien für eine Gewalttat. Dafür sprechen auch die merkwürdigen Schleifspuren. Aber hier warten wir noch ab, was Sören uns dazu zu sagen hat.«

In diesem Moment betrat der Genannte den Besprechungsraum. »Ich habe deine letzten Worte mitbekommen. Alles spricht in der Tat für deine Schlussfolgerung. Wir haben einige Meter vom Auto des Vermissten entfernt im weichen Waldboden Spuren gefunden, die der andere Wagen vermutlich beim Wenden hinterlassen hat. Dabei muss er ein wenig in den Graben gerutscht sein, weil der Weg an der Stelle wieder enger wird. Er hat wohl sogar Mühe gehabt, das Gefährt wieder rauszubekommen.

Jedenfalls konnten wir an einer Stelle sehr gute Reifenabdrücke sicherstellen. Das Fahrzeug ist dann vermutlich rückwärts vor das geparkte Auto unseres Finanzbeamten gestellt worden. Dort muss es wohl eine Weile gestanden haben, wie eine Ölspur vermuten lässt.

Die Radabstände lassen auf einen Wagen der Größe eines Kleintransporters wie zum Beispiel einen Mercedes Sprinter oder Ford Transit schließen. Dann war es auch für einen Einzeltäter, wovon wir aufgrund der Fußspuren ausgehen, relativ einfach, den Gesuchten hinten auf die Ladefläche zu schieben.«

»Konntet ihr denn schon die Blutspuren an Beckmanns Wagen auswerten?«, wollte Nina wissen.

»Ein Teil meiner Leute war bereits parallel in seiner Wohnung im Einsatz. Dort haben sie auch Material für eine DNA-Analyse sichergestellt. Aber der Abgleich läuft noch. Wobei wir allerdings davon ausgehen, dass es sich um sein Blut handelt. Auf der Fahrerseite haben wir nur seine Fingerabdrücke gefunden. Auf der Beifahrerseite konnten wir nur Fingerabdrücke von einer fremden Person sicherstellen. Eine Datenbankabfrage verlief allerdings negativ. Das gilt auch für Fingerabdrücke, die wir in seiner Wohnung vorgefunden haben. Irgendwelche nennenswerten Auffälligkeiten gab es dort nicht. Außer, dass die Räumlichkeiten für einen männlichen Single außergewöhnlich sauber und aufgeräumt waren.« Sören konnte sich bei dieser Bemerkung ein leichtes Schmunzeln nicht verkneifen. Da kannten er und seine Mitarbeiter auch andere Behausungen. »Jedenfalls nichts, was uns Hinweise auf eine Entführung oder Gewalttat gebracht hätte. Wenn ihr keine Fragen mehr habt, ihr wisst, wo ich zu erreichen bin.«

»Im Moment keine Fragen. Danke, Sören«, sagte Bert und dann zu seinen Leuten gewandt: »Nicht viel. Aber das kennen wir ja schon. Zeit also, dass wir uns mal mit der Frage nach einem Motiv für eine Gewalttat gegen unseren Staatsdiener vom Finanzamt beschäftigen.«

»Da würde mir beim Stichwort Finanzamt spontan so manches einfallen«, meldete sich Bernd mit einem breiten Grinsen zu Wort.

»Mir aber auch«, ergänzte Rita feixend. »Wer hat sich noch nicht gerade über dieses Amt geärgert?!«

»Die Kollegen dort tun doch auch nur ihre Pflicht«, gab Nina zu bedenken. »Und seit wann rechtfertigt eine Verärgerung über einen Steuerbescheid eine gewaltsame Entführung, wovon wir hier ja ausgehen müssen, oder sogar Schlimmeres?«

»Da hast du sicher recht«, bestätigte Bert. »Aber ich habe vorhin mit dem Leiter des Amtes telefoniert. Der sagte mir, dass der Vermisste mit seinen Mitarbeitern für Betriebsprüfungen von kleinen und mittelständischen Unternehmen zuständig ist. Und da könnte es auch schon mal an die Existenz einer solchen Firma gehen. Also anders als bei einem Angestellten oder Beamten, wo es mal um die eine oder andere Nachzahlung oder Nichtanerkennung von Steuervergünstigungen geht, die zwar ärgerlich, aber nicht existenzbedrohend sind.«

»Gibt es denn in diesem Zusammenhang schon irgendwelche Hinweise?«, hakte Nina nach.

»Konkret noch nicht, aber dazu komme ich gleich noch. Der Personenkreis der geprüften Unternehmer und Gewerbetreibenden ist nicht der einzige, mit dem wir es hier zu tun haben. Wie mir der Leiter sagte, ist Helge Beckmann vor etwa einem Jahr mit einer Bewerbung aus Frankfurt auf seinen jetzigen Dienstposten als Sachgebietsleiter in ein – eigentlich intern laufendes – Auswahlverfahren mit einbezogen worden. Aufgrund seiner außergewöhnlich guten Beurteilungen wurde er dann anderen Anwärtern des hiesigen Amtes gegenüber vorgezogen, was für einigen Unmut gesorgt hatte. Und einem dieser Kollegen hat Beckmann sogar inzwischen bei einer Betriebsaußenprüfung eine Kungelei mit dem Firmeninhaber, der ein alter Schulfreund von diesem war, nachweisen können. Das hat dann für den Mitarbeiter zu einem internen Verfahren und einer Art Strafversetzung geführt. Vor seinem Abgang soll der dann vor mehreren Zeugen gesagt haben, dass das dem Beckmann noch leidtun wird.«

»Na, das wäre dann doch schon mal unser erster Kandidat, den wir uns vorknöpfen sollten«, bemerkte Bernd.

»Das denke ich auch«, stimmte Bert zu. »Die Adresse von dem habe ich auch schon und du kannst dich gleich nach unserem Meeting mit Rita auf den Weg machen und ihn ins Kommissariat zu einer Befragung holen. Der wohnt hier in Wittmund, pendelt aber seit seiner Versetzung jeden Tag nach Oldenburg. Aber bis wir hier fertig sind, wird der auch schon zu Hause sein. Ansonsten müsst ihr warten, bis er kommt.«

»Und was ist jetzt mit den anderen?«, wollte Nina wissen.

»Ich sagte ja schon, dazu komme ich noch. Dich würde ich bitten, Kontakt mit dem Finanzamt aufzunehmen und für morgen mit denen einen Termin abzustimmen. Von der Personalabteilung erhältst du die Informationen über die an dem besagten Auswahlverfahren Beteiligten. Dann kommt der schwierigere und auch zeitaufwendigere Teil deiner Aufgabe: Du musst alle Betriebsprüfungen, an denen Beckmann beteiligt war, auswerten und ermitteln, ob es da für uns einen Ansatz für weitere Ermittlungen gibt. Dazu überlege ich, eventuell eine Unterstützung aus dem Bereich Wirtschaftskriminalität anzufordern. Jedenfalls gehe ich davon aus, dass das mehrere Tage in Anspruch nehmen wird.«

»Gott sei Dank ist der ja erst ein knappes Jahr hier. Aber wir müssen auf jeden Fall auch die Kollegen in Frankfurt und das dortige Finanzamt, bei dem Beckmann tätig war, mit einbeziehen, denn dort könnte es ja auch Leute geben, die ein Motiv haben«, ergänzte Nina.

»Richtig, darum werde ich mich kümmern. So, Rita und Bernd, dann holt mal den strafversetzten Steuerbeamten, Tjark Frerichs, zum Gespräch. Übrigens, falls er nicht freiwillig mitkommt, dann betet ihm seine Rechte vor. Ihr wisst schon, was ich meine«, beendete Bert mit einem Augenzwinkern das Meeting.

5. Kapitel

Bert und Nina hatten sich in Berts Dienstzimmer zusammengesetzt, um die Zeit, bis Rita und Bernd mit dem Finanzbeamten kommen würden, für eine interne Lageeinschätzung zu nutzen. Bert legte großen Wert auf Ninas Intuitionen und Einschätzungen als versierte Profilerin. Da hatte sich ein Brainstorming mit ihr unter vier Augen bewährt, bevor er das ganze Team einbezog.

»Das hat uns hier gerade noch gefehlt, ein Beamter der Finanzverwaltung Opfer eines Gewaltverbrechens«, gab Bert seiner Sorge Ausdruck. »Da können wir nur hoffen, dass das aus seinem privaten Umfeld kommt. Aber ich fürchte, dass uns ohnehin bald die Medien auf die Pelle rücken werden.«

»Davon bin ich auch überzeugt«, bestätigte Nina. »Für manche so oder so sicher ein gefundenes Fressen.«

»Ja, da ist nämlich noch etwas, was ich im Meeting vorhin noch nicht bekannt geben wollte. Dazu möchte ich erst deine Bestätigung nach deinen Recherchen abwarten. Mir hat nämlich der Leiter des Finanzamtes im Vertrauen gesteckt, dass Helge Beckmann zu den ganz Eifrigen unter den Prüfern gehört, der sich auch schon mal gerne über Grundsatzurteile des Bundesfinanzhofes hinwegsetzt.«

»Dann wäre es doch die Pflicht des Amtsleiters, das zu verhindern. Grundsatzurteile haben doch Bindungskraft, oder habe ich da im Studium etwas falsch verstanden?«

»Nein, hast du sicher nicht. Grundsätzlich gilt das auch so. Allerdings ist es in der Finanzverwaltung geübte Praxis, dass man sich immer wieder ganz bewusst über solche Urteile hinwegsetzt. Dazu gibt es sogar einen sogenannten Nichtanwendungserlass vom Bundesministerium der Finanzen. Hinzu kommt, dass die Finanzämter nicht verpflichtet sind, in Bescheiden darauf hinzuweisen, dass von Grundsatzurteilen abgewichen wurde. Das heißt, viele Steuerpflichtige merken das überhaupt nicht.«

»Das ist ja unglaublich! Aber woher weißt du denn das? Hat dir das der Amtsleiter etwa gesagt?«

»Nein, natürlich nicht. Das habe ich mal vor einiger Zeit in einem Fernsehbericht gesehen. Das war aber Zufall, damals wusste ich ja noch nicht, dass mir das mal dienstlich begegnen wird. Jedenfalls war da in dem Bericht sogar ein Richter aus dem höchsten Finanzgericht im Interview, der diese Praxis bestätigt hat. Allerdings verwies er darauf, dass es Sache des Gesetzgebers sei, dafür zu sorgen, dass die Finanzbehörden bindend verpflichtet würden, bei einem Abweichen von einem Grundsatzurteil zumindest im jeweiligen Bescheid darauf hinzuweisen. Eine solche gesetzliche Regelung gäbe es leider nicht, wie dieser Richter sagte.«

»Also mal wieder so ein Beispiel, wo sich die Verantwortlichen gegenseitig den schwarzen Peter zuschieben. Aber wenn ich genau darüber nachdenke: Warum sollte der Gesetzgeber überhaupt tätig werden? So nimmt der Staat doch viel mehr Steuern ein«, machte Nina ihrer Verärgerung Luft.

»Lassen wir das mal, wir haben hier andere Sorgen und ändern werden wir eh nichts«, beendete Bert diesen Exkurs. »Jedenfalls hat mir der Leiter im Vertrauen gesagt: Wenn es nach ihm gegangen wäre, hätte Beckmann trotz seiner Superzeugnisse den Posten nicht bekommen. Es sei nämlich inoffiziell durchgesickert, dass die in Frankfurt den Beckmann weggelobt haben. Damit hätte er aber nicht argumentieren können und dürfen, weil diese Information nicht offiziell war. Ach übrigens, die Drohung des zwangsversetzten Mitarbeiters, dass das dem Beckmann noch leidtun würde, die hat mir der Amtsleiter selbst bestätigt. Das ist also kein Hörensagen, da war er selbst dabei und wir können uns auf seine Aussage beziehen.«

Bevor die beiden Kriminalisten ihren Gedankenaustausch fortsetzen konnten, meldete sich der Diensthabende vom Empfang: »Hier ist ein Herr Okko Boekhoff, der etwas im Zusammenhang mit dem Aufruf zu der Vermisstenmeldung beobachtet hat. Er sagte, Sie kennen ihn, er war schon einmal wegen einer anderen Sache bei Ihnen.«

»Okko Boekhoff, na klar, den kennen wir. Seine Labradorhündin hatte doch bei einem unserer letzten Fälle die tote junge Frau im Wittmunder Wald gefunden«, sagte Nina.

Auch Bert konnte sich erinnern und gab Anweisung, Okko Boekhoff raufzuschicken.

»Moin, Herr Boekhoff! Hat Ihr Hund etwa wieder eine Frauenleiche im Moor gefunden?«, begrüßte Bert ihn.

»Moin zusammen. Nein, Gott sei Dank nicht. Ich komme wegen des Aufrufs im Radio. Und da ich gerade in der Stadt war, komme ich gleich vorbei. Ich war schon auf dem Weg nach Hause, da fragten sie im Radio nach Beobachtungen im Zusammenhang mit einem im Wittmunder Wald vermissten Jogger.«

»Was haben Sie denn beobachtet?«, fragte Nina. »Aber nehmen Sie erst einmal Platz.«

Nachdem der Besucher sich mit einem Schluck Wasser erfrischt hatte, sprudelte es aus ihm heraus: »Wie Sie ja vielleicht noch wissen, wohne ich am Ortsrand von Angelsburg. Gestern am späten Nachmittag habe ich wie immer meine Runde mit Leika gemacht. Kurz nach dem Ortsausgang, ein Stück in den Waldweg rein, ist dieser ein wenig breiter, und da parkt in der Regel dreimal die Woche ein silberfarbener Golf, der einem Jogger gehört, dem ich hin und wieder auch schon direkt begegnet bin. Daher weiß ich, dass der Wagen ihm gehört. Grüßt immer sehr höflich, der Mann, und spricht auch manchmal mit mir ein paar Worte übers Wetter und so. Ob es der Jogger ist, den Sie suchen, weiß ich natürlich nicht.«

»Das können wir so auch noch nicht sagen. Wissen Sie denn, wie er heißt? Und was war denn nun Ihre Beobachtung?«, versuchte Bert das Gespräch zu konkretisieren.

»Wie er heißt, weiß ich leider nicht. Er hat sich nicht vorgestellt und ich habe ihn auch nicht danach gefragt. Wir haben ja nicht oft miteinander gesprochen. Wenn er am Laufen war, dann hat er nur gegrüßt und war dann schon an mir vorbei. Nur nach dem Laufen, wenn er an seinem Auto Übungen machte, dann haben wir manchmal ein paar Worte gewechselt, wie ich schon sagte.«

»Aber gestern war ja wohl irgendetwas anders, sonst wären Sie jetzt sicher nicht hier«, versuchte nun auch Nina, etwas für sie Verwertbares herauszukitzeln.

»Genau. Gestern parkte vor seinem Auto ein Lieferwagen entgegengesetzt zur Fahrbahnrichtung. Diesen Wagen hatte ich da noch nie zuvor gesehen. Und dann ein Kleintransporter am Sonntag. Unter der Woche kommt es schon mal gelegentlich vor, dass ein Vertreter oder Handwerker auch da parkt und im Schatten der Bäume seine Mittagspause verbringt. Und abends spät kann man da hin und wieder auch schon mal ein Liebespaar antreffen. Aber sowohl das eine als auch das andere habe ich in der letzten Zeit nicht beobachtet.«

»Ist Ihnen denn der Jogger gestern auch begegnet?«, wollte es Bert genau wissen.

»Direkt begegnet nicht, aber ich habe ihn, bevor ich am ersten Wegkreuz nach links abgebogen bin, in einiger Entfernung wohl auf dem Rückweg zu seinem Auto gesehen.«

Nina hatte sich ein paar Notizen gemacht. »Wissen Sie, wie viel Uhr das war?«, fragte sie nach.

»Ich gehe meistens zwischen siebzehn und achtzehn Uhr los, gestern habe ich aber nicht auf die Uhr geschaut. Wir hatten Besuch und da achtet man sowieso nicht so auf die Zeit. Wenn Leika nicht gedrängelt hätte, wäre es gestern wahrscheinlich noch später geworden.«

»Können Sie den Lieferwagen näher beschreiben?«, fragte der Kommissar.

»Ein weißer oder beigefarbener Ford Transit. Ich glaube, nicht das allerneueste Modell, aber fragen Sie mich nicht nach dem Baujahr. Davon habe ich keine Ahnung. Das könnte ich noch nicht einmal schätzen. Nur ganz neu sah der eben nicht mehr aus. Außerdem war der ziemlich verdreckt, so, als ob der öfter über Wald- oder Feldwege gefahren wäre. Auch die Frontscheibe hätte außerhalb der Reichweite der Wischerblätter mal eine Wäsche vertragen können.«

»Das ist doch schon mal etwas, Herr Boekhoff. Haben Sie sich vielleicht auch noch die Nummer des Kennzeichens merken können?« Nina hoffte inständig, dass er sich die gemerkt hatte, wurde aber gleich darauf enttäuscht.

»Leider nicht. Das Kennzeichen war auch total verdreckt. WTM konnte man mehr raten als sicher erkennen. Der Rest war total verschmiert. Ich hab mir noch gedacht, eigentlich müsste man so was anzeigen. Aber das ging mich ja im Grunde gar nichts an. Ich hoffe, dass ich Ihnen auch heute wieder helfen konnte. Bin ja schon froh, dass ich Ihnen diesmal keine Leiche zu vermelden hatte.«

»Also, Herr Boekhoff, wenn Sie keine weiteren Anmerkungen mehr haben, dann danken wir Ihnen sehr für Ihre aufmerksamen Beobachtungen. Ob diese für uns hilfreich sind, können wir zum gegenwärtigen Zeitpunkt noch nicht abschätzen. Aber grundsätzlich ist jede Information für uns sehr wichtig«, verabschiedete ihn Bert.

Nina begleitete ihren Besucher noch bis zur Eingangstür. Sie wollte schauen, wo Rita und Bernd blieben.

***

Nina fragte diesbezüglich gerade bei dem Kollegen am Schalter nach, als sie Bernd und Rita mit einem sehr mürrisch dreinschauenden Mann mittleren Alters zur Tür hereinkommen sah. Das musste der strafversetzte Finanzbeamte Tjark Frerichs sein. Vom Äußeren her hätte er eher als Krabbenfischer denn als bürokratischer Steuerprüfer durchgehen können. Es passte aber auf jeden Fall zu seinem typisch ostfriesischen Namen. Doch Nina wusste genau, man sollte sich nie von Äußerlichkeiten täuschen lassen. Dabei lag sie mit ihrer von ihr selbst als Vorurteil eingestuften Vermutung gar nicht so weit daneben, wie sich später noch rausstellen sollte.

»Moin, Kommissarin Nina Jürgens«, stellte sie sich vor. »Ihr könnt gleich raufkommen, Bert wartet schon.« Oben auf dem Gang wies sie den Mann an, in einem der Ersatzbüros Platz zu nehmen, und bedeutete Rita, bei ihm zu bleiben. Dann ging sie mit Bernd zu Bert, um sich seinen Bericht anzuhören.

»Alles klar?«, fragte Bert. »Wie ist es mit dem Finanzbeamten gelaufen?«

»Wir haben an der Tür geläutet, es war aber niemand da«, berichtete Bernd. »Dann haben wir im Wagen gewartet. Wir mussten ziemlich lange warten, bis er kam. Er fuhr dann gleich in die Garage rein. Das Tor hatte sich durch Fernbedienung geöffnet. Aber bevor er es wieder schließen konnte, waren wir bei ihm.

›Was haben Sie in meiner Garage zu suchen?‹, blaffte er uns an, bevor wir uns vorstellen konnten. Nachdem wir ihm unsere Ausweise gezeigt und ihm gesagt hatten, was wir wollten, wetterte er gleich los: ›Ihr kommt bestimmt wegen dem Arsch Beckmann. Hoffentlich nimmt den einer seiner Opfer mal richtig in die Mangel. Ich hab euch sonst nichts zu sagen. Also, lasst mich in Ruh!‹ Ich habe ihn gefragt, wie er auf den Namen Beckmann kommt. Da hat er nur geantwortet: ›Urwaldtrommel.‹ Na, jedenfalls haben wir ihn hergebracht, wie Nina ja schon gesehen hat. Er sitzt vorne mit Rita in einem Büro. Wir konnten ihn schließlich sogar davon überzeugen, dass es für ihn von Vorteil sein könnte, freiwillig mitzukommen.«

»Na, dann gehen wir doch gleich mal dort hin«, bestimmte Bert. »Rita und du, ihr beide könnt dann den Feierabend einläuten. Nina und ich übernehmen den Rest.«

Nachdem Bert sich vorgestellt und die üblichen Belehrungen durchgeführt und auch darauf hingewiesen hatte, dass das Gespräch aufgezeichnet würde, kam er ohne weitere Vorreden gleich zur Sache: »Wie mein Kollege sagte, wissen Sie bereits, warum Sie hier sind.«

»Sagte ich ja schon, wegen diesem Arsch Beckmann!«, presste der Finanzbeamte voller Zorn heraus.

»Herr Frerichs, mäßigen Sie sich bitte in Ihrer Ausdrucksweise!«, wies ihn Bert zurecht. »Wir sind hier schließlich nicht in der Gosse und Sie sind Staatsbeamter wie wir auch. Deshalb sollten wir uns wie zivilisierte Menschen unterhalten. Also noch einmal ganz konkret: Haben Sie etwas mit dem Verschwinden Ihres ehemaligen Vorgesetzten, Herrn Helge Beckmann, zu tun?«

»Nein und nochmals nein! Obwohl ich dem alles Schlechte wünsche, das gebe ich zu.«

»Bevor Sie Ihre Dienststelle hier in Wittmund verlassen haben, sollen Sie gesagt haben, dass das dem Beckmann noch leidtun würde. Stimmt das und was meinten Sie damit konkret?«, hakte Nina ein.

»Das habe ich gesagt. Ja. Ich neige etwas zu Wutausbrüchen und dann rutscht einem so was schon mal raus. Dabei will ich ganz ehrlich sagen: Wenn ich meine heutige Situation betrachte und etwas mehr kriminelle Energie besäße, dann hätte ich den wahrscheinlich schon längst umgebracht. Aber man ist ja nicht ohne Grund in den Staatsdienst gegangen und kein Verbrecher geworden.«

»Das ist eine sehr offene Antwort, Herr Frerichs, mit der Sie sich aber nicht gerade entlasten«, stellte Nina fest. »Andererseits könnte das aber auch ein Indiz für Ihre Ehrlichkeit sein. Sie sprachen von Ihrer heutigen Situation, was meinten Sie damit? An dieser Stelle möchte ich Sie noch einmal ausdrücklich darauf hinweisen, dass Sie derzeit noch nicht als Beschuldigter hier vor uns sitzen und somit grundsätzlich zur Wahrheit und auch zur Aussage verpflichtet sind. Sollten Sie allerdings das Gefühl haben, sich selbst zu belasten, können Sie die Aussage verweigern und haben Anspruch auf einen Rechtsbeistand.«

»Ich habe nichts zu verbergen und auch nichts verbrochen, übrigens auch in der Ausübung meines Dienstes nicht. Aber das ist ein anderes Thema und das Verfahren dazu ist immer noch nicht endgültig abgeschlossen, obwohl man mich schon versetzt hat. Und für meine heftige Bemerkung vorhin möchte ich mich entschuldigen. Aber wie ich schon sagte: Wenn ich mich unter Druck gesetzt fühle, dann raste ich schon mal aus, aber ich bringe niemanden um. Da hab ich immer noch eine innere Sperre und so was wie ein Gewissen.«

»Das beantwortet noch nicht die Frage meiner Kollegin nach Ihrer Situation«, bohrte Bert nach.

»Meine Situation? Ich frage mich inzwischen, warum ich eigentlich überhaupt noch lebe und wofür. Inzwischen ist mir fast nichts mehr geblieben, wofür es sich noch zu leben lohnt. Alles, wofür man ein halbes Berufsleben gearbeitet hat, ist wie eine Seifenblase zerplatzt.« Er hielt einen Moment inne und man sah ihm an, dass er mit sich kämpfte. »Dürfte ich Sie vielleicht um ein Glas Wasser bitten?«

Nina ging, um ihm das Gewünschte zu holen. Dann brachte sie auch gleich eine Thermoskanne Kaffee mit. Das Zubehör holte sie aus einem der Schränke. Auch für Bert und sich schenkte sie Kaffee ein. Das würde sicher noch eine etwas längere Sitzung werden. Aber das waren sie in ihrem Dienst gewohnt, das Private und selbst die Grundbedürfnisse wie Essen und Trinken standen zumeist hintenan. Wenn Nina den Mann jetzt so dasitzen sah, hatte sie fast Mitleid mit ihm. Seine wirren blonden Haare, die unter der Fischermütze, die er inzwischen abgenommen hatte, hervorlugten, sein vorhin noch braun gebranntes Gesicht, welches auf einmal aschfahl wirkte, und sein zotteliger Seemannsbart ließen ihn auf einmal um Jahre gealtert erscheinen und sogar fast wie einen alten Clochard wirken. Denn auch mit seiner Kleidung, dem typischen Ostfriesenhemd und der dunklen, weiten Hose, wirkte er wie ein Fischer. Es fehlten nur noch die Holzpantinen oder Gummistiefel.

Nachdem Tjark Frerichs ein Glas Wasser getrunken und auch an dem schwarzen Kaffee genippt hatte, schien die Farbe wieder in sein Gesicht zurückzukehren. Für Nina stand auf einmal fest: Der Mann hatte gerade am Rande eines Kreislaufzusammenbruchs gestanden. Da hätten sie fast den Notarzt rufen müssen.

Aber inzwischen hatte er sich wohl wieder gefangen. Jedenfalls fuhr er fort: »Ist vielleicht ganz gut, wenn ich mal mit jemand darüber reden kann. Für mein Umfeld bin ich ja fast schon so etwas wie ein strafversetzter Schwerverbrecher, der den Staat betrogen hat. Da kann ich mit niemand mehr offen reden. Sie glauben gar nicht, wie schnell solche Nachrichten die Runde machen. Dafür kann der Beckmann sicher nichts, für den Auslöser der ganzen Sache aber schon. Dafür ist nur er alleine verantwortlich, aber auch das wird im Rahmen eines ordentlichen Verfahrens auf anderer Ebene geprüft. Nützt mir im Endeffekt wohl nicht mehr viel. Die bürokratischen und vor allem auch die juristischen Mühlen mahlen einfach zu langsam. Aber das muss ich Ihnen ja wohl nicht erklären, da können Sie sicher auch ein Lied von singen.«

»Das heißt, damit ich das nicht falsch verstehe, dass Sie gegen die Versetzung arbeitsrechtliche Schritte eingeleitet haben?«, fragte Nina nach.

»Nicht nur das, das ganze Verfahren, das zu dieser Versetzung und meiner Abmahnung geführt hat, wird gerichtlich überprüft. Es werden auch Betriebsprüfungen, die der Beckmann zu verantworten hat, noch einmal aufgerollt. Da ist das letzte Wort noch nicht gesprochen. Obwohl, mir wird das alles nichts mehr nützen.«

»Was genau meinen Sie damit?« Nina hatte so eine Ahnung, in welche Richtung das lief. Wenn das zuträfe, was sie befürchtete, dann hätte Tjark Frerichs tatsächlich ein Mordmotiv. Mitleid hin oder her.

»Seit gut einem viertel Jahr fahre ich täglich mit dem Auto zur Dienststelle nach Oldenburg und zurück. Mit dem Auto ist sonst meine Frau dreimal die Woche nach Esens gefahren, weil sie dort eine Teilzeitstelle hat. Von meinem Haus, welches ich mal von meinen Großeltern geerbt habe, sind es zu Fuß keine zehn Minuten bis zur Dienststelle hier in Wittmund. Übrigens, mein Elternhaus und den Krabbenkutter hat nach dem frühen Tod meiner Eltern mein einziger Bruder in Neuharlingersiel übernommen. Daher bin ich nach dem Abitur zur Finanzbehörde gegangen, zumal ich eher nach meiner Mutter komme und ein absoluter Zahlenmensch bin.« Tjark hatte sich offensichtlich wieder gefangen. Für Nina war sein Hinweis auf den Krabbenkutter eine gewisse Bestätigung, dass sie mit ihrer Einschätzung am Eingang in Bezug auf den Krabbenfischer gar nicht so weit danebengelegen hatte.

»Okay«, sagte Bert, der den Eindruck hatte, dass der Befragte versuchte um den heißen Brei herumzureden. »Und jetzt muss Ihre Frau mit dem Zug nach Esens fahren? Ist das ein Problem? Das müssen andere auch und die Züge fahren doch stündlich.«

»Ein Problem nicht im eigentlichen Sinne. Aber da durch meine Fahrerei auf einmal erheblich mehr Kosten auf uns zukamen und die Kinder auch nicht mehr so klein sind, ist meine Frau auf Vollzeit umgestiegen. Und da wurde ihr das tägliche Bahnfahren zu lästig. Wie das heute so ist, es kam auch mal ein Zug verspätet oder fiel ganz aus. Ein Zweitauto war uns aber zu teuer. Und so wurde das zu einem permanenten Streitpunkt zwischen uns. Wobei sie mich als den Schuldigen ansah, weil ich auch nach ihrer Auffassung – sie hatte mal ein längeres Gespräch mit Beckmann gehabt – ja meinen Job nicht richtig gemacht und sogar bei einem Betrug am Staat mitgeholfen habe.«

»Wissen Sie, was Beckmann Ihrer Frau erzählt hat?«, wollte Nina wissen, denn auch daraus könnte sich durchaus ein Motiv ableiten lassen.

»Na klar, sie hat es mir ja oft genug vorgebetet. Alles! Alles, was zu meiner Versetzung geführt hat. Vor allem auch, dass ich mit einem alten Schulfreund, bei dem ich als Prüfer eingesetzt war, einen Deal gemacht hätte. Dabei durfte er über die Details, auch meiner Frau gegenüber, gar nicht sprechen. Ich habe das sogar gemeldet. Aber glauben Sie, das hätte noch irgendjemand im Amt interessiert?«

»Dieser Punkt wird ja sicher von Amts wegen im Zuge des laufenden Verfahrens auf den Prüfstand kommen«, stellte Nina fest.

»Hilft mir aber alles nichts mehr, wie ich schon sagte. Für mich gibt es keine Familie mehr. Wobei in Bezug auf meine Ehe muss ich gestehen, dass es auch vorher schon öfter mal gekriselt hat. Meine Schwiegermutter hat sich von Anfang an immer wieder in unsere Ehe und auch in die Kindererziehung eingemischt. Lange Rede, kurzer Sinn, meine Frau ist vor einiger Zeit mit den Kindern nach Esens in eine Einliegerwohnung im Haus ihrer Eltern gezogen. Sie beabsichtigt die Scheidung einzureichen. Dass sich meine Kinder mir entfremden, dafür sorgt schon meine Schwiegermutter, wie ich bereits jetzt deutlich zu spüren bekomme. Seitdem bewohne ich mein Haus allein und frage mich ernsthaft, wofür ich überhaupt noch lebe.«

Tjark war wieder kreidebleich im Gesicht. Nina schenkte ihm noch einmal Wasser und Kaffee nach. »Trinken Sie erst mal einen Schluck.« Für sie stand fest, wenn er auch die Verbindung zu seinen Kindern verlieren sollte, war er in höchstem Maße suizidgefährdet. Aber sie musste hier einen Vermisstenfall aufklären, bei dem es allem Anschein nach sogar um ein Gewaltverbrechen ging. Daher musste sie ihn trotzdem fragen: »Herr Frerichs, ich verstehe Ihre Situation. Trotzdem, wo haben Sie sich gestern Nachmittag und Abend aufgehalten?«

Der Angesprochene schien sich wieder gefangen zu haben. »Zu Hause. Zeugen keine. Hab schon erwartet, dass Sie mich das fragen werden. Die Wochenenden sind am schlimmsten. Wenn ich bei meinen Kindern anrufe, wird mein Gespräch weggedrückt. Da hilft kein Umgangs- und Besuchsrecht, wenn der Hass von Großmutter und Mutter gegen mich auf die Kinder übertragen wird. In so einer Situation sitzt man dann mit seinem Frust von morgens bis abends vor der Glotze. Und was macht man dann? Man versucht das Selbstmitleid zu ersäufen. Montags dann mit dickem Kopf zum Dienst. So wie heute, war in der Früh zu spät und habe daher am Abend länger gearbeitet.«

»Warum machen Sie denn keinen Sport?«, wollte Bert wissen. »Das kann in solchen Situationen wieder für einen klaren Kopf sorgen.«

»Hab ich früher gemacht. Bin im Wittmunder Wald joggen gegangen. Anfangs sogar hin und wieder zusammen mit dem Beckmann. Aber dann wollte ich dem da nicht mehr begegnen. Hätte ja auch woanders laufen können, hat aber nicht so viel Spaß gemacht. Und Sie wissen ja, der Mensch ist ein Gewohnheitstier. Und so ist das einfach eingeschlafen, und bis man dann wieder den eigenen Schweinehund überwindet …«

Bert warf Nina einen wissenden Blick zu, und ihr war das, was er ihr damit sagen wollte, sofort klar. Frerichs wusste also ganz genau, wo der Vermisste immer joggen ging. Das könnte interessant werden, falls sich noch andere Verdachtsmomente als nur ein handfestes Motiv ergeben würden. Im Moment wollte sie es jedoch nicht thematisieren. Stattdessen sagte sie: »Na, Alkohol ist aber absolut kein Problemlöser. Vielleicht sollten Sie sich mal einer Therapie unterziehen. Vor allem, um wieder mehr Lebensmut und Lebensfreude zurückzugewinnen.«

»Ja, sollte ich vielleicht wirklich mal machen.«

»Halten wir fest, Herr Frerichs: Bei allem Verständnis für Ihre Situation haben Sie ein nicht von der Hand zu weisendes Motiv gegenüber Ihrem früheren Vorgesetzten, Helge Beckmann. Schon damit Sie sich gegebenenfalls entlasten können, würde ich vorschlagen, dass Sie freiwillig Fingerabdrücke und eine Speichelprobe abgeben.«

»Kein Problem, Herr Kommissar. Wie ich schon sagte, ich habe nichts zu verbergen und nichts verbrochen.«

Bert veranlasste das Entsprechende und ließ Frerichs mit einem Dienstwagen nach Hause bringen. Für ihn und Nina war es Zeit, auch mal an Feierabend zu denken. Da es zum Kochen schon etwas spät war, musste heute wieder der Italiener herhalten. Wobei die Polizisten nicht wussten, dass sie dort gestern Mittag sogar dem Vermissten hätten begegnen können, als der sich dort mit seinem Kollegen aus Frankfurt zur Aussprache getroffen hatte.

6. Kapitel

Diesen Morgen mit »Schietweer« zu begrüßen, wäre heute wohl kaum jemand in den Sinn gekommen. Sonst sagt man ja immer, nach Regen folgt Sonnenschein. Jetzt war der Regen nicht nur ein Segen für die Natur, sondern wurde auch von den Küstenbewohnern und sogar von manchem Urlauber mal wieder als willkommene Abkühlung empfunden. Bert hatte sein Stammteam zum Morgenmeeting zusammengerufen. Sören war auch dazugekommen, er hatte Neuigkeiten.

»Der DNA-Abgleich hat bestätigt: Das Blut an der Dachkante des Golfs ist das Blut von Helge Beckmann«, begann er seinen Vortrag. »Wir haben das Handy und seinen PC ausgewertet. Generell muss man feststellen: Offensichtlich ein sehr einsamer Mensch, der wohl nur für seinen Beruf lebt. Kaum soziale Kontakte, kein Facebook, kein Twitter, kein Instagram, kein WhatsApp. Lediglich auf einem Single-Portal ist er angemeldet und da hatte er für Samstag ein Date mit einer Melanie Jäger hier aus Wittmund, in Neuharlingersiel bei der Kutter-Regatta, vereinbart gehabt.«

»Haben wir schon Informationen, ob das stattgefunden hat?«, fragte Nina nach.

»Haben wir. Die Frau hat am Sonntag, etwa zu dem Zeitpunkt, als Beckmann verschwunden ist, mehrfach versucht ihn auf seinem Handy zu erreichen. Sie hatte sich schon Sorgen gemacht, weil er sich daraufhin nicht meldete. Meine Leute haben gestern Abend noch bei ihr angerufen, um zu überprüfen, wem der Handy-Anschluss gehört, den sein Display anzeigte. Wir haben sie gebeten, sich heute Morgen hier auf dem Kommissariat zu einer Zeugenbefragung zu melden. Sie müsste eigentlich schon auf dem Weg hierher sein.«

»Und sonst waren keine verwertbaren Anrufe auf seinem Handy zu finden?«, hakte Bert nach.

»Doch, dazu komme ich jetzt. Es waren noch Anrufe von jemand eingegangen, der in seinen Kontakten gespeichert war. Ein ehemaliger Kollege, wie wir inzwischen wissen, mit dem er sich gestern Mittag bei unserem Italiener hier in Wittmund getroffen hat. Der macht zurzeit hier an der Küste Urlaub. Auch den haben wir bereits hierher bestellt.«

»Na, das nenne ich doch Kollegialität«, kommentierte Bert grinsend. »Während die Ermittler den Feierabend bei besagtem Italiener genießen, macht ihr unseren Job.«

»Och, da mach dir man keinen Kopf, Bert. Ich hätte beim Stichwort Italiener schon eine Idee für einen hervorragenden Ausgleich«, erwiderte Sören lachend, um dann wieder ernst werdend fortzufahren. »Nach der zugeordneten Blutspur an Beckmanns Golf und den anderen forensischen Ergebnissen müssen wir wohl tatsächlich von einer Gewalttat ausgehen. Daher sind meine Leute heute Morgen zum Finanzamt gefahren, um auch im Dienstzimmer des Vermissten nach Hinweisen zu suchen. Wir gehen davon aus, dass er ein dienstliches Notebook hat, welches vielleicht auch Aufschluss über eventuelle Motive für eine Entführung geben könnte. Jedenfalls scheint er sich auch privat überwiegend mit Steuerrecht beschäftigt zu haben. Wir haben auf seinem PC unzählige Gesetzestexte und Grundsatzurteile mit Kommentaren gefunden. Dazu auch seine niedergeschriebenen Gedanken und wie er das bei seinen Prüfungsentscheidungen mit einbeziehen könnte.«

»Wie mir der Leiter der hiesigen Finanzbehörde im Vertrauen gesteckt hat, gehört Helge Beckmann zu den ganz Eifrigen unter den Prüfern. Und er ist wohl einer von denen, die sich auch schon mal gerne über Grundsatzurteile des Bundesfinanzhofes hinwegsetzen«, ergänzte Bert und erläuterte dann dazu die daraus von ihm und Nina abgeleiteten Erkenntnisse. »Deswegen wird sich Nina ab heute Mittag – wohl für einige Tage – dort auf die Suche nach Steuerpflichtigen begeben, die aufgrund der Prüfergebnisse von Beckmann ein Motiv für eine gewaltsame Entführung haben könnten. Dazu will ich nach dem Meeting noch einen Spezialisten aus dem Bereich der Wirtschaftskriminalität anfordern.«

»Das wollte ich auch vorschlagen. In diesem Zusammenhang, ich kenne eine Spezialistin in der Polizeiinspektion Aurich, mit der ich mal zusammen auf der Polizeiakademie gewesen bin. Wir sind heute noch in Kontakt, die könnte ich gleich mal anrufen.

Übrigens möchte ich abschließend noch feststellen, dass wir keinerlei Hinweise finden konnten, die dafürsprechen würden, dass es sich um eine Tat aus dem privaten Umfeld des Vermissten handelt. Daher sollten wir uns wirklich auf den gerade besprochenen Ansatz konzentrieren.«

»Sören. Das mit deiner Kollegin aus Aurich ist eine ausgezeichnete Idee. Am besten rufst du sie mit Nina zusammen an, dann können sich die beiden gleich koordinieren.«

Nina und Sören verließen gerade das Meeting, als einer der Wachhabenden vom Empfang mit einer Frau, die er als Melanie Jäger vorstellte, den Raum betrat. »Ich konnte bei euch keinen telefonisch erreichen, da hab ich mir schon gedacht, dass ihr noch im Meeting seid. Da Frau Jäger sagte, sie sei herbestellt, habe ich sie gleich herbegleitet.«

»Alles gut«, beruhigte Bert ihn. »Wir sind gerade fertig und können zu mir gehen, Frau Jäger.« Dann führte er die Angesprochene in sein Büro. Nachdem er die üblichen Formalitäten erledigt hatte, erschien auch Nina von ihrem Telefonat.

»Die Kollegin aus Aurich kommt heute Mittag«, sagte sie zu Bert und begrüßte dann Melanie.

»Frau Jäger, wie lange kennen Sie Herrn Beckmann schon?«, begann Bert das Gespräch.

»Wir haben uns am Samstag zum ersten Mal getroffen«, antwortete die Angesprochene. »Kennengelernt haben wir uns über ein Single-Portal im Internet und uns dort mehrmals im Chat ausgetauscht.«

»Was war denn der Grund für Ihre Anrufversuche am Sonntag?«, wollte Bert wissen. »Waren Sie für den Sonntagabend miteinander verabredet?«

»Eben nicht, weil Helge mit einem ehemaligen Kollegen verabredet war, und ich hatte bereits eine Hin- und Rückfahrt mit einer Freundin nach Spiekeroog gebucht und bezahlt. Als wir dann mit der Fähre wieder in Neuharlingersiel einliefen, kam mir die Idee, dass Helge und ich zusammen essen gehen könnten, zumal es noch recht früh am Abend war. Aber ich hatte es ja schon Ihren Kollegen gestern am Telefon gesagt, er meldete sich nicht und war auch später nicht zu erreichen. Jetzt habe ich natürlich Angst, dass ihm irgendetwas zugestoßen sein könnte.«

»Haben Sie denn einen konkreten Anlass für eine solche Befürchtung?«, hakte Nina gleich ein.

»Na ja, er macht beim Finanzamt doch einen Job, wo er sich nicht nur Freunde macht, um es mal vorsichtig auszudrücken.«

»Hat er Ihnen davon erzählt?«, wollte Bert wissen.

Melanie druckste etwas rum. Sie wollte und durfte doch ihre Freundin nicht in die Pfanne hauen. Aber lügen wollte sie auch nicht, zumal nach der Belehrung durch den Kommissar zu Beginn des Gesprächs. »Nicht direkt«, antwortete sie daher ausweichend.

»Wieso nicht direkt?«, bohrte nun Nina nach. »Können Sie das mal etwas konkreter ausdrücken?«

»Er hat mir gesagt, dass er sich für eine Beförderung von Frankfurt hierher nach Wittmund beworben hat.«

»Okay«, sagte Nina, »das erklärt aber noch nicht Ihre vorhin geäußerte Befürchtung.«

»Na ja, wer hat sich noch nicht über einen Bescheid vom Finanzamt geärgert?«, versuchte Melanie erneut auszuweichen.

»Frau Jäger, wir leben doch hier nicht im Wilden Westen. Wo jeder Finanzbeamte, der nur seinen dienstlichen Auftrag erfüllt, gleich mit irgendwelchen Racheakten rechnen müsste. Also, was ist der wahre Grund für Ihre Befürchtung?« Bert verlor langsam die Geduld. Was wollte diese Frau vor ihnen verbergen? »Hat Herr Beckmann Ihnen gegenüber irgendwelche Äußerungen gemacht, dass er sich bedroht fühlt? Und wenn ja, von wem?«

»Nein, der hat mir ja noch nicht einmal erzählt, dass er Steuerprüfer ist«, antwortete Melanie wahrheitsgemäß. Im gleichen Augenblick hätte sie sich am liebsten auf die Zunge gebissen. Warum hatte sie nicht einfach behauptet, dass sie das von Helge selbst wusste?

»Woher wissen Sie denn, dass er Steuerprüfer ist?«, legte Nina gleich den Finger in die Wunde.

Diesmal nahm sich Melanie mehr Zeit, bevor sie antwortete. Eigentlich konnte sie doch ruhig sagen, dass er auch ihren Arbeitgeber geprüft hatte. Das wäre selbst in Bezug auf die vertraulichen Informationen ihrer Freundin völlig unverfänglich. »Er hat auch unsere Firma geprüft«, sagte sie dann schließlich.

Nina und Bert war nicht entgangen, dass sich die Befragte offensichtlich in einem inneren Konflikt befand. Eine Herausforderung für jeden Kriminalisten, dieser Sache auf den Grund zu gehen.

»Wann war denn diese Prüfung in Ihrer Firma?«, wollte Nina wissen.

»Das ist noch gar nicht lange her. Ich habe das aber nur so am Rande mitbekommen, weil ich ja nicht in der Buchhaltung arbeite.«

»Da haben Sie also Herrn Beckmann gesehen?«, blieb Nina hartnäckig. Wobei ihr sehr bewusst war, dass das eigentlich im Widerspruch zu den bisherigen Antworten der Befragten stand.

»Nicht direkt.«

»Frau Jäger, die gleiche Antwort haben Sie vorhin schon einmal gegeben. Was wollen Sie vor uns verbergen? Ich möchte Sie an dieser Stelle noch mal darauf hinweisen, dass Sie als Zeugin grundsätzlich zur Antwort und zur Wahrheit verpflichtet sind. Also, warum erzählen Sie uns nicht einfach, was Sie wissen. Auf der einen Seite machen Sie sich Sorgen um Herrn Beckmann und auf der anderen Seite rücken Sie nicht mit der Sprache raus. Vielleicht sind das ja für uns sehr wichtige Informationen, um den Vermissten schnell wieder auffinden zu können. Also, wenn Ihnen wirklich etwas an ihm liegt und Sie ihm helfen wollen, dann sagen Sie uns endlich, was Sie wissen.« Nina wurde langsam ärgerlich. Für sie stand fest, dass da irgendetwas war, und sie sah Bert an, dass er genauso dachte.

In Melanies Kopf kreisten die Gedanken. Sie würde es sich nie verzeihen, wenn sie am Ende schuld daran war, dass Helge nicht rechtzeitig gefunden werden konnte. Vielleicht steckte ja doch ihr Chef dahinter, so sauer, wie der laut Claudias Erzählung gewesen war. Aber was wäre, wenn Claudia und auch ihr Chef erfahren würden, was sie hier aussagte? Wahrscheinlich könnte sie dann ihren Job an den Nagel hängen. Sie fühlte sich in einer absoluten Zwickmühle.

»Können oder wollen Sie nicht mit der Sprache heraus?« Nina hatte ihren Ton verschärft.

»Oder haben Sie am Ende selbst etwas mit dem Verschwinden von Herrn Beckmann zu tun?«, konnte nun auch Bert nicht mehr an sich halten. Er hasste es, wenn er das Gefühl hatte, an der Nase herumgeführt zu werden.

»Nein, nein, um Gottes willen! Damit habe ich absolut nichts zu tun und ich mache mir wirklich Sorgen. Aber ich mache mir auch Sorgen um meinen Job«, platzte es schließlich aus ihr raus.

»Den Zusammenhang verstehe ich nicht«, flunkerte Nina ein wenig, denn es begann bereits langsam bei ihr zu dämmern. »Das müssen Sie uns erklären. Was hat Ihr Job mit dem Verschwinden von Herrn Beckmann zu tun?«

Schließlich erzählte Melanie von dem Verlauf des Gesprächs mit ihrer Freundin am Strand in Spiekeroog und ihren Befürchtungen. Als sie damit fertig war, sagte Nina: »Da kann ich Sie beruhigen, Frau Jäger. Erstens ist das Gespräch hier mit Ihnen absolut vertraulich und zweitens ermitteln wir sowieso in alle Richtungen. Wenn in Bezug auf Ihren Chef da wirklich etwas dran sein sollte, würden wir über kurz oder lang auch ohne Ihre Aussage darauf stoßen. Also machen Sie sich keine Sorgen. Sie sollten aber, schon in eigenem Interesse, auch und gerade Ihrer Freundin gegenüber Stillschweigen bewahren.«

»Sind Sie eigentlich am Samstag bei Herrn Beckmann im Wagen mitgefahren und waren Sie auch in seiner Wohnung?«, fragte Bert einer Eingebung folgend.

»Ja, im Auto bin ich mitgefahren. Uns war für ein erstes persönliches Date in Neuharlingersiel zu viel Trubel. Deshalb sind wir nach dem Einlaufen der Kutter nach Harlesiel gefahren. Später hat Helge mich noch nach Hause gebracht. In seiner Wohnung bin ich noch nicht gewesen und er auch nicht in meiner.«

»Dann brauchen wir Ihre Fingerabdrücke, damit wir bereits ermittelte Spuren zuordnen können«, klärte Bert sie auf.

***

Nina war noch mit Melanie unterwegs in die erkennungsdienstliche Aufnahme, um ihre Fingerabdrücke registrieren zu lassen, als sich Georg Grundmann, der Kollege des Vermissten aus Frankfurt, im Kommissariat meldete. Bert hatte bereits die üblichen Belehrungen durchgeführt, als Nina zurückkam.

»Sie haben unseren Kollegen am Telefon erzählt, dass Sie sich mit Helge Beckmann, ihrem früheren Kollegen beim Finanzamt in Frankfurt, hier am Sonntag in einem Restaurant in Wittmund zum Mittagessen getroffen haben. Sie sind bereits von unseren Beamten darüber informiert worden, dass er seit Sonntagabend vermisst wird. Können Sie uns dazu irgendetwas sagen?«, eröffnete Bert das Gespräch.

»Leider nein, Herr Kommissar. Wir haben beim Essen über gemeinsame Zeiten geplaudert. Was Helge danach vorgehabt hat, darüber haben wir nicht gesprochen. Das habe ich aber auch schon Ihren Kollegen gesagt.«

»Wie war denn Ihr persönliches Verhältnis zueinander? Waren Sie auch privat befreundet oder nur gute Kollegen?«, fragte Nina.

Der Angesprochene war in Kollegenkreisen für seinen scharfsinnigen Verstand bekannt. Ihm war sofort klar, in welche Richtung die scheinbar harmlose Frage der Kriminalistin letzten Endes führen würde. Aber ebenso sicher war er sich, dass es für sie ein Leichtes wäre, das wahre Verhältnis zwischen ihm und Helge herauszufinden. Daher antwortete er wahrheitsgemäß: »Wir waren Kollegen. Privat sind wir getrennte Wege gegangen. Da hatte jeder so seine Kreise, wie das in den meisten Großstädten so ist.«

»Was war denn der Grund, warum Herr Beckmann sich auf einen förderlichen Dienstposten beim hiesigen Finanzamt beworben hat?«, hakte Bert ein, dem die wohlgewählte Formulierung nicht entgangen war.

»Helge verbrachte hier öfter seinen Urlaub, wie ich übrigens auch gelegentlich. Er liebt die Nordsee, macht auch gerne Wattwanderungen, soweit ich weiß. Und bei uns im Amt war er für seinen Spleen, wie wir das empfanden, mit seinem Ostfriesentee mit Kluntjes und Sahne bekannt.«

»Sie beschreiben hier einen privaten Aspekt, obwohl Sie sich, wie Sie sagten, privat gar nicht so nahgestanden haben. Gab es für Ihren Kollegen keinen dienstlichen Grund? Bestand denn für ihn keine Möglichkeit, in der großen Metropole Frankfurt einen solchen Posten zu bekommen?«, wollte es Nina genau wissen und spürte, dass sie da den Finger in eine offene Wunde legte.

»Für den gleichen Posten in unserem Amt war ein Kollege von ihm vorgesehen, worüber Helge, wie er mir am Sonntag noch gesagt hat, schon sehr enttäuscht gewesen ist.«

»Sie sagen ein Kollege von Herrn Beckmann, warum sagen Sie nicht ein Kollege von uns?«, bohrte Nina weiter. »Waren Sie vielleicht der besagte Kollege?«

Verdammt, dachte der Gefragte, die legt wirklich jedes Wort auf die Goldwaage. Also wird die nicht lange brauchen, bis sie herausfindet, dass Helge und ich erbitterte Konkurrenten waren. Aber was soll's, wenn ich den Posten vom Alten tatsächlich bekommen hätte, dann würde eher Helge in Verdacht stehen, wenn ich es wäre, der vermisst würde, weil ihm diese Förderung verwehrt blieb.

Daher antwortete er auch jetzt wahrheitsgemäß: »Ich war seinerzeit tatsächlich für diesen Dienstposten nominiert und Helge hat sich deshalb nach Ostfriesland beworben. Aber wie das Leben manchmal so spielt. Da werden die Regeln in der Hauspolitik verändert und schon ist alles nicht mehr so, wie es mal war. Da galten plötzlich andere Kriterien und Prioritäten und schon war ich raus und ein anderer Kollege von Helge und mir kam leider zum Zuge. Aber so ist das nun mal, das Leben ist kein Wunschkonzert.«

»Heißt das, wir können davon ausgehen, dass unter Ihren Kollegen in Frankfurt keiner ist, der Ihrem ehemaligen Kollegen Beckmann die Förderung hier in Ostfriesland neidet?«, wollte Bert es ganz konkret wissen.

»Davon können Sie wirklich ausgehen. Ich will nicht verschweigen, dass die erbittertsten Konkurrenten in unserer Behörde Helge und ich waren. Deswegen sind wir auch nie wirklich Freunde geworden. Aber wir hatten immer gegenseitig

Respekt vor dem anderen und sind fair miteinander umgegangen.«

Für Bert stand fest: Unter diesen Umständen bei Georg Grundmann einen Ansatz für ein Motiv zu suchen, konnten sie sich sparen. Umso interessanter war die Offenheit ihres Gesprächspartners in Bezug auf die Frage nach Motiven anderer eventuell Betroffener. Diese Gesprächsbereitschaft galt es zu nutzen. Wobei der ehemalige Kollegenkreis in Frankfurt dabei offensichtlich ausschied.

»Nehmen wir mal an, Ihr ehemaliger Kollege ist hier einem Gewaltverbrechen zum Opfer gefallen«, versuchte Bert sich vorsichtig heranzutasten, »könnten Sie sich vorstellen, dass es in Frankfurt Leute gibt, die für so etwas ein Motiv hätten?«

»Na ja, so etwas bedarf ja schon einer gehörigen Portion an krimineller Energie. Das kann ich durchaus beurteilen, weil ich in meiner Behörde ja auch so etwas wie ein Ermittler bin, auch wenn es bei mir nicht um Gewaltverbrechen geht. Also wir Steuerprüfer sind uns schon bewusst, dass wir mit unseren Ermittlungen in Steuerangelegenheiten oft Ärger, Frust bis hin zu offener Wut und Hass bei Betroffenen auslösen. Und wenn es in den Bereich der organisierten Kriminalität und internationalen Geldwäsche geht, dann kann es durchaus auch zu Erpressungen und Schlimmerem kommen. Da müssten Sie bei uns mal ein Amtshilfeersuchen stellen.«

»Das ist bereits in die Wege geleitet«, bestätigte Bert. »Meine Frage zielte aber dahin, Herr Grundmann, sind Ihnen spontan Fälle bekannt, an denen Ihr Kollege gearbeitet hat, wo so etwas denkbar wäre? Sie sagten, dass Sie faire Konkurrenten gewesen wären. Da tauscht man doch sicher auch mal Erfahrungen aus.«

»Das haben wir allerdings. Solche Dinge kamen auch in Meetings zur Sprache. Und da gab es sicher den einen oder anderen Fall – bei Helge, aber auch bei mir –, wo bei dem Betroffenen die Wut so groß war, dass man im Grunde nichts ausschließen konnte. Wenn einem das Wasser bis zum Hals und darüber steht, so etwas kann auch bei jemand, der bis dahin ein unbescholtener Bürger war, zu Affekthandlungen führen. Da will ich mir gar nichts vormachen. Aber konkret fällt mir da jetzt in

Bezug auf Helge nichts ein. Da müssten Sie wirklich die Untersuchungsergebnisse in unserem Amt abwarten. Und wie gesagt, so intime Freunde sind und waren Helge und ich nicht.«

»Waren Sie hier bei Ihrem Kollegen mal zu Hause oder sind mit ihm in seinem Wagen gefahren?«, wollte Nina dann noch wissen.

»Nein, ich weiß noch nicht einmal, wo er hier wohnt und was er jetzt für ein Auto fährt. Wir haben über Handy telefoniert und uns vor dem italienischen Lokal getroffen, zusammen gegessen, uns unterhalten und das war's.«

»Okay«, sagte Bert, »es würde uns aber trotzdem sehr helfen, wenn Sie uns freiwillig Ihre Fingerabdrücke und eine Speichelprobe zur Verfügung stellen würden.«

»Kein Problem. Ich sagte ja schon, ich habe nichts zu verbergen.«

Bert veranlasste das Entsprechende. Nina ging in ihr Büro, um auf die Kollegin aus Aurich zu warten. Cooler Typ, dieser Grundmann, ging es ihr durch den Kopf. Ganz schön clever und hellwach. Der könnte ebenso gut auch ein Ermittlerkollege bei der Kripo sein. Von der Optik her hätte der fast ein Bruder seines vermissten Ex-Kollegen sein können. Sie konnte sich gut vorstellen, dass die beiden ähnlich tickten und ehrgeizige Konkurrenten waren. Es würde mich ja nicht wundern, wenn die beiden in Bezug auf ihre Prüfungen fast so etwas wie einen internen Wettbewerb ausgetragen hätten. Bei diesem Gedanken ging ein Schmunzeln über ihr Gesicht. Und wie Grundmann auf einmal kooperativ und gesprächig wurde, überlegte sie, damit wollte der doch bestimmt von irgendetwas ablenken. Bin mal gespannt, auf was für Leichen im Keller wir da noch stoßen werden.

7. Kapitel

Es war totenstill im Raum. Nur von draußen war das Gekrächze von Dohlen oder Krähen zu hören, die sich dort in großer Anzahl herumzutreiben schienen. Helge kam langsam wieder in die Gegenwart zurück. Aber es dauerte noch eine ganze Weile, bis er anfing, sich brennende Fragen zu stellen. Die erste war: Wo bin ich? Die zweite: Was ist passiert? Aber im Moment fanden seine Gehirnwindungen noch keine Antworten. Offensichtlich waren noch nicht alle Hirnbereiche wieder voll funktionsfähig, was ihm in diesem Moment aber überhaupt nicht bewusst war. Schließlich versank er wieder im Reich der Träume, ohne Antworten auf seine Fragen gefunden zu haben.

Es mochten Stunden vergangen sein, als er erneut einem Wachzustand entgegendämmerte. Dass inzwischen ein Auto gekommen war, die Tür aufgeschlossen wurde und jemand sich an ihm und im Raum zu schaffen gemacht hatte, war nicht in seine Wahrnehmung gedrungen, als er sich erneut die gleichen Fragen zu stellen begann. Diesmal aber versuchte er krampfhaft Antworten zu finden. Wo war er? Erst jetzt realisierte er, dass er zwar die Finger bewegen, aber weder Arme noch Beine rühren konnte. Im Gegenteil, als er mit Gewalt versuchte die Arme zu heben, zerrte irgendetwas sehr schmerzhaft an seiner Haut.

Was er realisieren konnte, war, dass er aufrecht saß. Aber auch seinen Kopf konnte er nicht bewegen, keinen Millimeter, weder nach vorne noch zu den Seiten, geschweige denn ihn nach links oder rechts drehen. Es fühlte sich an, als wenn sein Kopf über die Stirn und die seitlichen Haarpartien irgendwie mit Klebeband hinten an etwas Hartem, was gegen seinen Hinterkopf drückte, befestigt war. Da er trotz geöffneter Augen nichts zu sehen vermochte, kam er schließlich zu der Erkenntnis, dass man ihm etwas über den Kopf gezogen hatte. Das Gewebe roch erdig wie ein Kartoffelsack und war nicht angenehm auf der Haut. Irgendetwas drückte unangenehm zwischen seinen Schulterblättern in seinen Rücken, bis hinunter zum Gesäß.

Es fühlte sich an, als wenn er ohne Hose auf einem Stuhl mit Armlehnen sitzen würde. Den Versuch, seinen Unterkörper hin und her zu bewegen, gab er auf. Auch sein Becken und seine Oberschenkel schienen fixiert zu sein. Er versuchte sich eine Vorstellung von seiner Lage zu machen. Er wusste nicht, ob er sich in einem dunklen Raum befand oder in einem Raum mit Fenstern und ob es nächtliche Dunkelheit war, die ihn umgab. Helge war kein ängstlicher Mensch, der zu Panik oder Hysterie neigte, er war ein kühl denkender Zahlenmensch, mit einem scharfen, analytischen Verstand. Dennoch beschlich ihn auf einmal so etwas wie Angst.

Er lauschte. Es war totenstill. Dann hörte er den Ruf einer Eule oder eines Kauzes. Er kannte sich nicht so gut aus, um das unterscheiden zu können. Dann hörte er in gar nicht allzu weiter Entfernung ein Pferd wiehern. Unmittelbar danach Gekrächze, ganz in der Nähe, irgendwie über ihm, was ein paarmal erwidert wurde, aber dann wieder verstummte. Auf einmal wurde ihm klar, er musste sich irgendwo abseits von Straßen oder Häusern befinden, vielleicht irgendwo in einem Wald, aber auf jeden Fall in der Nähe einer Pferdekoppel. Möglicherweise in irgendeiner Scheune, die von Bäumen umstanden war und in deren Kronen Krähen oder Dohlen nisteten. Es fühlte und hörte sich jedenfalls nicht so an, als wenn er sich selbst im Freien befände.

Erst jetzt begann er sich mit seiner zweiten elementaren Frage zu beschäftigen, was war passiert? Plötzlich fiel ihm ein, er hatte sich mit Georg getroffen. Und danach? Tröpfchenweise kam es ihm wieder, er hatte doch Melanie anrufen wollen. Er konnte sich aber nicht daran erinnern, es getan zu haben. Allerdings waren die Erinnerungen an den Tag mit ihr auf einmal wieder da. Sie wollte doch am Sonntag mit ihrer Freundin nach Spiekeroog. Und dann fiel ihm ein, er war zum Joggen gefahren und hatte auch nur seine kleine Runde gemacht. Dabei hatte er doch auch noch den Mann mit seinem Hund gesehen, den er gelegentlich traf. Aber sosehr er sich auch das Hirn zermarterte, von da an völliger Filmriss.

Schließlich übermannte ihn erneut die Müdigkeit. Bis ihn ein menschliches Bedürfnis wieder in die Gegenwart zurückholte. Ein Druck auf der Blase, den er schließlich nicht mehr zu kontrollieren vermochte. Er entleerte sich. Aber anstatt dass sich feuchte Wärme auszubreiten begann, hörte er ein leises

Plätschern, so als würde ein dünner Strahl in einen leeren Eimer oder eine leere Metallschüssel treffen. Diese Feststellung wirkte nicht gerade beruhigend auf ihn. Das alles machte einen geplanten und keinen zufälligen Eindruck. Er erinnerte sich an Besuche bei seinem Vater, der nach einem Schlaganfall seine letzten Tage in einem Pflegeheim verbrachte, und an den Toilettenstuhl, den dieser neben seinem Bett stehen hatte.

Verdammt noch mal, welcher Vollpfosten hat mich hier an einen Toilettenstuhl festgebunden? Und wozu? Wie hat der mich überhaupt hierher bekommen? Wieder versuchte Helge krampfhaft sich zu erinnern. Aber nichts. Es machte ihn fast verrückt. Dann war dieser unangenehme Druck in seinem Rücken wohl von einem Brett, damit man seinen Kopf befestigen konnte, denn die Rückenlehne bei dem Toilettenstuhl seines Vaters war nicht so hoch gewesen.

Was hatte derjenige mit ihm vor? Wenn er ihn hätte umbringen wollen, dann wäre ja schon genug Gelegenheit dazu gewesen. Helge vermochte sich keinen logischen Reim darauf zu machen. Aber so langsam dämmerte ihm, da wollte wohl irgendjemand Rache an ihm nehmen. Also konnte das nur etwas mit seiner Tätigkeit zu tun haben, denn aus seinem privaten Bereich gab es nichts, was so etwas rechtfertigen würde. Zumal man sein Privatleben ohnehin emotional als sehr spartanisch und fast schon als einsam bezeichnen müsste. Deswegen hatte er ja immer wieder mal versucht, über ein Partnerportal im Internet hieran etwas zu ändern. Discobesuche oder andere Vergnügungsmöglichkeiten waren nicht seins. Das war ihm alles zu oberflächlich. Und nach der Enttäuschung mit seiner Ex waren seine Ansprüche an das andere Geschlecht eher gestiegen als geringer geworden, was die ganzen Bemühungen natürlich noch erheblich erschwerte.

Aber Melanie, das war die erste Bekanntschaft seit langer Zeit, die seinen Vorstellungen entsprach. Da passte bereits nach den bisherigen Chats und dem Treffen mit ihr an der Küste eigentlich alles. Wehmut erfasste ihn und er sehnte sich nach ihrer Stimme und ihrem Lachen. Wie lange saß er hier eigentlich schon so? Auf einmal fiel ihm ein: Das Treffen mit Georg und sein Jogging waren am Sonntag gewesen. Am Montag stand eine wichtige Abschlussbesprechung mit einem Unternehmer und seinem Steuerberater an. War denn schon Montag?

Er versuchte sich irgendwie einen zeitlichen Ablauf vorzustellen. Zum Jogging war er am späten Nachmittag gefahren. Und ab der Begegnung von Ferne mit dem Mann und seinem Hund keine Erinnerung mehr. Er vermutete, dass es vielleicht die Nacht zu Montag sein könnte. Es war nicht in sein Bewusstsein gedrungen, dass jemand heftig an ihm »gearbeitet« hatte, um ihn überhaupt am Leben zu halten, und dass seit seiner letzten Erinnerung inzwischen weit mehr als vierundzwanzig Stunden vergangen waren.

Ob jemand schon sein Fehlen bemerkt hatte? Seiner Vermieterin müsste eigentlich auffallen, wenn er nicht wie gewohnt nach etwa einer Stunde vom Jogging zurückkäme. Sie müsste doch eigentlich zumindest am Morgen, wenn sie ihre Zeitung aus dem Briefkasten holte, bemerken, dass sein Auto nicht im Carport stand. Und wenn er nicht pünktlich bei der Abschlussbesprechung wäre, spätestens dann würde man im Amt versuchen ihn zu Hause zu erreichen. Dann wäre es sicher nur eine Frage der Zeit, bis man nach ihm suchen würde. Aber wo? Seine Vermieterin wusste, dass er zum Jogging in den Wittmunder Wald wollte. Da hätte die Polizei doch schon einen Anhaltspunkt. Denn sicherlich hatte man ihn von dort entführt. So viel stand inzwischen für ihn fest.

Helge war irgendwann wieder eingedämmert, bis ihn irgendein Geräusch weckte. Es war ein Auto, welches näher zu kommen schien. Es musste sich in unmittelbarer Nähe befinden, als der Motor ausgestellt wurde. Auch die Krähen waren wieder bei ihrer lautstarken Unterhaltung. Aus dem immer wieder mal zu hörenden Wiehern schloss er, dass es mindestens zwei Pferde sein mussten; dem ersten Wiehern folgte meistens noch ein zweites. Dann wurde die Tür aufgeschlossen und es betrat jemand den Raum. Es wurde plötzlich hell, das konnte Helge durch den Sack wahrnehmen. Vermutlich wurde das Licht eingeschaltet. Sehen konnte er aber nichts. Zunächst verhielt er sich absolut still und wagte kaum zu atmen. Er wollte abwarten, was derjenige vorhatte. Er spürte, wie jemand seinen Puls zu fühlen schien.

Dann hörte er, wie der Eimer oder die Schüssel unter dem Stuhl hervorgezogen wurde. So wie es klang, ging jemand in einen anderen Raum und kam kurz darauf wieder herein. Es hörte sich jetzt fast wie eine Toilettenspülung an, bei der Wasser in den Spülkasten nachlief. Dann wurde eine Weile seitlich von seinem Stuhl hantiert. Helge konnte sich keinen Reim darauf machen, was da passierte. Immer wieder Schritte und Hantieren und wieder Schritte. Das ging nun schon so eine ganze Weile.

Schließlich konnte sich Helge nicht mehr zurückhalten. »Wer sind Sie und was haben Sie mit mir gemacht?«, fragte er.

»Ach, wieder unter den Lebenden«, sagte eine männliche Stimme. »Das ist gut, sehr gut!«

Irgendwie kam Helge die Stimme bekannt vor. Er meinte, diese schon mal gehört zu haben, allerdings war er sich nicht sicher, ob diese Erinnerung aus seiner Frankfurter Zeit oder von hier stammte. Er hatte einfach mit zu vielen Menschen zu tun. Und manchmal waren sich Stimmen auch ähnlich. Aber die Stimme des Unternehmers, der ihm vor noch gar nicht allzu langer Zeit beim Verlassen seiner Firma gedroht hatte: »Das wird dir noch leidtun!«, war es nicht. Da war er sich ziemlich sicher. Aber vielleicht hatte der ja einen Kriminellen beauftragt. Der würde sich doch mit Sicherheit nicht selbst die Hände schmutzig machen.

»Ich will wissen, wer Sie sind und was Sie mit mir vorhaben.« In Helge kroch langsam Wut hoch. Eine Emotion, die bei ihm eigentlich höchst selten vorkam.

»Ich bin der Vollzieher. Meine Auftraggeber sind nicht mehr von dieser Welt.«

»Können Sie sich mal etwas klarer ausdrücken?« Helge fühlte sich auf den Arm genommen. »Befreien Sie mich sofort von meinen Fesseln! Sie machen sich der Freiheitsberaubung und Körperverletzung schuldig! Die Polizei sucht sicher schon nach mir und wird Sie Ihrer gerechten Strafe zuführen.« Bei den letzten Worten war Helge laut geworden. Er war in höchstem Maße verärgert und erregt. Er konnte es nicht fassen, was sich da jemand erlaubte. Andererseits wurde ihm aber auch seine absolute Ohnmacht bewusst.

»Sie haben mir nicht zugehört. Ich bin der Vollzieher, nicht der Aufklärer. Ich vollziehe nur Weisungen. Nichts liegt mehr in Ihrer oder einer sonstigen irdischen Macht.«

»Was reden Sie denn für ein bescheuertes Zeug?!«, schrie Helge ihn an. »Machen Sie mich los, aber sofort! Oder …«

»Oder was? Sie haben nichts mehr zu fordern. Die Zeiten, in denen Sie etwas fordern konnten, sind endgültig vorbei! Und jetzt lassen Sie mich in Ruhe meine Arbeit machen, ich muss mich konzentrieren, habe so etwas schon länger nicht mehr gemacht.«

Helge spürte die Ernsthaftigkeit insbesondere der letzten Aussage des Mannes, der völlig ruhig geblieben war und sehr leise sprach. Was hatte der damit gemeint: ›Ich muss meine Arbeit machen … habe so was schon länger nicht mehr gemacht.‹ Was machte er da neben seinem Stuhl? Plötzlich durchschoss Helge ein Gedanke. Der Typ hatte ein paarmal an seinem linken Arm rumgefummelt. Der legte eine Infusion! Der bestückte gerade einen Infusionsständer. Und an seinem Arm hatte er den Infusionsschlauch an eine Kanüle angeschlossen, die offensichtlich schon vorhanden war. Seine Gedanken überschlugen sich. Wofür eine Infusion?

Und schon hörte er sich fragen: »Für was legen Sie mir eine Infusion?« Eigentlich hatte Helge jetzt keine konkrete Antwort erwartet.

»Sie müssen doch etwas essen und trinken, sonst überleben Sie mir nicht lange. Hatte schon Probleme, Sie nach dem Betäubungsschuss wieder ins Leben zurückzubekommen. Die Dosierung für einen Wolf war wohl doch zu hoch für Sie.«

»Sie haben mich mit einem Betäubungsgewehr beschossen? Wie kommen Sie dazu?! Lassen Sie mich sofort frei! Sie haben kein Recht, mir so etwas anzutun!«

»Sie hören nicht zu! Ich sagte doch schon, ich bin der Vollzieher und nicht der Aufklärer. Aber was das Recht betrifft, das erhalte ich von höherer Stelle. So, jetzt bin ich aber auch schon fertig. Ich habe Ihnen noch etwas zur Beruhigung beigemischt. Für unsere kommenden Aufgaben brauche ich Ihre höchste Konzentration und Wahrnehmungsfähigkeit, sonst erzielen wir nicht das gewünschte Ergebnis in höchster Empfindungsebene.«

So wie es sich für Helge anhörte, schien der Typ nicht ganz bei Sinnen zu sein. Wer weiß, was so ein geistig Verwirrter alles mit mir anstellen könnte?, fragte er sich und jetzt kroch in ihm doch Panik hoch. An was für einen Psychopathen war er da geraten? Er hatte ja schon daran gedacht, dass sich jemand an ihm rächen wollte, wegen irgendeiner Prüfung, oder weil er jemand eine Stelle weggenommen oder die Karriere zerstört hatte. Aber das schien ja nur ein Irrer zu sein. Höhere Macht! Weisung von oben! Oh Mann, vielleicht war er am Sonntag nur zur falschen Zeit am falschen Ort gewesen und es hätte jeden anderen Jogger genauso treffen können wie ihn.

Der Mann hatte inzwischen wieder den Raum verlassen und das Licht gelöscht. Im gleichen Augenblick war es wieder dunkel geworden, wie Helge wahrnehmen konnte. Das konnte aber auch daher rühren, dass der Raum entweder keine Fenster hatte oder die Rollläden kein Licht von draußen hereinließen. Dann schoss ihm plötzlich ein Gedanke durch den Kopf. Wo kamen das Wasser und der Strom her? Eigentlich war es doch nicht üblich, dass Waldhütten oder Scheunen eine Strom- und Wasserversorgung hatten.

Wo also mochte er sich befinden? Das Motorengeräusch war an einer Stelle eine kurze Weile konstant geblieben und dann in der Ferne endgültig verschwunden. War das vielleicht ein großes eingezäuntes Grundstück mit Tor, welches sein Peiniger wieder verschlossen hatte? Außer den Rabenvögeln draußen und dem gelegentlichen Ruf eines Pferdes war nichts mehr zu hören. Die angekündigte Beruhigung schien langsam zu wirken und Helge verabschiedete sich wieder aus der realen Wahrnehmung.

8. Kapitel

Bert hatte gerade von der Abteilung für Wirtschaftskriminalität aus Frankfurt die Mitteilung erhalten, dass man beim Finanzamt, in dem Helge Beckmann die letzten Jahre als Steuerprüfer tätig gewesen war, zunächst alle Fälle der letzten drei Jahre untersuchen würde. Dabei wollte man chronologisch rückwärts vorgehen. Die dortigen Spezialisten gingen auch nicht davon aus, dass ehemalige Kollegen des Vermissten als Täter in Betracht kämen, denn dort hatte er ja nach seiner Bewerbung in Ostfriesland niemandem mehr im Wege gestanden.

Dann kam ein Anruf von Nina, die mit der Spezialistin für Wirtschaftskriminalität von der Polizeiinspektion Aurich, Kriminalhauptkommissarin Kerstin Heese, gerade bei der örtlichen Finanzbehörde die Prüffälle von Helge Beckmann durchging.

»Gut, dass wir Kerstin zur Unterstützung dabeihaben«, berichtete sie, »ich hätte mich durch das ganze Steuerfachchinesisch überhaupt nicht durchgefunden. Wir müssen die Abschlussberichte – und vor allem auch alle Einwände der Geprüften, einschließlich eventueller Beschwerden, Widersprüche und Klageschriften – genau durchgehen, denn erst daraus können wir erkennen, wo eventuell ein Tatmotiv abgeleitet werden könnte.«

»Das klingt nicht nach schnellen Ergebnissen«, äußerte Bert seine Befürchtung.

»Du wirst es nicht glauben, aber einen habe ich bereits, den wir heute noch einbestellen sollten. Jemand, von dem wir schon gehört haben.«

»Wer ist es? Nina, mach es nicht so spannend!«

»Es ist der Chef von Melanie Jäger. Er heißt Gordon Heisterkamp und ist Geschäftsführer der Heisterkamp GmbH und Co. KG. Die Kontaktdaten schicke ich dir über den Messenger. Das war ja auch der Fall, über den Tjark Frerichs gestolpert ist und der zu dessen Versetzung geführt hat. In der Heisterkamp-Akte haben wir einen schriftlichen Vermerk von Beckmann mit folgendem Wortlaut gefunden: ›Beim Verlassen der Firma weigerte sich Heisterkamp mir bei der Verabschiedung die Hand zu geben. Stattdessen murmelte er ganz leise etwas, was wie „Das wird dir noch leidtun" klang. Auf meine Nachfrage, dass ich ihn nicht verstanden hätte, wiegelte er ab. Er hätte sich nur geräuspert, aber nichts gesagt. Für mich war das eine klare Drohung. Aber leider hatte keiner der Kollegen etwas davon mitbekommen, so dass hier im Zweifel Aussage gegen Aussage stehen würde. Hoffe nicht, dass diese Drohung nochmal Bedeutung erlangt, weil mir etwas zugestoßen ist.‹ Jetzt ist Beckmann aber etwas zugestoßen. Da können wir solch eine Notiz ja nicht einfach ignorieren.«

»Selbst, wenn es aus dem Affekt gesagt wurde, das ist schon starker Tobak«, bestätigte Bert. »Ich werde gleich Bernd und Rita losschicken und ihn herholen lassen. Für einen konkreten Anfangsverdacht reicht das allemal. Für einen Haftbefehl wohl leider noch nicht. Gibt es sonst noch etwas?«

»Kerstin hat sich schon einen groben Überblick verschafft. Sie meint, da könnte theoretisch fast jeder geprüfte Unternehmer ein Motiv haben, bei dessen Prüfung Beckmann beteiligt war. Gott sei Dank ist der noch nicht so lange hier. Unser Team werden wir wohl wieder aufstocken müssen, Alibis überprüfen und das ganze Programm.«

»Na, Nina, was anderes haben wir doch auch nicht ernsthaft erwartet. Man kann sagen, fast wie bei jedem unserer Fälle. Aber ein solcher Fall ist ja doch schon sehr speziell.«

»Das kannst du wohl sagen. Kerstin meinte, dass wir uns darauf einstellen müssten, dass wir bei den betroffenen Unternehmern nicht gerade mit offenen Armen empfangen werden. Ich habe bereits von unserer Kollegin gelernt, dass wir nicht außer Acht lassen dürfen, dass für manchen heute noch Steuerhinterziehung – zumindest in kleinerem Rahmen – fast als Sport und immer noch als Kavaliersdelikt gesehen wird. Eigentlich auch für uns eine Binsenweisheit. Dabei ist die Tatsache, dass gerade internationale Großkonzerne, die hier in Deutschland Milliardengewinne erzielen, diese aber in Steueroasen versteuern, nicht nur manchem Mittelständler ein Dorn im Auge und das durchaus zu Recht.«

»Nach der Volksweisheit ›Die Kleinen hängt man, die Großen lässt man laufen‹«, bestätigte Bert.

»Genau diese Formulierung hat Kerstin vorhin auch gebraucht. Das bekommt sie sehr häufig zu hören, wenn sie in ihrem Bereich wegen strafrechtlich relevanter Steuerhinterziehung ermitteln muss. In diesem Zusammenhang hat sie übrigens auch in unseren Akten schon den einen oder anderen alten ›Kunden‹ von ihr entdeckt. Deshalb kann sie grundsätzlich auch erst einmal nichts Verwerfliches an Beckmanns Vorgehensweise finden. Aber sie räumte auch gleich ein, dass es wie überall solche und solche gibt. Und manche schießen eben übers Ziel hinaus, wie sie sagte.«

»Wann wirst du denn heute wieder hier in der Dienststelle zurück sein?«, fragte Bert.

»Wir werden so gegen sechzehn Uhr hier für heute Schluss machen. Kerstin würde dann gerne bei dem Gespräch mit Heisterkamp dabei sein. Der war übrigens noch keiner ihrer bisherigen ›Kunden‹.«

***

Gordon Heisterkamp hatte ein wichtiges Meeting mit seinen Abteilungsleitern hinter sich und brauchte erst einmal einen starken Kaffee. Der Brexit warf seine Schatten voraus und die enge Verzahnung mit dem Betrieb seines Schwagers in England machte ihm die Sache nicht gerade einfach. Insbesondere, wenn es auf einen ungeordneten Brexit hinauslaufen sollte und plötzlich Zollbeschränkungen und mehr die Geschäftstätigkeiten zwischen ihm und seinem Schwager blockieren würden, dann stände die Firma – insbesondere nach den hohen Steuernachzahlungen – erneut am Abgrund.

Der ostfriesische Hüne, der ein Bruder von dem Muskelmann, Schauspieler und ehemaligen US-Politiker Arnold Schwarzenegger, nur mit blonden Haaren, hätte sein können, saß für einige Momente zusammengesunken in seinem Schreibtischsessel, bevor er die Ruftaste zu seiner Sekretärin drückte. »Caro, ich brauche einen Kaffee mit Verstärkung und dann musst du einige Dinge aus der Besprechung aufnehmen.«

Kurz darauf kam eine gut aussehende Blondine mit langen Beinen und einer beachtlichen Oberweite mit einem kleinen Tablett, auf dem eine Tasse Kaffee und ein gut gefüllter Cognacschwenker standen, zur Tür herein. Caro war noch nicht sehr lange im Betrieb. Sie war mit einem Arzt verheiratet und ließ bei den Kollegen schon mal durchblicken, dass Arbeiten eigentlich für sie Hobby sei. Am liebsten wäre sie Model geworden, aber da war ihr wohl, im wahrsten Sinne des Wortes, ihre Oberweite im Weg gewesen. Und so hatte sie auf Druck ihrer Eltern, wie sie sagte, doch den bodenständigen Beruf einer Bürokauffrau gelernt.

»Hänge mal das Schild raus, ich möchte nicht gestört werden. Es geht für unsere Firma um elementare Dinge und wichtige Budgetfragen.«

Caro hängte das Schild, welches ihr Chef wohl mal von irgendeiner Geschäftsreise mit Hotelübernachtung mitgebracht hatte, draußen an die Türklinke. Als dort die Seite mit »Bitte nicht stören! Don't disturb! Ne pas déranger!« an der Türklinke baumelte, hatte irgendwer in der Firma einmal den Spruch aufgebracht: »Wenn das Ding an der Klinke anfängt hin und her zu schaukeln, dann wisst ihr, was drinnen abgeht.«

Dieser Spruch hatte sich wie eine Schockwelle in der Firma verbreitet und bei manchem männlichen Kollegen ein fettes Grinsen ausgelöst. Ja, ja, die kleinen Firmengeheimnisse und die betriebliche Gerüchteküche. Aber niemand wusste nichts Genaues nicht … Gut aussehender Chef und attraktive Sekretärin reichten allerdings schon für die Erfüllung eines solchen Klischees.

Aber anstatt dass das Schild an der Tür begonnen hätte zu schaukeln, war von drinnen nur der sonore Bariton des Chefs zu hören, der Caro irgendetwas diktierte, als ein Dienstwagen der Polizei Wittmund auf den Hof fuhr.

»Was wollen die denn hier?«, wunderte sich Gordon Heisterkamp. Seine Mitarbeiterin reagierte nur mit Achselzucken und ihre beeindruckende Oberweite geriet in ein leichtes Beben. Kurz darauf wurde an die Tür geklopft und sie ging, um zu öffnen.

»Polizeihauptmeister Bernd Guben und Polizeihauptmeisterin Rita Schneider, vom Kommissariat Wittmund. Herr Gordon Heisterkamp?«

»Ja, der bin ich«, antwortete der Angesprochene. »Was führt die Polizei zu mir? Ist etwas passiert?«

»Das wollen wir gerade herausfinden. Dazu müssten wir Sie zu einem persönlichen Gespräch ins Kommissariat bitten. Kriminalhauptkommissar Bert Linnig hat ein paar Fragen an Sie. Es wäre schön, wenn Sie uns sofort begleiten würden.«

»Dann will ich aber vorher wissen, um was es geht!«

»Wir ermitteln in einer dringenden Angelegenheit, in der Ihr Name aufgetaucht ist. Daher wäre es in Ihrem Interesse, wenn die näheren Umstände dazu mit Ihnen in einem persönlichen Gespräch geklärt werden könnten«, antwortete Bernd.

»Wird mir etwa etwas vorgeworfen oder bin ich vielleicht sogar verhaftet?«

»Nein, weder das eine noch das andere. Es geht um die Klärung, warum Ihr Name im Zuge dieser Ermittlungen aufgetaucht ist. Und da wäre es schön, wenn Sie uns aufs Kommissariat begleiten«, versuchte Rita ihn zu beruhigen. »Wir könnten Sie natürlich auch offiziell vorladen, denn eine rasche Klärung wäre sehr wichtig, aber – wie mein Kollege schon sagte – auch in Ihrem Interesse. Tut mir leid, wenn wir hier nicht konkreter werden können. Die Details wird Ihnen Kommissar Linnig erläutern.«

In Gordon kreisten die Gedanken. Schließlich kam er zu dem Schluss, dass Kooperation im Moment am unverdächtigsten wäre.

»Okay«, sagte er, »geben Sie mir fünf Minuten Zeit, dann hab ich mein Diktat beendet und fahre mit Ihnen. Wenn Sie bitte so lange im Büro meiner Sekretärin warten würden.«

Im Kommissariat brachte Bernd den Unternehmer dann sofort zu Berts Dienstzimmer, wo er schon von drei Kommissaren erwartet wurde. Nachdem sie sich begrüßt und vorgestellt hatten, übernahm Bert das Wort: »Sie wundern sich sicher, Herr Heisterkamp, dass wir Sie so dringend zu einem Gespräch gebeten haben. Es geht um eine Befragung im Zusammenhang mit einem Vermisstenfall.« Dann klärte er ihn über die

Modalitäten einer Zeugenbefragung auf. Mit einer Bandaufzeichnung war Heisterkamp einverstanden. Dann wurde Bert konkret: »Sie hatten vor einiger Zeit eine Betriebsprüfung durch das Finanzamt mit einem für Sie nicht gerade günstigen Ausgang. Ist das richtig?«

»Nicht ganz günstiger Ausgang ist noch heftig untertrieben, Herr Kommissar. Es hätte mich und meinem Unternehmen fast die Existenz gekostet. Nur durch den Rückgriff auf private liquide Notreserven konnten wir die Firma und damit etliche Arbeitsplätze retten. Aber da ist das letzte Wort noch nicht gesprochen. Nützt allerdings nichts, Steuernachzahlungen müssen sofort geleistet werden. Da gibt es auch bei Einspruch und Klage keinen Aufschub. Allerdings besteht da nach Einschätzung meines Steueranwalts eine gute Chance, das Geld wieder zurückzubekommen, auch wenn die juristischen Mühlen langsam mahlen. Könnte aber sein, dass wir trotzdem noch den Laden dichtmachen müssen, wenn es zu einem harten Brexit mit England kommt. Wir sind nämlich sehr eng mit der dortigen Firma meines Schwagers verzahnt. Aber die Hoffnung stirbt bekanntlich zuletzt.«

Einen Moment hielt er inne. Irgendetwas schien ihm durch den Kopf zu gehen. Dann fuhr er fort: »Nur für einen alten Schulfreund von mir gibt es keine Hoffnung mehr. Der ist mit in diesen ungünstigen Ausgang, wie Sie es bezeichnet haben, hineingezogen worden. Für den gibt es leider keine Chance mehr, auch wenn er rehabilitiert werden sollte. Seine Ehe ist daran zerbrochen«, sprudelte es dann aus ihm heraus.

Die Polizeibeamten warfen sich wissende Blicke zu. Sie wussten ganz genau, von welchem Freund Heisterkamp da gesprochen hatte, Tjark Frerichs. Dessen Version der Geschichte hatte er gerade mit seiner Aussage bestätigt.

»Zu dem von Ihnen geschilderten Verfahren können wir hier nichts sagen, wir nehmen aber Ihre diesbezüglichen Aussagen zur Kenntnis«, sagte Bert. »Trotzdem muss ich Sie fragen, wo waren Sie am vergangenen Sonntag?«

»Sie sagten eingangs, Sie ermitteln in einem Vermisstenfall. Dann geht es um den Beckmann vom Finanzamt. Mein Freund

Tjark Frerichs war ja schon bei Ihnen, wie er mir erzählt hat. Mit dieser Entführung habe ich nichts zu tun, falls Sie das glauben. Am letzten Sonntag war ich mit meinem Motorboot von Bensersiel aus nach Langeoog.«

»Mit Ihrer Familie?«, fragte Nina nach.

»Nein, ich war allein. Wir haben ja Ferien und meine Frau ist mit unseren drei Kindern in England, um ihre Eltern zu besuchen.«

»Wann sind Sie denn von Langeoog zurückgekommen?«, wollte Bert es genau wissen.

»Das war noch vor Hochwasser. Es muss wohl so achtzehn Uhr gewesen sein. Dann habe ich noch im Café am Yachthafen etwas getrunken. Das wird die Wirtin dort bestätigen können. Und bevor Sie jetzt weiter fragen, dann bin ich bei dem schönen Wetter mit meinem offenen Cabriolet in der ostfriesischen Landschaft noch ein wenig spazieren gefahren. Unterwegs habe ich an irgendeiner Pommesbude eine Kleinigkeit gegessen und war wohl so gegen zweiundzwanzig Uhr wieder zu Hause.«

»Kann das auch jemand bestätigen?« Für Nina der Klassiker aller nichtssagenden Alibis.

»Leider nein.« Und gleich fragt sie dich nach deinem Handy, ging es ihm dabei durch den Kopf.

»Dann werden Sie ja sicher nichts dagegen haben, wenn unsere Spezialisten das Bewegungsprofil Ihres Handys auslesen«, bestätigte Bert prompt seine Befürchtung. »Dann hätten Sie ja das Alibi, das Sie brauchen.«

»Oh, ich glaube, ich habe mein Handy im Büro liegen lassen.« Er fühlte seine Taschen ab. »Ja, tut mir leid«, sagte er dann entschuldigend.

»Das macht nichts«, beruhigte ihn Bert, »uns reicht die Nummer und Ihr Einverständnis. Und vielleicht sollten Sie uns auch freiwillig Ihre Fingerabdrücke und eine Speichelprobe überlassen, damit wir Sie bei den sichergestellten forensischen Nachweisen ausschließen können.«

Dem Unternehmer blieb in dieser Situation keine andere Wahl, als sich weiterhin kooperativ zu zeigen, in der Hoffnung, dass die Polizisten bei der Auswertung nicht viel herausfinden würden.

Andernfalls fürchtete er, am Ende doch noch vorläufig inhaftiert zu werden. Er erinnerte sich noch zu genau an seine Drohung nach der Abschlussbesprechung gegenüber diesem widerlichen Ehrgeizling. Wahrscheinlich hatte der das auch seinen Vorgesetzten gemeldet. Jedenfalls konnte er jetzt eine Verhaftung überhaupt nicht brauchen. Das würde seine ganze Planung für die nächsten Tage durcheinanderbringen.

Nachdem die erkennungsdienstlichen Maßnahmen abgeschlossen waren, wurde er mit dem Dienstwagen wieder in seine Firma gefahren, wo seine Sekretärin noch auf ihn wartete.

9. Kapitel

Nina hatte die ganze Nacht fast kein Auge zugetan. Sie war zu aufgewühlt. Gestern hatten sie Post im Briefkasten vorgefunden. Eigentlich sehr gute Nachrichten. Aber gerade die hatten in Nina Erinnerungen wachgerufen, von denen sie eigentlich schon fast geglaubt hatte, sie überwunden zu haben. Ihre künftige Vermieterin, Gerda Hinrichs aus Carolinensiel, hatte ihnen den Mietvertrag geschickt. Ab ersten Oktober, nach Beendigung der Hauptferienzeit, würde sie den Winkelbungalow, der für Nina und Bert mit so viel Emotionen verbunden war, nicht mehr als Ferienhaus vermieten.

Gerda war von dem Gedanken beseelt, ein Polizistenpaar in ihrer unmittelbaren Nachbarschaft haben zu wollen. Zudem hatte sie Nina und Bert in ihr Herz geschlossen und volles Verständnis für deren Situation nach den schlimmen Ereignissen vor einem Jahr gehabt. Das Haus mit Garten wurde deshalb von ihr auch nicht anderweitig fest vermietet, sondern in dieser Saison vorübergehend für Feriengäste genutzt, in der Hoffnung, dass die Kommissare doch noch gemeinsam in das Häuschen einziehen würden. Und vor Kurzem hatte Nina sich endlich dazu durchringen können, Ja zu sagen.

Aber heute Nacht war alles wieder hochgekommen. Begonnen hatte es vor etwa einem Jahr mit dem gewaltsamen und grausamen Tod einer jungen Frau im Seegatt zwischen Langeoog und Spiekeroog, die dann auf einer Sandbank vor dem Strand von Carolinensiel-Harlesiel angespült worden war. Der Fall war daher bei ihnen im Kommissariat unter dem Arbeitstitel Wattmord geführt worden.

Sie sah den weißen SUV der Gangster noch wie heute vor sich, als sie vom Frauenarzt mit den Bildern des werdenden Lebens in ihrem Bauch voller Freude auf dem Weg zum angehenden Vater, Bert, war. Zufällig waren sie, im Zuge ihrer Ermittlungen und der Suche nach einer Zeugin, Gerda Hinrichs begegnet, die für eins ihrer Häuschen in Carolinensiel nach einer umfassenden Sanierung neue Dauermieter suchte.

Bert und sie hatten sich schon vorgestellt, wie ihr Kleines in dem liebevoll angelegten kleinen Garten im Sandkasten spielen würde. Durch das ungeborene kleine Wesen waren sie sich plötzlich ihrer bis dahin auch vor sich selbst versteckten echten Gefühle bewusst geworden. Sie, die nach den Erfahrungen aus ihren früheren gescheiterten Beziehungen versucht hatten, immer cool zu bleiben.

Und dann plötzlich vor ihr dieser gesuchte Wagen. Sie war sich sicher, den durfte sie nicht mehr aus den Augen lassen. Sie ahnte, dass dieser Wagen sie zum Ort der schrecklichen Gräueltaten dieser Verbrecher führen würde, wo noch andere junge Frauen sich in höchster Gefahr befanden und nach dem sie deshalb so fieberhaft suchten. Sie hatte versucht Bert über Handy zu informieren, aber er war noch im Meeting gewesen. Später befand sie sich im Funkloch und konnte ihn nicht mehr erreichen. Aber sie musste handeln. Und dann dieser Schlag aus dem Hinterhalt gegen ihren Kopf, der sie fast das Leben gekostet hätte. Gott sei Dank war ihr dadurch die bewusste Wahrnehmung der schmerzvollen brutalen Fußtritte des Gangsters gegen ihren Körper erspart geblieben. Ihrem Fötus hatte es das Leben gekostet und nach ärztlicher Prognose würde sie auch keine Kinder mehr bekommen können.

In der Reha hatte sie mit dem Gedanken gespielt, für immer dem Polizeidienst den Rücken zu kehren. Inzwischen war im Kommissariat bekannt geworden: Wenn die Haushälter im Hintergrund der Entscheidungen im Zusammenhang mit den Ermittlungen zum Wattmord-Fall schneller die finanziellen Mittel für die Zusage eines großen Zeugenschutzprogrammes für einen Aussagewilligen erteilt hätten, dann wäre ihr das alles nicht passiert und ihr Kind könnte noch leben.

Ihr war in der Reha zu Bewusstsein gekommen, dass im Zweifel nicht kriminalistische Notwendigkeiten letztlich den Ausschlag für erforderliche polizeiliche Maßnahmen gaben, sondern bürokratische Haushaltsregeln. Sie hatte sich die Frage gestellt, ob die Entscheider über Budget und Haushalt sich überhaupt über die Folgen und Auswirkungen ihrer Entscheidungen im polizeilichen Alltag im Klaren waren. Schließlich war sie aber doch im Dienst verblieben. Sie war Polizistin geworden, um mitzuhelfen, das Leben der Bürger sicherer und unbeschwerter zu machen. Die gleichen Motive, die für unzählige Feuerwehrleute, Ärzte, Sanitäter und Krankenpfleger auch zum Berufsethos gehörten.

Ihr Schlafzimmerfenster lag nach Osten und gegen halb sieben lugten die ersten Sonnenstrahlen durch die Vorhänge. Es versprach wieder ein Tag mit Kaiserwetter an der Küste zu werden. Nina hielt es nicht mehr im Bett. Bert hatte sich gerade noch mal auf die andere Seite gedreht und sie ließ ihn schlafen. Sie wollte erst einmal eine kleine Joggingrunde drehen. Das machte den Kopf frei.

Als sie zurückkam, war bereits der Kaffeetisch gedeckt. Nina hatte sich entschlossen, die schlimmen Erinnerungen der letzten Nacht für sich zu behalten. Um acht Uhr war sie mit Kerstin beim Finanzamt verabredet. Rita hatte für heute Morgen dringend um ein persönliches Gespräch mit Bert gebeten. Eigentlich wäre Nina gerne dabei gewesen, denn sie konnte sich des Eindrucks nicht erwehren, dass die junge, hochintelligente und schlagfertige Kollegin aus Osnabrück irgendwie ein Auge auf Bert geworfen hatte. Darüber war zwischen Bert und ihr schon eine heftige Diskussion entstanden.

Aber wie Männer manchmal so sind, schien Bert diesbezüglich überhaupt nichts zu blicken. »Mein Gott, ich könnte fast ihr Vater sein«, hatte er lachend gesagt und damit war das Thema für ihn beendet gewesen. Nina hätte zu gern gewusst, was Rita mit Bert so dringend besprechen wollte. Zumal sie ja wusste, dass sie ihn heute Morgen allein würde sprechen können. Und Bert war mal wieder nichts zu entlocken gewesen. Da konnte er manchmal komisch sein.

Bert schien aber irgendwie auch keine gute Nacht gehabt zu haben. Jedenfalls wollte heute Morgen kein richtig gutes Gespräch zwischen den beiden zustande kommen, was die eifersüchtigen Gedanken von Nina noch beflügelte. Nach dem kurzen Frühstück verabschiedeten sie sich aber dennoch mit einem herzhaften Kuss, bevor sie sich heute auf getrennten Wegen zum Dienst machten. Der morgendliche Kuss, bevor sie das Haus verließen, war inzwischen zur festen Gewohnheit geworden, seit Nina von ihrer Reha zurück und mehr oder weniger bei Bert eingezogen war. Genauso, dass sie abends nie ohne einen Gutenachtkuss und ein liebes Wort in die Nacht gingen.

***

Rita wartete schon vor Berts Dienstzimmer, als er kam. Durch das kürzliche Gespräch mit Nina sensibilisiert, schaute Bert heute Morgen mal genauer hin. Vor ihm stand eine sehr ehrgeizige junge Polizistin, die einen Bewährungsaufstieg in den gehobenen Polizeidienst anstrebte. Sportliche Figur und durchtrainiert wie Nina. Mit einer mittelblonden Kurzhaarfrisur, kein Modelgesicht, aber mit sehr sympathischen, ebenmäßigen Gesichtszügen und einem sehr gewinnenden Lächeln. Schon ihr Titel als Landesmeisterin im Sprint zeigte, sie gehörte zu denen, die nach oben wollen.

Mit einem verschmitzten Lächeln begrüßte sie ihn: »Moin Chef, jetzt bin ich ja gespannt, was ich tun muss, um in die Kommissar-Laufbahn zu kommen. Soll ich mal mit dem Kaffeeholen anfangen, bevor wir dann in die speziellen Details gehen, was Vorgesetzte alles so gerne haben?«

»Wäre schon mal ein guter Einstieg«, erwiderte Bert und fuhr inzwischen seinen PC hoch. Sollte er ihre Ansage jetzt zweideutig interpretieren? Möglicherweise hätte Nina jetzt hierin schon wieder eine Bestätigung ihrer Vermutung gesehen. Dass Nina – bei all ihrer Sachlichkeit – auch eifersüchtig werden konnte, hatte er schon einmal zu spüren bekommen.

Rita riss ihn aus seinen Gedanken, indem sie ihm den dampfenden Pott Kaffee auf den Tisch stellte. Schwarz wie die Seele, wie er es immer zu nennen pflegte. »Also Chef, wir brauchen gar nicht lange um den heißen Brei herumzureden«, übernahm sie gleich das Wort. Aber das war so ihre Art. Sie ergriff auch im dienstlichen Einsatz gern die Initiative. »Über die laufbahnmäßigen Voraussetzungen und Abläufe habe ich mich schon seit Langem umfassend informiert. Was ich nur wissen möchte, ist: Was für eine Meinung hast du dazu in Bezug auf meine Person, und kann ich deiner Unterstützung sicher sein?«

Bert war davon überzeugt, diese Ansage hätte Nina gefallen. Direkt ohne Umschweife und Zweideutigkeiten ins Ziel. »Das will ich dir gerne sagen. Bereits deine Frage zeigt eine deiner herausragenden Eigenschaften. Du kommst direkt auf den Punkt. Dass du dich schon über alle Bedingungen und Voraussetzungen informiert hast, spricht für deine Weitsicht und Zielstrebigkeit. Dein bisheriger Einsatz hier im Team bestätigt deine schnelle Auffassungsgabe, deinen Ehrgeiz und dein Durchsetzungsvermögen. Alles beste Voraussetzungen für eine gute Kommissarin. Ich habe schon nach deinen ersten Bewährungsproben hier bei uns im Team, beim Einsatz auf dem Bauernhof der Sekte in Neuharlingersiel und wie du den Erpresser in Bensersiel zur Strecke gebracht hast, befürchtet, dass du uns nicht lange erhalten bleiben wirst. Aber wer weiß, vielleicht kommst du ja eines Tages als Kommissarin hier wieder in das Team zurück. Doch bevor das jetzt bei dir mit deiner Bewerbung und Ausbildung losgeht, haben wir hier noch einen Fall zu lösen.«

In diesem Moment betrat Sören Berts Dienstzimmer. »Komisch, immer wenn ich bei dir reinkomme, höre ich deine letzten Worte. Richtig, wir haben einen Fall zu lösen. Und ich habe ein höchst verdächtiges Bewegungsprofil. Euer Unternehmer von gestern hat sich von achtzehn Uhr dreißig bis gegen zweiundzwanzig Uhr im Raum Angelsburg aufgehalten.«

»Uns hat er erzählt, dass er in der Gegend rumgefahren wäre und nur irgendwo mal an einer Pommesbude angehalten hätte«, zeigte sich Bert verärgert.

»Dann hat er eindeutig gelogen. Den solltet ihr noch mal höflichst zu einem Gespräch bitten«, schlug Sören augenzwinkernd vor, bevor er den Raum verließ.

»Also, Rita, dann mal los. Und nimm Bernd mit. Wenn er nicht freiwillig mitkommt, dann zähl ihm seine Rechte auf, aber ganz höflich«, gab Bert mit einem leichten Grinsen Anweisung.

Kaum war Rita unterwegs, meldete Nina sich telefonisch: »Wir haben den nächsten Kandidaten. Sogar ein alter Bekannter von Kerstin. Keine leicht zu knackende Nuss, wie sie sagte. Den werden wir ohne Anwalt überhaupt nicht ins Kommissariat bewegen können. Aber das Spiel kennen wir ja zur Genüge. Bist du etwa schon allein?«, konnte sich Nina abschließend die Frage nicht verkneifen. Ihr saß mal wieder das Eifersuchtsteufelchen auf der Schulter.

»Rita ist unterwegs, falls du das meinst. Sie holt mit Bernd gerade unseren Unternehmer von gestern noch mal zum Gespräch. Das wird dann aber nicht so lustig für den. Der hat uns gestern ganz schön etwas vorgemacht. Er war den ganzen Abend in der Nähe des Entführungsortes, und von wegen Spazierfahrt durch die schöne ostfriesische Landschaft.« Dann berichtete er Nina von dem kurzen Gespräch mit Rita.

Nina konnte das mit Rita kaum glauben. Sollte sich ihr Instinkt so getäuscht haben? Ihr Eifersuchtsteufelchen hatte ihr schon vor dem geistigen Auge die bei Bert auf dem Schoß sitzende Rita vorgegaukelt. Aber sie rief sich selbst zur Raison. Dennoch würde sie ein wachsames Auge behalten. Vielleicht war ja nur der aktuelle Einsatz von Bernd und ihr dazwischengekommen. »Ich schicke dir die Kontaktdaten von dem neuen Kandidaten. Wenn es geht, sollte der auch wie der von gestern bis siebzehn Uhr bei uns im Kommissariat zur Anhörung verfügbar sein. Kerstin möchte gerade bei dem gerne dabei sein.«

Es dauerte gar nicht lange, dann kamen Rita und Bernd zurück, aber allein. »Der war nicht da«, meldete Bernd. »Saß wohl schon im Flieger nach England, wie seine Sekretärin sagte. Er wird nicht vor Montag oder Dienstag nächster Woche zurück sein.«

»Dabei hatten wir ihn ausdrücklich darüber belehrt, sich uns zur Verfügung zu halten«, schimpfte Bert. »Der muss doch auch gestern schon gewusst haben, dass er heute nach Großbritannien will.«

»Das sei schon seit Langem geplant gewesen, wie seine Vorzimmerdame sagte«, bestätigte Rita. »Aber ist doch logisch, dass er euch gestern nichts davon gesagt hat, dann hätte er ja befürchten müssen, dass sein Flug ins Wasser fällt.« Ihre Stimmlage und ihr Gesichtsausdruck verrieten den tiefen Sarkasmus in ihrer Feststellung.

»Auch wieder wahr«, ging Bert ebenfalls sarkastisch werdend darauf ein, um dann sachlich fortzufahren: »Ich werde mit der Staatsanwaltschaft reden, ob wir ihn mit internationalem Haftbefehl suchen lassen oder warten müssen, bis er nächste Woche wieder zurückkommt.«

Ein Signalton des Smartphones zeigte Bert den Eingang einer Message an. Nina hatte die Daten des neuen Aspiranten mit einem möglichen Motiv geschickt. »Da habe ich gleich den nächsten Auftrag für euch«, sagte Bert. »Bringt dem hier eine schriftliche Vorladung zu einer Anhörung, heute um siebzehn Uhr, hier bei mir. Falls er Zicken macht, dann sagt ihm, wenn er will, kann er auch gleich seinen Anwalt mitbringen.« Die beiden zogen los, um den Auftrag zu erledigen.

Zunächst versuchte Bert, Heisterkamp über Handy zu erreichen. Es meldete sich aber nur seine Sekretärin. Nach England würde ihr Chef immer ein anderes Handy mitnehmen, sagte sie. Bert ließ sich die Nummer geben und versuchte selbst, Heisterkamp zu erreichen. Aber vergeblich. Womöglich war er noch im Flieger und das Handy ausgeschaltet. Das alles machte ihn aber in den Augen des Kommissars nicht weniger verdächtig.

Dann hatte Bert eine heftige Diskussion mit dem Staatsanwalt, der der Auffassung war, dass er für einen internationalen Haftbefehl angesichts der dünnen Indizienlage wohl keinen richterlichen Beschluss bekommen würde. Er wollte erst einmal abwarten, ob Heisterkamp nicht doch bis nächsten Dienstag wieder zurück wäre. Sollte das allerdings nicht der Fall sein, dann wäre ihre Position durch das Verhalten des Beschuldigten selbst gestärkt.

Inzwischen waren auch Rita und Bernd wieder zurück. Der vorgeladene Unternehmer hatte sich alles andere als erfreut gezeigt und ein fürchterliches Theater gemacht, berichteten die beiden. Er hätte getobt, dass es nicht reichen würde, dass das Finanzamt ihn mit Willkürentscheidungen und falschen Verdächtigungen an den Rand der Existenz bringen würde, jetzt käme auch noch erneut die Polizei. Er würde kommen, aber nicht ohne seinen Anwalt. Wie Nina schon vorhergesagt hatte.

Bert war durch Nina und Kerstin über den heutigen Kandidaten mit einem eventuellen Motiv, Ludger Gröne, ins Bild gesetzt worden. Kerstin hatte nur grob skizziert, in welcher Angelegenheit sie gegen den Unternehmer ermittelt hatte. »Wir brauchen den Fall selbst nicht noch einmal aufzurollen. Das Verfahren ist inzwischen gerichtsanhängig und wohl noch eine ganze Weile schwebend«, meinte sie.

Ungeachtet dessen könnte sich daraus für den Betroffenen ein Motiv ergeben, weil Beckmann ihm auf die Schliche gekommen war. Zu Recht oder zu Unrecht, würde das Gericht entscheiden müssen. Daher kam es bei der Anhörung zunächst nur darauf an, abzuklären, wo sich Gröne zur Tatzeit aufgehalten hatte.

Bert ärgerte sich immer noch darüber, dass er keinen Haftbefehl gegen Heisterkamp bekommen hatte. Er hasste es, wenn er feststellen musste, dass er bei einer Zeugenanhörung saftig belogen worden war. Auf Handy hatte er ihn immer noch nicht erreichen können. Er rief Rita zu sich. »Wir werden einen kleinen Ausflug machen, und du kannst schon mal – sozusagen als Kommissar-Praktikantin – die Funktion von Nina übernehmen.«

»Wo geht's denn hin?«

»Wir statten der Firma Heisterkamp noch mal einen Besuch ab. Ich will mit dem Heisterkamp persönlich sprechen und sei es am Telefon. Die Sekretärin wird ja wissen, wie man ihn in England erreicht, auch wenn er nicht an sein Handy geht. Schließlich könnte es ja auch mal einen Notfall in der Firma geben. Im Übrigen wird der Flieger inzwischen gelandet und er bei seinen Schwiegereltern angekommen sein. Da wird man ihn ja wohl in jedem Fall erreichen können.«

Als sie beim Bürogebäude der Firma Heisterkamp gerade den Wagen geparkt hatten, kam Melanie Jäger aus dem Gebäude. »Moin, Herr Kommissar. Zu mir wollen Sie doch wohl nicht, oder?«

»Nein, eigentlich zu Ihrem Chef beziehungsweise, weil der nicht da ist, zu seiner Sekretärin.«

»Caro ist oben und lackiert sich gerade die Nägel«, erwiderte Melanie lachend. »Da hat sie normalerweise keine Sprechstunde. Mich hat sie eben auch wieder weggeschickt. Und wenn der Chef nicht da ist, spielt sie hier sowieso immer die Chefin. Aber für die Polizei wird sie sich schon Zeit nehmen müssen.«

Als Bert und Rita unmittelbar nach kurzem Anklopfen das Vorzimmer betraten, ohne ein Herein abzuwarten, war Caro gerade mit ihrem linken großen Zehennagel beschäftigt. Dazu hatte sie den Fuß auf einen der Besucherstühle abgestellt. »Warten Sie gefälligst, bis ich Sie hereinrufe«, blaffte sie die beiden Polizisten in Zivil an, ohne zunächst aufgeschaut zu haben. Dann erkannte sie Rita, die ein wenig versteckt hinter Bert gestanden hatte. »Ach, schon wieder die Polizei. Was gibt es denn noch? Ich sagte doch schon, mein Chef ist nicht vor Montag/Dienstag zurück.«

»Ich will Ihren Chef am Telefon sprechen«, sagte Bert, nachdem er sich vorgestellt hatte. »Sie werden sicher von der Firma eine direkte Verbindung zu ihm haben und inzwischen wird er ja wohl bei seinen Schwiegereltern angekommen sein.«

»Ich kann's versuchen«, antwortete Caro und drückte eine Kurzwahltaste an ihrem Telefon. Nachdem sich am anderen Ende der Leitung jemand gemeldet hatte, erklärte sie auf Englisch, dass die Polizei aus Wittmund dringend mit Gordon sprechen wollte. Dann sagte sie zu den Beamten: »Tut mir leid, das ist die Schwiegermutter meines Chefs. Der ist nicht erreichbar. Er ist direkt vom Flugplatz aus mit seinem Schwiegervater und dessen kleiner Privatmaschine in die schottischen Highlands zum Angeln geflogen. Vor Montag sind die nicht zurück und auch telefonisch nicht zu erreichen. Sie können selbst mit ihr sprechen, wenn Sie wollen.« Sie hielt Bert den Telefonhörer hin.

Nachdem Bert selbst mit Gordons Schwiegermutter gesprochen hatte, gab er Caro den Hörer zurück: »Sie wollte noch mal mit Ihnen sprechen. Vielen Dank, wir melden uns wieder.« Dann gingen er und Rita wieder zu ihrem Wagen.

»Was war denn jetzt?«, wollte Rita wissen. Sie hatte nur einen Teil der Unterhaltung verfolgen können.

»Der Heisterkamp hat uns ganz schön gelinkt. Diese Tour mit seinem Schwiegervater macht er einmal im Jahr. Das heißt, die war schon lange geplant. Jedenfalls habe ich dringend darum gebeten, ihm zu sagen, dass er bei uns im Kommissariat anrufen soll, falls er sich von den Highlands mal meldet. Mehr können wir im Moment leider nicht machen.«

»Das habe ich mir schon gedacht, als ich hörte, dass du unsere Nummer durchgegeben hast. Aber wie könnte das denn abgelaufen sein? Nehmen wir mal an, er hat Beckmann tatsächlich entführt. Dann müssen wir doch wohl davon ausgehen, dass er ihn nicht irgendwo eingesperrt, sondern gleich umgebracht hat. Es sei denn, er hätte einen Komplizen. Vielleicht hat er Beckmann ja irgendwo im Wittmunder Wald verscharrt und sich deswegen so lange in der Nähe von Angelsburg aufgehalten.«

Noch während Bert mit Rita unterwegs war, rief Nina auf seinem Telefon im Kommissariat an. Da Silke gerade die Post auf seinen Schreibtisch gelegt hatte, nahm sie den Hörer ab und meldete sich.

»Wo ist denn Bert?«, wollte Nina wissen.

»Der ist mit Rita zur Firma Heisterkamp, um da noch was zu klären.«

Bei Nina schlug der Blitz ein. Ach, so läuft das, schoss es ihr durch den Kopf, nicht auf dem Schoß, aber zusammen im Auto und dann stiller Parkplatz. Ihr Eifersuchtsteufelchen hatte wieder Nahrung erhalten, obwohl ihr Verstand eigentlich sagte: Bleib cool, die sind im Einsatz, was denn sonst! Aber bekanntlich ist Eifersucht das, was man mit Eifer sucht, und das tat das kleine Teufelchen auf ihrer Schulter gerade, ob sie es wollte oder nicht. Dabei gab es im Moment Wichtigeres. Und darauf war sie als Polizistin seit Jahren gepolt, erst der Dienst und dann alles andere.

Deshalb sagte sie Silke, dass sie die Liste der Mitarbeiter bekommen hatte, die mit Helge Beckmann in der Auswahl für die Nachbesetzung des Sachgebietsleiterpostens gewesen waren. Davon hätten außer Tjark Frerichs nur zwei eine ernsthafte Chance auf diesen Dienstposten gehabt. Beide sollten für den nächsten Morgen zur Anhörung bestellt werden. Und damit beauftragte sie Silke, der sie dann auch gleich die Kontaktdaten zuschickte. Bert sollte sie noch ausrichten, dass sie die beiden Anhörungen mit ihm gemeinsam machen könnte. Kerstin müsste am nächsten Vormittag Arbeiten in ihrer Dienststelle in Aurich erledigen, die keinen weiteren Aufschub duldeten. Daher würde sie sich erst ab Mittag wieder mit Kerstin bei der Finanzbehörde treffen. Bis sie sich durch alle infrage kommenden Akten durchgearbeitet hätten, könnte es noch Tage dauern.

Als Nina nach Dienstschluss bei der Finanzbehörde mit Kerstin bei Bert im Kommissariat eintraf, war keine Gelegenheit, mit ihm unter vier Augen ein kleines Privatverhör durchzuführen. Das musste warten. Pünktlich um siebzehn Uhr erschien Ludger Gröne mit seinem Anwalt zur Anhörung. Schweigend hörte er sich Berts Belehrungen an. Der Bandaufzeichnung hatte sein Anwalt zugestimmt. Nach Berts Frage nach seinem Alibi bat der Anwalt, mit seinem Mandanten alleine sprechen zu dürfen. Die Kommissare verließen den Verhörraum und beobachteten die beiden, die heftig zu diskutieren schienen.

»Mein Mandant hat an besagtem Abend bis gegen neunzehn Uhr mit seiner Frau zu Hause beim Abendessen gesessen. Danach ist seine Frau zum Bridge mit Freundinnen in der Nachbarschaft gewesen und gegen dreiundzwanzig Uhr wieder zurückgekommen. Er hat nach dem Essen noch die Küche aufgeräumt und dann den ganzen Abend Fernsehen geschaut. Für die Zeit von neunzehn bis dreiundzwanzig Uhr hat er keine Zeugen, kann aber Angaben zu den gesehenen Programmen machen«, gab der Anwalt danach für seinen Klienten zu Protokoll.

»Gut«, erwiderte Bert, »dann nehmen wir das jetzt erst einmal so auf. Herr Gröne soll sich bis auf Weiteres verfügbar halten. Falls sich noch weitere Fragen ergeben, kommen wir noch mal auf Sie zu.« Bert schloss daraufhin die Anhörung.

»Das war ja völlig unspektakulär«, sagte er zu den beiden Kommissarinnen.

»Hat mich auch gewundert«, sagte Kerstin. »Den kenn ich sonst ganz anders. Aufbrausend, aggressiv und überhaupt nicht kooperativ.«

»Genau davon haben Rita und Bernd berichtet, als sie ihm die Vorladung überbrachten«, bestätigte Bert. »Und die Diskussion mit seinem Anwalt schien auch nicht besonders ruhig abgelaufen zu sein. Das macht mich trotz scheinbarem Alibi durch die Ehefrau, was ja noch zu bestätigen wäre, äußerst misstrauisch. Wobei ich davon überzeugt bin, dass seine Frau das eins zu eins bestätigen wird.«

»Das Gefühl habe ich auch«, stimmte Nina zu. »Der Anwalt schien sich diesbezüglich auch sehr sicher zu sein. Was dann fast wieder auf eine Absprache hindeuten könnte.«

»Hilft uns aber im Moment nicht weiter«, läutete Bert den Feierabend ein. »Das Einzige, was wir in der Hand haben, ist ein vager Verdacht, dass Gröne ein Motiv haben könnte. Schauen wir uns morgen früh mal die Kollegen von Beckmann an, denen er die Stelle vor der Nase weggeschnappt hat. Die Vorladungen wurden bereits überbracht, wie Silke gemeldet hat.«

Dass ihm heute Abend noch ein kleines Privatverhör ins Haus stand, ahnte er zu diesem Zeitpunkt noch nicht.

10. Kapitel

Eine Autotür wurde zugeschlagen und Helge schreckte aus seinem Dämmerzustand hoch, in dem er sich die meiste Zeit befand. Dann wieder der Schlüssel im Schloss und die Schritte im Raum. Der Griff nach seinem Handgelenk. Sein Puls wurde gefühlt. Es folgten die üblichen Handgriffe und Verrichtungen. Der Psychopath sprach kaum noch mit ihm. Auf Fragen kamen jedes Mal die gleichen irren Antworten. Dann war der Kerl für eine Weile nach hinten verschwunden.

Helge war inzwischen klar geworden, dass es sich bei der zur Beruhigung zugeführten Beimengung – wie der Typ das ausgedrückt hatte – um Antidepressiva handeln musste. Er vermutete, dass auch Schmerzmittel beigefügt waren, deren Wirkung aber zumeist bis zum nächsten Kommen seines Entführers nachließ. Jedenfalls bereitete ihm das bewegungslose Sitzen zunehmend brennende Schmerzen, nicht nur im Gesäßbereich. Er erinnerte sich an seinen Vater, der nach einem zweiten Schlaganfall weitgehend gelähmt war, was bei ihm zu dem sogenannten Wundliegen führte. Das Pflegepersonal hatte zwar beteuert, immer darauf geachtet zu haben, dass er regelmäßig gewendet und auch eingecremt wurde. Allerdings war er davon damals nicht überzeugt gewesen.

Er mochte sich gar nicht vorstellen, wie das bei ihm in einigen Tagen aussehen würde. Jedenfalls verschwanden die brennenden Schmerzen nach Erneuerung der Infusion zumindest für einige Zeit. Was ihm seine missliche Lage immerhin ein wenig erträglicher machte. Dabei war ihm klar: Wenn erst einmal aus den – vielleicht im Moment noch – Druckstellen offene Wunden würden, spätestens dann würden wahrscheinlich selbst die Schmerzmittel nicht mehr helfen. Keine angenehme Vorstellung.

Trotz alledem schien seine Wahrnehmungsfähigkeit nur unwesentlich beeinträchtigt. So war ihm aufgefallen, dass zwischen den einzelnen Besuchen jeweils geschätzte sechs Stunden lagen. Außerdem hatte er mitgezählt, wie oft sein Entführer hier aufgetaucht war. Es war das vierte Mal. Daraus schloss er, dass seit seinem ersten bewussten Aufwachen und jetzt ein Tag vergangen sein musste. Was ihm diese Erkenntnis bringen sollte, wusste er in diesem Moment allerdings auch nicht. Sie war einfach da. Der Zahlenmensch in ihm funktionierte nach wie vor, selbst in einer solch kritischen Situation.

Bei jedem zweiten Besuch verschwand der Psychopath durch eine Tür, die sich im hinteren Teil des Raumes befinden musste. Etwa nach einer halben Stunde war er dann wieder zurück, schaute noch mal kurz nach seinem Patienten und verschwand dann.

Helge zählte eins und eins zusammen. Das Pferdegewieher in ziemlicher Nähe, manchmal schien es fast unmittelbar am Haus zu sein, deutete darauf hin, dass es sich um ein Bauernhaus oder eine Scheune mit angrenzender Koppel handeln musste. Wahrscheinlich waren im hinteren Teil des Gebäudes Unterstellmöglichkeiten für die Tiere, wo sie wohl auch ihre Futter- und Wasserstelle hatten. Das bedeutete, der Typ versorgte alle zwölf Stunden die Tiere oder schaute zumindest nach ihnen. Inzwischen war Helge auch der leichte Stallgeruch aufgefallen, wenn er von dort wieder zurückkam.

Das Gehirn schien sich bei ihm von der optischen Wahrnehmung zunehmend auf eine Deutung aus der Akustik umzuschalten. Plötzlich nahm er wahr, dass der Mann, bevor er wieder den Raum betrat, die Schuhe wechselte. Genauer gesagt war sich Helge sicher, dass er Gummistiefel anhatte, wenn er zu den Pferden ging. Aber es waren noch weitere Erkenntnisse, die sein Gehirn auf einmal lieferte. Er stellte sich die Frage, welchen Beruf dieser Wahnsinnige wohl ausüben würde.

Für ihn stand fest, mit einem dummen Menschen hatte er es hier nicht zu tun. Dazu war die ganze Vorgehensweise viel zu strukturiert und präzise. Helge versuchte sich zunächst den Tagesablauf dieses intelligenten Idioten vorzustellen. Nehmen wir mal an, ging es ihm durch den Kopf, er kommt jeden Morgen um sechs, dann könnte es sein, dass er um zwölf Mittagspause hat. Um achtzehn Uhr haben sehr viele Angestellte bereits Feierabend. Nachts um vierundzwanzig Uhr käme er dann noch mal vor dem Schlafengehen, um seinen Patienten zu versorgen oder nach ihm zu schauen. Alle zwölf Stunden kümmerte er sich zusätzlich um die Tiere.

Das würde passen. Beruflich musste er über medizinische Erfahrungen verfügen. Helge hatte den Eindruck gewonnen, dass die ganzen Handgriffe bei der Erneuerung der Infusionen inzwischen wieder zur Routine geworden waren. Also hatte der so etwas – zumindest früher – auch beruflich durchgeführt. Das würde auch seine Aussage ganz am Anfang erklären, er habe so etwas schon länger nicht mehr gemacht. Also war er vielleicht ein Arzt? Diesen Gedanken verwarf Helge dann aber wieder. Um Infusionen kümmerten sich normalerweise auch in den Krankenhäusern nicht die Ärzte, sondern das Pflegepersonal. Also musste der Typ mal in einem Krankenhaus, wahrscheinlich sogar in einer Intensivstation, gearbeitet haben.

Helge versuchte sich zu erinnern. Hatte er unter den Steuerprüfungskandidaten, die von ihm und seinen Leuten in der letzten Zeit geprüft worden waren, jemand, der über eine solche Vita verfügte und heute als klein- oder mittelständischer Unternehmer tätig war? Aber sosehr er auch sein Gedächtnis strapazierte, da wollte ihm niemand einfallen. Hinzu kam die Erkenntnis, dass er sich auch normalerweise nicht mit der beruflichen Historie der Geprüften beschäftigt hatte. Für ihn zählten seine Vorgaben, Kennzahlen sowie ausschließlich Daten und Fakten. Die Bildung und beruflichen Werdegänge der Betroffenen waren dabei in aller Regel für ihn nicht von Bedeutung gewesen.

Plötzlich kam ihm eine Weiterbildung als Betriebsaußenprüfer ins Gedächtnis. Einer seiner Kollegen hatte ein Zitat aus der Bibel ausgegraben, welches er auch für sein Berufsethos sehr passend fand. Matthäus 21, 22: »So gebet dem Kaiser, was des Kaisers ist, und Gott, was Gottes ist!« Und er sorgte doch nur dafür, dass der erste Teil dieses Bibelzitates erfüllt wurde. Wenn das bei Prüfungen im Ergebnis zu unangenehmen Folgen für die Geprüften führte, dann zeigte das doch nur, dass diese versucht hatten, sich dieser bereits vor über zweitausend Jahren von Jesus selbst gegebenen Anweisung zu entziehen. Statt Reue zu zeigen und Buße zu tun, wie es die christliche Lehre forderte, reagierten viele von denen mit Unverständnis und Wut. Es war jedes Mal dasselbe, dann waren immer die anderen Schuld.

»So, ich habe mal die Schmerzmittel weggelassen«, riss ihn dieser Hirni aus seinen Gedanken. Helge hatte gar nicht bemerkt, dass der Typ inzwischen wieder aus dem Stall zurück war. Bevor er ging, merkte er noch an: »Es ist an der Zeit, dass Sie auf das Fegefeuer eingestimmt werden.«

»Was soll dieser Wahnsinn? Machen Sie mich sofort los! Sie haben kein Recht, mich hier unter solch unwürdigen Umständen festzuhalten!« Selbst in einer solchen Situation blieb Helge bei seiner kultivierten Ausdrucksweise, wo wahrscheinlich die meisten schon mit Kraftausdrücken nur so um sich geworfen hätten.

»Über das Thema Rechte haben wir schon gesprochen. Die Rechtsprechung wurde für Sie von einer anderen Ebene übernommen.« Sprach's und verließ den Raum. Dann hörte der Gepeinigte, wie sich das Auto entfernte, kurz anhielt und dann verschwand. Für die nächsten sechs Stunden würde er wieder allein sein, mit dem Gekrächz der Rabenvögel über ihm und dem gelegentlichen Pferdegewieher. Aber zunehmend auch mit den brennenden Schmerzen, die sich inzwischen auf seinen ganzen Körper auszudehnen schienen. Was hätte er in diesem Moment für eine Tasse seines heiß geliebten Ostfriesentees mit Kluntjes und Sahne gegeben! Dabei sollte es noch heiß für ihn werden, aber nur in Bezug auf die Schmerzen als sein stetiger Begleiter.

Es mussten sechs Stunden vergangen sein, als er wieder den Motor des Wagens kommen hörte. Aber diesmal war es anders. Das Auto schien nicht vor der Haustür anzuhalten, sondern an der Seite des Hauses vorbeizufahren. Es kam ihm so vor, als sei der Wagen hinten in das Gebäude reingefahren. Kurz darauf war dort ein anderes Motorengeräusch zu hören. Vom Klang her ein Diesel, da war Helge sich sicher. Schließlich hielt dieser Wagen dann vor der Haustür und der Motor wurde abgestellt. Dann war alles wie immer.

Helge sprach seinen Peiniger an, um zu erfahren, was er mit ihm vorhatte. Der schien jetzt aber absolut keine Sprechstunde zu haben. Er erhielt keine Antwort. Nachdem der Typ seine üblichen Tätigkeiten verrichtet hatte, verschwand er wortlos.

Stunden vergingen. Dem Gequälten erschien es, als seien mehr als sechs Stunden vergangen, als er den Dieselmotor plötzlich näher kommen hörte. Das Motorengeräusch erstarb aber erst wieder im hinteren Teil des Hauses. Dann war einiges Rumoren zu hören. Offensichtlich mussten sich hinten noch andere Räume befinden. Das ging eine ganze Weile so. Dann kam der Psychopath, um wortlos Helge zu versorgen. Danach verließ er den Raum wieder nach hinten und kurz darauf fuhr der Benziner wieder am Haus vorbei und verschwand wie immer.

Irgendwie hatte Helge auf einmal das Gefühl, nicht mehr allein im Haus zu sein. Er hätte nicht erklären können, woher dieses Gefühl kam. Zu hören war nichts.

11. Kapitel

Nina hätte nicht die versierte und sehr erfolgreiche Profilerin im Team sein dürfen, wenn sie gestern Abend auf der Heimfahrt bei Bert einfach mit der Tür ins Haus gefallen wäre. Für ihn völlig unverfänglich, hatte sie mit ihrem Privatverhör begonnen. Ihr Eifersuchtsteufelchen war dafür eigens von ihr unter die Wahrnehmungsgrenze verbannt worden, das konnte sie im Moment überhaupt nicht brauchen. Ganz harmlos hatte sie Bert danach gefragt, wie denn der Besuch bei der Firma Heisterkamp verlaufen sei. Sie hatte sich mit ihm gemeinsam vor Lachen geschüttelt, als er von dem dicken Zehennagel der recht attraktiven Sekretärin berichtete und wie sie sich beim Lackieren von Melanie Jäger und dann von ihm und Rita gestört gefühlt und sie angeblafft hatte.

Sie hatte ihm beigepflichtet, dass Heisterkamp zumindest ein ganz schönes Schlitzohr war, indem er ihnen verschwieg, dass er mit seinem Schwiegervater in den schottischen Highlands zum Angeln fliegen wollte.

»Der lässt es sich bei Single Malt und leckerem Lachs gut gehen und lacht sich über uns kaputt, und wir kommen mit unseren Ermittlungen nicht voran«, hatte Bert seinem Ärger Luft gemacht und sie hatte ihm zugestimmt. »Wenn es nach mir gegangen wäre, würde er jetzt mit einem internationalen Haftbefehl gesucht.«

Dann war Bert von sich aus auf Rita zu sprechen gekommen. Er kam noch mal auf das morgendliche Gespräch mit ihr zurück und berichtete dann von ihrer sehr klugen Schlussfolgerung nach ihrem erfolglosen Besuch in der Firma Heisterkamp. Ferner, dass er ihr Mut gemacht habe, sich für die gehobene Laufbahn zu bewerben, und dass er das unterstützen wollte. Aber er berichtete auch ganz offen, dass er es irgendwo bedauere, eine Polizistin, die sich so schnell und erfolgreich in das Team eingebracht hatte, bald wieder zu verlieren. Er verschwieg auch nicht seine Hoffnung, sie irgendwann als Kommissarin wieder im Team zu haben.

Nina registrierte sehr genau seine Unbefangenheit, mit der er von Rita erzählte, und sie schämte sich fast ihrer eifersüchtigen

Gedanken. Sie erinnerte sich noch gut, wie sie auf Berts frühpensionierte Ex-Kollegin aus Essen eifersüchtig gewesen war, die sich in Neuharlingersiel zur Ruhe gesetzt hatte. Da hatten sich ihre Verdachtsmomente auch in Luft aufgelöst und heute waren sie sogar miteinander befreundet. Damals hatten Bert und sie sich geschworen, offen miteinander umzugehen. Daher beendete sie dieses von ihr eigentlich als Verhör gedachte Gespräch damit, dass sie offen gestand, was ihre Befürchtung gewesen war.

Als sie ihm sagte, dass sie ihn und Rita schon auf einem stillen Parkplatz gesehen hätte, meinte Bert lachend: »Mein Gott, Nina, ich hab dir doch schon einmal gesagt, ich könnte ja ihr Vater sein.«

»Manche jungen Dinger stehen auf ältere Herren und manchmal auch auf ihre Vorgesetzten, wenn es ihrer Karriere dient«, war ihre Antwort.

Bert bog dann auf einmal spontan auf einen Parkplatz ab, der gerade auf ihrem Weg lag, und beruhigte sie mit einer innigen Umarmung und einem sehr langen und intensiven Kuss. »Den Rest heben wir uns für heute Abend zu Hause auf«, beendete er die Ouvertüre zu einer heißen Nacht.

Und jetzt waren sie nach einem heute sehr ausgiebigen Frühstück gemeinsam mit den Fahrrädern unterwegs zum Kommissariat. Es versprach wieder ein sehr warmer, sonniger Tag zu werden. Ein Traumsommer nicht nur für unzählige Feriengäste an der ostfriesischen Nordseeküste, obwohl die Natur nach Wasser lechzte.

Im Kommissariat wurden sie bereits auf der Treppe von Silke erwartet. Das konnte nichts Gutes bedeuten. Sie meldete, dass der erste Kollege von Beckmann vom Finanzamt Wittmund in einem der Ersatzbüros auf seine Anhörung wartete. Aber die beiden Kommissare kannten Silke, die hatte noch einen Hammer in petto. Das sahen sie ihrem gewichtigen Gesichtsausdruck an. »Wir haben noch eine Vermisstenmeldung. Die Vermieterin einer Ferienwohnung in Leerhafe hat Georg Grundmann, den Ex-Kollegen von Helge Beckmann, als vermisst gemeldet. Er ist wohl gestern von seinem Lauftraining für den Berlin-Marathon nicht zurückgekommen. Die Frau sitzt ebenfalls in einem unserer Ersatzbüros und wartet auf euch, weil ich ihr gesagt habe, dass ihr jeden Moment zum Dienst kommen würdet.«

Bert und Nina gingen als Erstes zu der Vermieterin der Ferienwohnung. Die aktuelle Vermisstenmeldung hatte absolute Priorität, da sogar ein sehr enger Zusammenhang mit dem Beckmann-Fall anzunehmen war.

»Gestern Nachmittag, so gegen sechzehn Uhr, ist Georg Grundmann, mein Feriengast, zu einem Trainingslauf für den Berlin-Marathon aufgebrochen, wie er mir sagte«, berichtete die aufgeregte Frau. »Wenn er vom Laufen zurückkam, habe ich das meistens nicht mitbekommen, weil unsere Ferienwohnung über der Garage liegt und über eine Außentreppe einen separaten Eingang hat. Aber wenn ich abends unseren Hund noch mal in den Garten lasse, dann kann ich von der Terrasse aus sehen, wenn da der Fernseher an ist. Gestern Abend habe ich noch gedacht, heute ist er aber früh zu Bett gegangen. Und heute Morgen, als ich ihm die Zeitung und die Brötchen an die Tür hängen wollte, war drinnen auch kein Radio zu hören wie sonst morgens immer. Da hab ich geklingelt. Es hat aber keiner aufgemacht. Dann habe ich mit dem Schlüssel, der immer noch unter der Fußmatte lag, nachgesehen. Es hätte ja was passiert sein können, obwohl, dann hätte der Schlüssel nicht unter der Matte gelegen«, korrigierte sie sich dann gleich. »Jedenfalls war niemand da und auch das Bett war gemacht und unberührt. Er hatte mir schon von der Entführung seines ehemaligen Kollegen erzählt. Deshalb bin ich jetzt hier, weil ich mir doch große Sorgen um ihn mache.«

Die beiden Kommissare hatten ihr zugehört, ohne sie zu unterbrechen. »Vielen Dank, dass Sie damit sofort zu uns gekommen sind. Wir werden uns darum kümmern. Was hatte er denn gestern an, als er losgelaufen ist?«, wollte Bert dann wissen. Ein Foto hatten sie von ihm bereits beim Erkennungsdienst.

»Nur eine kurze Sporthose und ein T-Shirt. Es war ja sehr warm. Den Schlüssel legte er immer unter die Fußmatte, damit er ihn nicht verliert, und das Handy ließ er aus dem gleichen Grund immer da, wie er mir mal erzählte.«

»Können Sie uns sagen, welche Strecke er laufen wollte?«, fragte Nina nach.

»Nein, überhaupt keine Ahnung. Er sagte mir zwar mal, er würde bei seinem Training manchmal zehn und manchmal über zwanzig Kilometer laufen, aber nicht, welche Strecken. Er freute sich allerdings über die vielen Radwege bei uns. Das sei bei ihm zu Hause im Taunus nicht überall so gut ausgebaut.«

»Wissen Sie, wie man seine Frau erreichen kann?« Bert fiel ein, dass sie ihn bei ihrem Gespräch mit ihm nicht danach gefragt hatten, weil es bei seiner Zeugenanhörung nicht bedeutsam gewesen war.

»Ich weiß nur, dass seine Frau die Ferien mit den Kindern bei ihren Eltern auf Mallorca verbringt. Das war ihm aber für sein Training jetzt im Sommer dort zu heiß. Deswegen hat er sich für die Nordsee entschieden. Eine Telefonnummer habe ich nicht, aber die müsste er auf seinem Handy haben, das liegt bei ihm auf dem Küchenschrank, wie ich vorhin gesehen habe.«

»Okay«, sagte Bert, »darum wird sich gleich unsere Spurensicherung kümmern. Am besten, Sie fahren dann gleich wieder nach Hause. Ist denn jemand dort, der unsere Leute reinlassen könnte?«

»Ich kann meinen Mann über Handy informieren.«

Nina bedankte sich und begleitete die Frau nach unten, während Bert die Spusi informierte.

Als Nina zurückkam, gab Bert gerade eine Suchmeldung an den regionalen Rundfunk.

»Wenn es zwischen beiden Entführungen tatsächlich einen Zusammenhang gibt«, sagte Nina, nachdem Bert sein Gespräch beendet hatte, »dann kann es ja eigentlich nur um einen Racheakt wegen eines Falls aus seiner Frankfurter Zeit gehen, bei dem auch sein Kollege eine Rolle gespielt hat. Dann sind unsere Recherchen beim hiesigen Finanzamt wahrscheinlich alle vergebens, oder was meinst du?«

»Das entzieht sich nicht der Logik. Ich werde mal die Kollegen in Frankfurt informieren. Mal hören, was die dazu zu sagen haben.«

Bert informierte seinen dortigen Ansprechpartner über den neuen Fall. Auch dieser gab ihm recht, dass das ein Hinweis darauf war, dass der Täter aus dem Personenkreis derjenigen Unternehmensprüfungen kommen müsste, bei denen sowohl Beckmann als auch sein Kollege Grundmann im Einsatz gewesen waren. Er wollte dazu gleich eine Anfrage bei der örtlichen Finanzbehörde machen. Dann könnte man den infrage kommenden Personenkreis wahrscheinlich erheblich einschränken. Zu dem bisherigen Stand der dortigen Ermittlungen sagte der Kollege, dass schon einige Personen mit einem eventuellen Motiv ermittelt worden wären, aber bisher hätten alle nachweisen können, sich in der fraglichen Zeit nicht in Ostfriesland aufgehalten zu haben.

Bert wies dann noch darauf hin, dass ja auch irgendjemand einen Auftragskiller engagiert haben könnte. Worauf der Kollege bestätigte, dass sie schon einen Geschäftsmann aus dem Frankfurter Milieu im Visier hätten, bei dem zufälligerweise sogar beide Vermissten zusammen als Prüfer tätig waren. Der Clan-Chef sei zwar schon verurteilt und im Gefängnis. Aber seine Söhne würden wohl ungeniert weitermachen. Dort seien Kollegen von der Drogenfahndung bereits seit längerer Zeit undercover im Einsatz, hätten aber noch keine konkreten Hinweise dazu ermitteln können.

»Nina, es bleibt uns keine Wahl. Wir müssen hier wie bisher weitermachen«, sagte Bert nach dem Telefonat. »Die Kollegen in Frankfurt machen ihren Job und wir hier unseren. Hoffen wir, dass unsere Spusi irgendetwas Verwertbares findet, was uns weiterbringt.«

»Also, dann nehmen wir uns mal einen weiteren Kollegen von Beckmann vor, dem er den Posten weggeschnappt hat. Bin mal gespannt, was der uns zu sagen hat. Hoffentlich hat der nicht auch so eine Horrorgeschichte wie Tjark Frerichs.«

»Lassen wir uns überraschen«, antwortete Bert und ließ den Mann von Silke herbringen.

Der Finanzbeamte zeigte sich nicht gerade erfreut über seine Vorladung, wie seiner Mimik deutlich anzusehen war. Bert machte ungeachtet dessen nach der Begrüßung seine obligatorische Einweisung für eine solche Anhörung.

»Ich verstehe ja, dass Sie hier Ihren Job machen und einer Vermisstenmeldung nachgehen müssen. Aber dass Sie damit unbescholtene Staatsdiener scheinbar unter Generalverdacht stellen, nur weil der Vermisste mir oder einem Kollegen, der auch noch draußen sitzt, eine Stelle weggeschnappt hat, finde ich schon ein starkes Stück«, äußerte der Einbestellte sich ungefragt.

»Wir haben Sie nicht unter Verdacht gestellt, sondern lediglich zu einer Befragung hergebeten, wie ich in meinen einführenden Hinweisen bereits sagte«, belehrte Bert ihn. »Sie sagten gerade, dass Ihnen Helge Beckmann eine Stelle weggeschnappt hat. Wie fanden Sie das denn?«

»Wie ich das fand? Soll ich Ihnen das wirklich in aller Deutlichkeit sagen?«

»Deswegen sind Sie hier«, antwortete Bert.

»Beschissen! Tut mir leid, wenn Ihnen mein Ausdruck nicht gefällt. Aber ich soll ja die Wahrheit sagen, wie Sie mich vorhin belehrt haben. Was hat der hier bei uns überhaupt zu suchen? Der soll gefälligst in Frankfurt bleiben. Wir sind es ja gewohnt, dass Leute aus Hessen, dem Rheinland oder Ruhrgebiet, ja sogar aus Holland zu uns ziehen, weil sie hier schon immer gerne Urlaub gemacht haben. Und die sind auch herzlich willkommen, wenn sie bereit sind, sich hier bei uns zu integrieren. Unter Integrieren verstehe ich aber nicht, sich mit übelsten Strebermethoden einen Vorteil zu verschaffen und dann in gewachsene Strukturen einzubrechen. Wenn ich nur an den Kollegen Frerichs denke, der übrigens auch mit in der näheren Auswahl gestanden hatte, bekomme ich das Kotzen. Ja, er war bei einem alten Schulfreund im Einsatz, aber das, was ihm da vorgeworfen wurde, wird ja nicht umsonst gerade einer gerichtlichen Prüfung unterzogen. Jedenfalls ist weder seine Ehe noch das durch seine Schwiegermutter vergiftete Verhältnis zu seinen Kindern zu kitten. Da könnte man wirklich zu unchristlichen Methoden greifen. Ach, was sage ich? Sogar die Methoden der Inquisition mit ihren grausamen Folterungen und Hexenverbrennungen waren ja als christlich bezeichnet worden.«

»Das klingt ja fast so, als wenn Sie es sogar begrüßen, dass Ihr Vorgesetzter vermisst wird«, konnte sich Nina den Kommentar nicht verkneifen.

»Ich frage Sie, Frau Kommissarin: Würden Sie sich darüber ärgern, wenn derjenige, der Ihnen mit unlauteren Mitteln einen Aufstiegsposten vor der Nase weggeschnappt hat, plötzlich von der Bildfläche verschwunden ist, und Sie vielleicht doch noch zu Ihrer verdienten Beförderung kommen?«

»Ich glaube, das ist eine Frage der Moral. Aber die haben wir hier nicht zu bewerten. Mit Ihren sehr drastischen Äußerungen dokumentieren Sie jedenfalls, dass Sie zumindest ein Motiv haben könnten, ohne Ihnen das damit konkret unterstellen zu wollen. Konkret ist allerdings meine Frage: Wo haben Sie sich am letzten Sonntag in der Zeit von sechzehn bis dreiundzwanzig Uhr aufgehalten?«, ließ Nina sich nicht aus der Fassung bringen.

»Auf diese Frage habe ich schon gewartet. Ich habe eine Radtour gemacht. Von hier über Carolinensiel an der Küste entlang bis Norden, die Krummhörn, Aurich und zurück.«

»Kann das jemand bezeugen?«, wollte Bert wissen.

»Ja, mein Kollege, der noch draußen sitzt und auf die gleiche Anhörung wartet. Wir sind nämlich befreundet und gemeinsam gefahren. Vielleicht kommen Sie jetzt ja sogar auf die Idee, da wir uns gegenseitig ein Alibi geben, dass wir den Beckmann gemeinsam umgebracht und irgendwo verscharrt haben.«

»Haben Sie?«, griff Nina diesen Gedanken auf.

»Nein, natürlich nicht!«

»Na, so natürlich ist das nun wirklich nicht, wenn man Ihren Wutpegel mal zugrunde legt«, blieb Bert hartnäckig. »Aber lassen wir das zunächst mal so im Raum stehen. Jedenfalls benötigen wir von Ihnen Fingerabdrücke und eine Speichelprobe. Und Sie tun gut daran, uns dies freiwillig zu geben. Andernfalls würde Sie das nur verdächtig machen und wir könnten uns dazu dann auch einen richterlichen Beschluss besorgen.«

»Wenn es Sie glücklich macht, dann von mir aus auch das. Obwohl ich ja eingangs schon sagte: Gegenüber einem unbescholtenen Staatsbürger mit einwandfreiem Leumund ein wirklich starkes Stück!«

Bert ließ das an dieser Stelle unkommentiert und bat Silke die erkennungsdienstlichen Maßnahmen durchzuführen.

Die Anhörung des besagten Kollegen verlief exakt in dem gleichen Tenor. Die Kommissare schwankten einerseits zwischen Verständnis für die Verärgerung von bislang tatsächlich unbescholtenen Staatsdienern und andererseits der Möglichkeit, dass es auch Masche sein konnte, sich gegenseitig ein Alibi zu geben. Da aber in unserem Rechtssystem immer noch »im Zweifel für den Angeklagten« gilt, blieb ihnen im Moment keine andere Wahl, als es bei diesem Status quo zu belassen. Schließlich hatten sie bislang keine belastbaren Indizien in der Hand.

12. Kapitel

Etwas hatte sich geändert. Seit dem sechsten von Helge registrierten Besuch dieses Psychopathen hielt das Auto nicht mehr wie sonst vor der Tür, sondern fuhr am Gebäude vorbei und erst dann endete das Motorengeräusch. Vor allem sein Hörsinn hatte sich noch weiter geschärft. Der Entführte versuchte die Geräusche in Bilder umzusetzen, was ihm zunehmend besser gelang. Wenn nur diese brennenden Schmerzen nicht wären, die sich mittlerweile überhaupt nicht mehr lokalisieren ließen und durch seinen ganzen Körper zogen. Er hatte schon versucht mit autogenem Training, welches er mal in mehreren Kursen der Volkshochschule zur besseren Bewältigung des dienstlichen Stresses gelernt hatte, gegen die Schmerzen anzugehen. Teilweise sogar mit Erfolg, was es ihm zumindest zeitweise etwas erträglicher machte.

Er hörte die Autotür, dann Schritte. Wahrscheinlich hinten in einem Gang vom Stall oder der Scheune zu den Räumen. Helge hatte sich bisher kaum mit bautechnischen ostfriesischen Besonderheiten beschäftigt, sonst wäre ihm wahrscheinlich schon die Erkenntnis gekommen, dass er sich in einem für diese Region typischen Gulfhaus befand, in dem Wohntrakt und Stallungen sich unter einem Dach befanden.

Dann wurde in einem anderen Raum ähnlich hantiert, wie das bei ihm auch gemacht wurde. Die Tür schien dabei nicht geschlossen zu sein, sodass die Geräusche von dort ganz leise bis zu ihm drangen. Für Helge stand fest, der Wahnsinnige hatte noch ein Opfer gefunden. Aber irgendetwas fehlte. Er zermarterte sich das Hirn. Es war inzwischen der zwölfte Besuch. Das heißt, der oder vielleicht auch die andere Entführte war seit eineinhalb Tagen da. Bisher war aber kein menschlicher Laut zu ihm gedrungen. Er selbst hatte am Anfang versucht sich bemerkbar zu machen, in der Hoffnung, von irgendjemand gehört zu werden. Aber hier nichts. Und jetzt wusste er plötzlich, was fehlte. Der Entführer hatte mit ihm geredet. Das fehlte! Merkwürdig!

War der andere Gekidnappte seit dem Betäubungsschuss vielleicht noch gar nicht wieder unter den Lebenden und befand sich noch im Koma? Die Schritte des Irren erschienen aber nicht hektisch. Helge verwarf diesen Gedanken daher wieder, ohne eine echte Antwort auf seine offenen Fragen gefunden zu haben. Mal sehen, vielleicht hat der Typ ja heute mal wieder Sprechstunde, wenn er gleich zu mir kommt, dachte er.

Und dann war er bei ihm und hantierte zunächst stumm, wie die letzten Male auch. Helge versuchte ihn anzusprechen. Erst jetzt merkte er, dass seine Stimme versagte. Offensichtlich waren seine Mund- und Halsschleimhäute eingetrocknet. Er hatte ja auch seit seinem Hiersein keine Flüssigkeit mehr im Mund gehabt. Nur ein leises Krächzen brachte er flüsternd zustande: »Was haben Sie mit mir und dem anderen vor?«

»Aha, das ist Ihnen also nicht entgangen. Aber das ist gut. Ich habe ein paar Fragen. Wer war das, mit dem Sie am Sonntag beim Italiener waren?«

»Ein Kollege.«

»Das weiß ich. Ist der verheiratet, hat er Kinder?«

»Ja, zwei Kinder. Ein Mädchen und ein Junge, acht und zehn Jahre alt.«

»Warum war er damals bei der Abschlussbesprechung nicht dabei?«

»Bei was für einer Abschlussbesprechung?« Also doch ein Racheakt, schoss es Helge durch den Kopf. Aber wer war der Typ? Welche Betriebsprüfung war es gewesen und wann? Da kamen viele in Betracht. »Da müssen Sie mir schon helfen. Wer sind Sie und wann war das?«

»Ich sagte doch schon, ich bin der Vollzieher. Und wann? Wir haben heute Jahrestag, aber dazu komme ich gleich noch.«

Für Helge klang das wie eine Drohung. Er spürte Angst in sich hochkommen. Da hatte wieder dieser Psychopath gesprochen. Vielleicht wäre es hilfreich zu kooperieren. Daher sagte er im Flüsterton: »Wir helfen uns schon mal gegenseitig aus. Da wird mich der Kollege wohl nur zeitweise unterstützt haben und hatte bei der Abschlussbesprechung schon wieder eigene Termine.« Helge konnte nicht ahnen, dass er damit gerade seinem Kollegen und jahrelangen Konkurrenten nicht nur das Leben gerettet hatte, sondern ihm auch unsägliche Schmerzen erspart blieben, die ihm selbst noch bevorstanden.

»Wieso ist Ihr Kollege hier allein im Urlaub?«

»Keine Ahnung, darüber haben wir nicht gesprochen. Wir waren nur dienstliche Kollegen. Privat hatten wir keine Verbindung.« Damit hatte er, ohne es zu wissen, das rettende Urteil über seinen früheren Gegenpart sogar noch mal verfestigt.

»Das weiß ich, dass Sie bei Ihrem Essen nicht darüber gesprochen haben. Ich dachte, Sie wüssten es trotzdem.«

Helge versuchte sich an Sonntag zu erinnern, als er mit Georg gemeinsam in der Pizzeria gewesen war. Dort hatte hinter seinem Kollegen ein Mann an einem Tisch vor dem Fenster Platz genommen. Viel Betrieb war an dem Mittag nicht gewesen. Da von draußen das Sonnenlicht sehr stark blendete, hatte er diesen Mann nur schemenhaft wahrnehmen können. Jetzt fiel ihm ein, dass er die ganze Zeit nur die Zeitung gelesen und auch nicht gegessen hatte. Das war ihm irgendwie ganz beiläufig aufgefallen. Und jetzt erinnerte er sich: Der Mann hatte dem Kellner auf Nachfrage gesagt, dass er vor der Bestellung noch auf jemanden wartete. Auf einmal wusste Helge, es war die gleiche Stimme gewesen. Und er war sich sicher, die hatte er früher schon mal gehört. Aber wo und wann?

»Und jetzt zu dem Wann«, riss ihn sein Peiniger aus seinen Überlegungen, so als könne er Gedanken lesen. »Auf den Tag genau vor fünf Jahren. Da verließ der mir nach meinen Kindern liebste Mensch das irdische Dasein. Kurz zuvor war bereits mein bester Freund und Partner gegangen. Nachdem ich beim Nachfolgen mit meinen Kindern in die andere Sphäre versagt habe, wurde von oben die Steuerung übernommen. Seitdem erhalte ich aus dem Jenseits meine Aufträge zur Vollziehung.«

»Habe ich Sie richtig verstanden? Ihre Frau und Ihr Freund haben sich das Leben genommen und Sie wollten das mit Ihren Kindern auch tun?« Helge war entsetzt und er vergaß für einen Moment seine brennenden Schmerzen.

»Die Nachbarin hatte in der Nacht den laufenden Motor in unserer Garage gehört und die Polizei verständigt. Dann folgte das Übliche in solchen Fällen: das Jugendamt, getrennte

Unterbringung in Pflegefamilien, geschlossene Abteilung, das ganze Programm. Gott sei Dank wurde jetzt von oben die Steuerung übernommen. Fünf Tage noch, dann darf ich folgen.«

In Helge überschlugen sich die Gedanken. In fünf Tagen würde sich dieser – doch wohl Psychopath – das Leben nehmen. Was würde dann mit ihm werden? Auf einmal schoss es ihm durch den Kopf. Wieso fünf Tage? Was hatte dieser Irre in den fünf Tagen mit ihm vor?

»Was passiert in fünf Tagen?« Die Antwort sollte er gleich bekommen. In Helge kroch auf einmal eine Wahnsinnspanik hoch. Mit einer vollen Blase hätte er sich jetzt wahrscheinlich unwillkürlich entleert. So waren es nur ein paar Tropfen, die nach unten fielen.

»Was in fünf Tagen ist? Ich sagte es schon, für mich die Erlösung. Für Sie? Das hängt davon ab, woran Sie glauben.«

Helge begriff, das war soeben sein Todesurteil gewesen. Er würde nur noch fünf Tage zu leben haben. Eine Erkenntnis, die ihm fast die Sinne raubte. Sogar die brennenden Schmerzen spürte er nicht mehr. Dann auf einmal dumpfe Leere. Verzweiflung machte sich breit. Hatte er überhaupt noch eine Chance? Er fühlte sich wie an einen Marterpfahl gefesselt. Aber was hatte er denn falsch gemacht? Was hatte er verbrochen? Dann brach sich auf einmal die Wut in ihm Bahn. »Was maßen Sie sich an?«, krächzte er. »Halten Sie sich vielleicht für Gott, der das Recht hat, über Leben und Tod zu entscheiden?«

»Die Frage könnte ich Ihnen stellen. Hatten Sie das Recht, über Leben und Tod und das Schicksal meiner Kinder, ohne Elternliebe aufwachsen zu müssen, zu entscheiden? Nein! Aber Sie haben entschieden!«

»Ich gehe mal davon aus, dass Sie sich auf das Ergebnis einer von mir bei Ihnen durchgeführten Steuerprüfung beziehen. Wenn das für Sie mit negativen Folgen ausging, dann zeigt das doch nur, dass Sie Ihre staatsbürgerlichen Pflichten nicht erfüllt haben!« Helge geriet in eine bis dahin nie gekannte Wut. Adrenalin schoss in seine Adern. »Sie haben, wenn ich es mal christlich ausdrücken soll, sogar gegen göttliche Gesetze verstoßen. Matthäus 22, 21: ›Gebet dem Kaiser, was des Kaisers ist, und Gott, was Gottes ist!‹

Wenn dem Staat das Geld, das er dringend zur Erfüllung seiner Aufgaben braucht, vielleicht sogar in betrügerischer Absicht vorenthalten wird, dann kann das im Extremfall auch Menschenleben beeinträchtigen oder kosten!«

»Ist zwar ziemlich weit hergeholt, aber ich habe immer treu und brav meine Steuern bezahlt, wenn Sie das meinen. Aber Sie haben etwas konstruiert, wie mein Steuerberater das ausgedrückt hat, um bei mir noch mehr rauspressen zu können! Ja, genau das waren seine Worte gewesen. Mich hat es die Existenz, meiner Frau und meinem Freund sogar das Leben gekostet. Meine Frau und mein Freund haben mir in meinen Träumen genau den Weg gezeigt, der mich zu Ihnen geführt hat und Sie in die Hölle führen wird. Und damit Sie schon mal einen irdischen Vorgeschmack bekommen, wurde mir genau aufgetragen, was zu tun ist.«

Der Adrenalinstoß war verpufft, Helge bemächtigte sich wieder Angst und Verzweiflung. Was konnte er nur tun? Er sah keinen Ausweg. Vielleicht Reue? Und dann hörte er sich sagen: »Es tut mir ja außerordentlich leid, was Ihnen und Ihrem Umfeld passiert ist. Das lag natürlich nicht in meiner Absicht. Aber manchmal übernimmt dann die normative Kraft des Faktischen, wie das mal ein großer Mann aus der Politik beschrieben hat, einfach die Regie und niemand hat da noch einen Einfluss. Wenn ich könnte, ich würde es gerne wieder rückgängig machen. Das Einzige, was ich Ihnen anbieten kann, wäre das Versprechen, Sie nicht zu verraten. Ich weiß ja nicht einmal, wer Sie sind. Also machen Sie mich und meinen Kollegen los und fahren einfach mit Ihrem Auto weg. Wehgetan und gequält haben Sie mich ja schon genug.«

»Guter Versuch! Das beste Schweigen ist das Schweigen eines Toten. Wobei das für mich absolut keine Rolle mehr spielt. Ich wurde bereits gerufen und werde vor keinem irdischen Richter mehr stehen. Sie aber auch nicht. Eigentlich könnte ich es für Sie und mich jetzt und hier beenden. Aber das widerspräche meinen Weisungen von oben. Für jeden Jahrestag muss noch eine körperliche, irdisch spürbare Buße erfolgen. Und genau das werde ich jetzt vollziehen. Sie erinnern sich, dass ich schon mal zu Ihnen sagte, dass wir Ihre volle Aufmerksamkeit und Konzentration noch benötigen werden. Jetzt ist es so weit. Sicher kennen Sie sich in Anatomie so weit aus, dass Sie wissen, wo der Mensch sehr empfindsame Nerven hat. Sie müssen nicht antworten, ich helfe Ihnen. Unter den Fingernägeln. Und sicher wissen Sie auch, was der Koch zum Würzen nimmt. Auch da helfe ich Ihnen: Salz und Pfeffer. An einer Hand haben Sie fünf Finger und wir haben noch fünf Tage Zeit. Aber jetzt beginnen wir mit einer Zeremonie, die mich bis heute nicht losgelassen hat.«

Helge hörte seinen Peiniger im Hintergrund hantieren. Es schien ihm so, als hätte er Wasser zum Kochen aufgesetzt. Dann hörte er ein leichtes Knacken neben seinem Ohr.

»Was ist das?«, wurde er gefragt.

»Es hört sich an wie das Knacken von Kluntjes, wenn heißer Ostfriesentee darüber gegossen wurde.«

»Richtig erkannt. Ein Geräusch, das ich mein Lebtag nicht mehr vergessen werde. Sie trinken genüsslich Ostfriesentee, während Sie das Leben meiner Frau, meiner Kinder, meines Freundes und meines zerstören. Sie werden jetzt in den nächsten fünf Tagen dieses Geräusch hören, Ihre letzten Tees zu trinken bekommen, während langsam und sehr schmerzhaft Ihr Leben vernichtet wird.

Helge schwanden die Sinne, was nicht nur daran lag, dass dringend die Infusion erneuert werden musste.

13. Kapitel

Es war inzwischen Samstag und eine ereignisreiche Woche für das Kripoteam in Wittmund zu Ende gegangen. Beim Finanzamt hatten die beiden Kommissarinnen noch weitere Kandidaten, die ein Motiv für die Entführung der beiden Finanzbeamten haben konnten, für eine Befragung ausgegraben. Für Samstagnachmittag waren von Bert und Nina Anhörungen terminiert worden. Die bisherigen Gespräche mit den Betroffenen waren überwiegend mit gleichem Ergebnis wie bei den Vorhergehenden verlaufen. Keiner der Befragten, es war auch eine Unternehmerin dabei gewesen, hatte sich darüber besonders erfreut gezeigt, im Gegenteil. Auch die Überprüfung der Alibis hatte die Ermittler bislang nicht entscheidend weitergebracht. Selbst da, wo kein Alibi nachgewiesen werden konnte, hatten sich, außer einem möglichen Motiv, keinerlei Indizien finden lassen.

Inzwischen war man im Kommissariat zu der Auffassung gekommen, dass der Entführer den übereifrigen Finanzbeamten aus Frankfurt schon eine ganze Weile observiert haben musste. Da konnte man nicht ausschließen, dass er dabei auch auf seinen Kollegen gestoßen war und darauf, dass diesem der gleiche Ruf vorauseilte wie Beckmann, der nach Ostfriesland gewechselt war. Insofern konnte es durchaus sein, dass der Täter doch aus dem hiesigen Umfeld stammte und nicht aus dem Raum Frankfurt, wie sie nach Grundmanns Verschwinden zunächst angenommen hatten.

Von dem am Mittwoch verschwundenen Georg Grundmann hatte man keine einzige Spur gefunden. Auch aus der Bevölkerung war kein einziger Hinweis eingegangen. Er war wie vom Erdboden verschluckt. Wenn nicht seine Sachen in der Ferienwohnung zurückgeblieben wären, hätte man annehmen können, er sei nie hier gewesen. Aber auch die Spurensicherung hatte nichts Verwertbares finden können. Inzwischen war die Ehefrau auf Mallorca verständigt worden. Sie wollte heute mit dem Flieger nach Bremen kommen und sich am Nachmittag auch noch im Kommissariat melden. Die Kinder waren bei den Großeltern geblieben. Von der Vermieterin der Ferienwohnung war ihr angeboten worden, das Zimmer ihres Mannes zu nutzen. Sören hatte dieses nach Abschluss der Spurensuche wieder freigegeben.

Den Samstagvormittag brauchte Nina dringend, um mal wieder in Berts Wohnung richtig klar Schiff zu machen. Den Mietvertrag für das Häuschen in Carolinensiel hatten sie beide unterschrieben und an Gerda Hinrichs zurückgeschickt.

Sie freuten sich schon riesig auf das Häuschen und den kleinen Garten, den Gerda so liebevoll hatte anlegen lassen, sogar mit einer kleinen Gartenhütte. Und Bert sah dort auf der Terrasse schon seinen Gasgrill im Einsatz. Aber vorher galt es noch eine Menge zu planen und zu organisieren. Direkt nach dem Frühstück hatte Bert in einem Vergleichsportal Angebote von Umzugsfirmen eingeholt. Schließlich mussten zwei Haushalte zusammengeführt werden.

Gestern Abend hatten sie schon Pläne gemacht, wie sie die Möbel stellen wollten. Dazu hatten sie sich vor Kurzem Grundrisspläne vom Haus bei Gerda abgeholt. Das Kinderzimmer sollte zu Ninas Büro werden. Da waren auf einmal doch ein paar Tränen bei ihr gekullert und auch Bert hatte sich verstohlen über die Augen gewischt. Zu stark waren noch die Erinnerungen an die Vorgänge vor einem Jahr. Er hatte Nina in seine kräftigen Arme genommen und so hatten sie eine ganze Weile still verharrt.

Aber das Leben musste weitergehen, auch für diese beiden leidgeprüften Polizisten. Im Umgang mit bitteren Tatsachen und Erkenntnissen waren sie schon von Berufs wegen vertraut. Aber selbst unmittelbar in die Vorgänge involviert und persönlich betroffen zu sein, war dann doch noch mal eine ganz andere Hausnummer. Auch hartgesottene Kriminalisten sind schließlich nur Menschen.

Bert wollte heute Vormittag noch eine kleine Besorgung machen und war zu diesem Zweck mal nicht mit dem Fahrrad, sondern mit seinem Privatwagen in die Stadt gefahren. Außerdem konnte er dann noch mal schnell in der Dienststelle checken, ob etwas Wichtiges eingegangen war.

Beim letzten Gang zum Italiener war er mit Nina am Schaufenster eines Juweliers vorbeigekommen, dem seine

Partnerin normalerweise keine besondere Aufmerksamkeit schenkte. Aber auf einmal schien sie irgendetwas in seinen Bann gezogen zu haben. Da muss einer die Frauen verstehen, hatte er noch gedacht. Normalerweise hatte sie nämlich mit Klunkern, wie sie es manchmal nannte, nichts am Hut.

Ein Ring mit einem blauen Stein, der auf einer Glasablage direkt vor der Fensterscheibe in Augenhöhe lag, hatte sie magisch angezogen. Er hätte noch nicht einmal sagen können, um was für einen Edelstein es sich handelte. Aber jetzt, wo ihr Umzug nach Caro bevorstand, hatte Bert sich als Überraschung zum Einzug eine Verlobung ausgemalt und dazu wollte er ihr den Ring schenken.

An dem Abend vor einem Jahr, als Nina ihn mit dem Bild ihres ungeborenen Kindes überrascht hatte, war ihm zum ersten Mal bewusst geworden, dass Nina nicht nur die taffe, coole Polizeikollegin war, sondern auch ganz Frau sein konnte. Mit allen Gefühlen und liebreizenden Seiten, die wohl nur eine Frau zu bieten hatte.

Er spürte, wie wieder unbändige Wut in ihm aufstieg, wenn er an die schlimmen Ereignisse dachte, die den Tod ihres ungeborenen Kindes gebracht hatten. Aber das Leben war kein Wunschkonzert. Und jetzt wollten sie endlich ganz offiziell einen gemeinsamen Hausstand gründen. Gerade in dem Haus, in dessen Garten sie eigentlich schon ihr Kind hatten spielen sehen. Es war für beide inzwischen fast so etwas wie ein ›Jetzt erst recht‹.

Das war auch der Grund, warum sie sich mit der Entscheidung so viel Zeit gelassen hatten. Die Vermieterin war ein Schatz, sie musste es gespürt haben, als sie kurzerhand – nach ihrer damals überraschenden Absage – das leer stehende Haus für eine Saison wieder als Feriendomizil vermietete. Und jetzt sollte endlich Einzug sein, mit einer Verlobung als Krönung.

Bert parkte seinen Wagen beim Kommissariat. Es waren keine neuen wichtigen Nachrichten eingegangen. Aber er hoffte immer noch auch auf einen Durchbruch bei den Frankfurter Kollegen. Er ließ sein Auto stehen und ging von dort zur Fußgängerzone.

Als er beim Juwelier ankam, stellte er nach einem Blick in das Schaufenster erleichtert fest, der Ring war noch da. Er war sehr erfreut. Und als er dem Juwelier unter dem Siegel der Verschwiegenheit verriet, dass er den Ring für seine Verlobung kaufen wollte, ließ dieser ihm sogar noch zehn Prozent Rabatt nach.

Das Schächtelchen mit dem Ring steckte er im Handschuhfach seines Autos in das leere Pistolenholster, welches er immer dort liegen hatte. So würde Nina, falls sie doch mal einen zufälligen Blick in das Fach werfen sollte, den Ring nicht sofort sehen.

Bert wollte gerade beim Kommissariat in die Isumer Straße einbiegen, als ein heller, ziemlich verschmutzter Ford Transit in Richtung Aurich oder Carolinensiel an ihm vorbeifuhr. Reaktionsschnell folgte er diesem Wagen, wobei er dem nachfolgenden Fahrer die Vorfahrt nahm, was dieser mit Lichthupe und Mittelfinger bedachte. Auch dessen Nachfolger betätigte die Hupe und Bert sah im Geiste einen weiteren Mittelfinger. Aber jetzt war sein Jagdfieber gepackt. Gerade schaffte er an der Abzweigung der Auricher Straße noch die Gelbphase. An dem kleinen Kreisel, wo es rechts nach Carolinensiel abging, fuhr der Kleintransporter vor ihm um den sehr engen Kreisel und in die gleiche Richtung zurück, aus der sie gekommen waren. Bert folgte ihm.

Dem Fahrer des Transits waren das Hupkonzert beim Kommissariat und die Lichthupe nicht entgangen. Auch nicht, dass der Verursacher es offensichtlich sehr eilig und gerade noch hinter ihm die Gelbphase bei der Abbiegung zur Auricher Straße erwischt hatte. Irgendwie kam ihm der Wagen bekannt vor. Und als ihm der Ort der Aktion bei der Polizeidienststelle in den Sinn kam, wusste er auch plötzlich woher.

Der Fahrer war ein Polizist, dem er erst vor Kurzem in Carolinensiel begegnet war, als er zu seiner Vermieterin wollte. Da war der gerade mit einer schlanken Frau mit kurzen dunklen Haaren bei der Tür seiner Vermieterin rausgekommen und in dieses Auto gestiegen. Die hatte ihm dann mit Stolz erzählt, dass die beiden von der Kripo seien und auch eines ihrer Objekte gemietet hätten.

Bei der Ampel an der Auricher Straße war es diesmal bereits ganz dunkelgelb und Bert erntete erneut den Mittelfinger eines

Abbiegers. Der Transit bewegte sich jetzt Richtung Friedeburg/Leer. Er ließ etwas mehr Abstand, um nicht noch mehr Aufmerksamkeit zu erregen. Hinter Rispel bog das vorausfahrende Fahrzeug in Richtung Wiesmoor und Leer ab und er folgte ihm in einigem Abstand. Wenn er in seinem Dienstwagen unterwegs gewesen wäre, hätte er jetzt bereits die Kollegen alarmiert. Denn er war sich inzwischen sicher. Er folgte dem gesuchten Wagen. Das Nummernschild war hinten total verdreckt, und genau wie Boekhoff es geschildert hatte, war nur noch WTM für Wittmund zu erahnen.

Kurz nachdem beide Fahrzeuge den Knyphauser Wald erreicht hatten, bog der Transit plötzlich in einen Waldweg ab. Bert ließ sich etwas zurückfallen und wartete einen Augenblick. Dann folgte er. Der Transit fuhr auf dem schnurgeraden Waldweg schon in ziemlicher Entfernung vor ihm. Dann machte der Weg einen leichten Knick nach rechts und das verfolgte Fahrzeug war aus dem Blickfeld verschwunden, da an dieser Stelle dichtes Buschwerk die Sicht versperrte.

Noch während der Fahrt auf dem Waldweg versuchte Bert über Handy die Dienststelle zu erreichen. Vergeblich. Funkloch. Voller Wut warf er das Handy in die Mittelkonsole. Dann hangelte er unter seinem Sitz eine Ersatz-Dienstwaffe hervor, die er dort – nicht ganz vorschriftsgemäß – für den Notfall deponiert hatte.

Er fuhr bis zu den Büschen, die die Sicht zu dem Kleintransporter verdeckten. Nur das Dach des stehenden Fahrzeugs war zu sehen. Bert stieg aus und schloss leise seine Tür. Dann folgte er vorsichtig dem Weg. Kurz hinter der Biegung stand der Transit mit offener Fahrertür. Bert sicherte die Umgebung und entsicherte seine Waffe, aber noch ohne diese durchzuladen. Niemand war zu sehen. Etwas entfernt waren einige Ster Holz am Rand des Waldweges aufgeschichtet. Es rührte sich nichts. Wenn der Fahrer nur austreten wollte, müsste er eigentlich an einem der nächsten Bäume stehen. Er war aber nirgends zu sehen.

Berts Sinne waren auf das Äußerste gespannt, er ließ die Holzstapel nicht aus den Augen, als er sich der offenen Fahrertür näherte. Als er diese erreicht hatte, hörte er plötzlich aus linker Richtung einen Knall. Im gleichen Augenblick griff er sich instinktiv mit der linken Hand an den Hals, von wo aus ein heftiger Schmerz wie eine Schockwelle durch seinen ganzen Körper raste. Mit der rechten Hand, in der er die Pistole gehalten hatte, versuchte er sich noch an der Autotür festzuhalten. Aber seine Hand griff bereits ins Leere und er verlor das Bewusstsein.

***

Nina war inzwischen mit dem Hausputz fertig und hatte bereits Pellkartoffeln aufgesetzt. Es sollte Kartoffelsalat mit Wiener Würstchen geben. Ein schnelles Samstagsessen, zumal sie ja noch für den Nachmittag einige Termine hatten. Komisch, dachte sie, Bert hatte doch nur eine kleine Besorgung machen wollen. Eigentlich hätte er doch längst zurück sein müssen. Aber wahrscheinlich war ihm in der Stadt wieder das halbe Kommissariat begegnet, und dann kam es schon mal vor, dass man sich festquatschte.

Der Kartoffelsalat war fertig. Nina hatte sogar die Mayonnaise selbst gemacht, wie Bert es immer liebte. Es mussten nur noch die Würstchen in das heiße Wasser. Bert war mittlerweile mehr als zwei Stunden weg. Was wollte er denn eigentlich besorgen? Sie hatte ihn gar nicht danach gefragt. Sie vermutete, dass es wohl etwas mit ihrem bevorstehenden Umzug zu tun hatte, denn damit waren sie ja seit gestern Abend intensiv beschäftigt. Manchmal wünschte sie sich, dass ihr Partner gerade in solchen Dingen etwas mehr kommunizieren würde. Aber so sind die Männer, dachte sie.

Die Uhr zeigte mittlerweile kurz vor eins. Langsam wurde es Zeit, denn ab zwei Uhr hatten sie bereits den ersten Termin im Kommissariat. Sie versuchte Bert über Handy zu erreichen, aber vergeblich. Es ging nur seine Mailbox an. Jetzt wurde sie doch etwas unruhig. Ein Unfall? Warum meldete er sich nicht und warum ging er nicht an sein Handy? Doch Rita? Aber diesen Gedanken verwarf sie sofort wieder, sich selbst zur Raison rufend.

Ohne Appetit hatte sie schnell ein paar Gabeln Kartoffelsalat und ein kaltes Würstchen gegessen. Dann machte sie sich mit dem Fahrrad um halb zwei auf den Weg zur Dienststelle. Dort traf sie mit Sören zusammen, der auch irgendetwas zu erledigen hatte.

»Was treibt dich denn am hochheiligen Samstag hierher?«, fragte er sie lachend. »Jaja, sag nichts. Ich weiß, nicht die verlorenen Söhne, aber unsere verlorenen übereifrigen Finanzbeamten.«

»Und inzwischen ein – hoffentlich nicht verlorener – Bert«, ging Nina auf seine spaßig gemeinte Bemerkung ein, obwohl ihr mittlerweile gar nicht zum Spaßen zumute war. Im Gegenteil. Auf einmal hatte sie ein ganz ungutes Gefühl im Bauch, und das trog sie leider selten. Sie erzählte ihm dann, dass sie Bert vermisste. Beide fragten dann beim Wachhabenden nach, ob er etwas von Kommissar Linnig gehört hätte. Dieser verneinte.

Sören kannte seinen Kollegen sehr gut. Im Laufe der letzten Jahre war zwischen ihnen sogar eine enge Männerfreundschaft entstanden. »Nina, das passt überhaupt nicht zu Bert. Da stimmt etwas nicht. Irgendetwas ist hier faul. Komm, ein paar von meinen Leuten sind im Dienst. Der Sache gehen wir sofort nach.«

»Moment«, sagte Nina, »wir haben ab zwei Uhr Anhörungstermine gelegt. Ich muss schnell etwas organisieren.« Dann gab sie dem Wachhabenden den Auftrag, Rita, Silke und Bernd ins Kommissariat zu rufen. Die sollten sich um die Alibis der Einbestellten kümmern. Dann folgte sie Sören.

Als sie in sein Büro kam, hatte er bereits Anweisung gegeben, Berts Handy zu orten. Es dauerte nicht lange, dann kam einer seiner Mitarbeiter. »Das Handy befindet sich seit über zwei Stunden im Knyphauser Wald.«

»Alle verfügbaren Kräfte sofort zum Einsatz!«, befahl Sören seinem Mitarbeiter. Kurz darauf waren mehrere Einsatzfahrzeuge mit Blaulicht und Sirenen unterwegs. Nina fuhr bei Sören im Wagen mit. »Du wirst sehen, es findet alles eine logische Erklärung«, versuchte er seine Kollegin zu beruhigen.

In Ninas Kopf spielte sich im Moment ein Déjà-vu ab. Nur mit umgekehrten Vorzeichen. Diesmal war es Bert, der sich offensichtlich in Gefahr befand, und nicht sie wie vor einem Jahr.

Sören schien erraten zu haben, was gerade in ihr vorging. »Mach dir keine Sorgen, Nina. Wir haben es diesmal nicht mit Schwerverbrechern, sondern nur mit einem Einzeltäter und keinem Profi zu tun.«

In diesem Moment kam vom vorausfahrenden Fahrzeug, welches gerade gestoppt hatte, ein Funkspruch: »Ich glaube, wir haben sein Auto entdeckt, steht ziemlich weit am Ende eines Waldweges. Wir fahren rein.« Dann bog der Führungswagen in einen Waldweg ein. Alle anderen Fahrzeuge blieben zunächst am Straßenrand in Warteposition. Sören, der als Letzter in der kleinen Kolonne gefahren war, folgte dem Einsatzwagen in den Waldweg. In einigem Abstand hielten beide Autos an, um so wenig wie möglich Spuren zu verwischen.

Zwei Beamte und Nina und Sören stiegen aus und näherten sich vorsichtig Berts Wagen. Die Türen waren zu, aber nicht verschlossen. Die Kollegen in den weißen Anzügen öffneten die Türen. »Sein Handy liegt hier in der Konsole«, sagte einer der beiden. Dann nahm er es vorsichtig heraus. »Kein Empfang.«

»Verdammt«, fluchte Sören. »Armes Deutschland. Selbst in mancher Wüste hat man Empfang, aber nicht hier bei uns. Da hat man dann das falsche Netz oder gar keins. Der Hammer! Ich könnte mal wieder kotzen!«

»Kommt mir alles irgendwie bekannt vor«, sagte Nina leise, und man sah ihr an, dass sie mit ihrer Fassung rang.

Sören nahm sie behutsam am Arm und führte sie zu seinem Wagen. »Nina, tu mir einen Gefallen, bitte bleib hier im Auto. Wir kümmern uns um alles.« Dann ging Sören wieder zu seinen Leuten.

Der Kollege, der an der Beifahrertür stand, winkte seinen Chef heran. »Der Kommissar muss seine Waffe dabeihaben, ich habe hier ein leeres Holster im Handschuhfach gefunden. Und darin lag dieses kleine Päckchen.«

Sören schaute es sich an und erkannte an dem winzigen Schildchen, welches an der Schleife hing, dass es sich offensichtlich um ein Schmuckstück handelte. Er begann zu ahnen, was in dem Päckchen war. Bert hatte mal so Andeutungen gemacht, dass sie demnächst noch etwas zu feiern hätten. Oh mein Gott, dachte Sören, lass nichts passiert sein. Die arme Nina. Zu seinem Mitarbeiter sagte er dann: »Steck das wieder in das Holster und dann, so wie es ist, in den Beutel. Und kein Wort darüber! Zu keinem! Den Beutel bekomme ich dann von dir persönlich auf meinen Schreibtisch!«

Sören beorderte den Rest seiner Leute, die noch auf der Straße in Warteposition geblieben waren, hinter sein Fahrzeug. »Vorsichtig die Umgebung absuchen und auf Spuren achten. Waffen in gesichertem Zustand schussbereit halten!«

»Chef, wir haben hier Reifenspuren. Genau wie im Wittmunder Wald. Hat sich beim Wenden auch wieder im Graben festgefahren. Der Waldweg ist hier auch ein bisschen eng.«

Den Rufer, der durch einige dichte Büsche hinter einer leichten Biegung des Weges verborgen war, konnte Sören zunächst nicht sehen. Dann hatte Sören ihn erreicht. »Du hast recht. Ich bin mir auch ziemlich sicher, die sind vom gleichen Wagen.«

Sören rief seine Leute zusammen. »Alles absperren, Spurenaufnahme, wie im Wittmunder Wald. Wie gehabt, ihr wisst Bescheid. Berts Auto lasse ich abholen. Ich bin mit Nina im Kommissariat.« Dann ging er, um mit seiner Kollegin zurückzufahren.

»Gleiche Situation wie im Wittmunder Wald«, berichtete er ihr dann. »Dort hatte euer Zeuge Boekhoff einen verdreckten hellfarbenen Ford Transit gesehen. Nach den Spuren war das hier derselbe Wagen. Ich möchte wetten, dass Bert den in der Stadt gesehen hat und ihm gefolgt ist. Wie der Entführer Bert, der wahrscheinlich sogar seine Pistole dabeihatte, überwältigen konnte, ist mir allerdings ein Rätsel. Jedenfalls haben wir ein leeres Holster im Handschuhfach gefunden.«

»Seine Pistole hat Bert unter seinem Sitz. Da hat er sich eine Vorrichtung gebaut. Ich hab auch so eine unter meinem Sitz.«

»Gut, dass du das sagst. Da muss ich noch mal nachschauen.«

Sören stieg wieder aus, um in Berts Auto nach der Waffe zu sehen. Dann kam er zurück. »Ist nicht da«, sagte er zu Nina, bevor er mit dem Wagen schweigend zur Dienststelle fuhr. Beide Beamten hingen ihren Gedanken nach.

Nina hatte sich inzwischen wieder gefangen. Kurz bevor sie das Kommissariat erreichten, sagte sie: »Ich werde gleich eine Suchmeldung an die örtlichen Medien rausgeben. Vor allem an den Regionalfunk. Irgendjemandem muss diese dreckige Kiste doch aufgefallen sein. So wie Boekhoff den Kleintransporter beschrieben hat, könnte der irgendwo hier in der Gegend in der Landwirtschaft eingesetzt sein. Vielleicht, um kleinere Mengen von Tierfutter oder Ähnliches zu transportieren.«

»Mach das. Und wenn du Hilfe oder personelle Unterstützung brauchst, du weißt, wie du mich jederzeit erreichst.«

Nina stieg vor der Eingangstreppe aus, bevor Sören den Wagen auf dem Parkplatz abstellte. Sie eilte sofort in ihr Büro, um die Suchmeldung rauszugeben. Danach ging sie zu ihrem Team, das gerade noch mit der letzten Anhörung beschäftigt war. Sie hörte kurz zu, dann ging ihr Handy. Die Wache meldete eine Frau Grundmann. Nina ging, um die Frau des ebenfalls Vermissten am Eingang abzuholen.

Diese kam bereits die Treppe rauf. Eine sehr mütterlich wirkende Frau mittleren Alters, schlank, brünette lange leicht gewellte Haare. Irgendwie hatte sie etwas von Berts Ex-Kollegin aus Essen. Aber ihre grünen Augen wirkten müde und ihre Gesichtsfarbe fast grau. Man sah ihr an, dass sie in der letzten Zeit viel geweint hatte.

»Wir gehen in mein Dienstzimmer, dahinten rechts. Gehen Sie ruhig schon voraus.« Dann orderte Nina bei Silke Kaffee und Wasser für ihren Gast.

»Gibt es schon irgendetwas Neues über meinen Mann?«, war die erste besorgte Frage der Frau.

»Leider nein, Frau Grundmann, außer dass mein Chef und Partner offensichtlich heute auch entführt worden ist. Und so wie es aussieht, hängen alle drei Entführungsfälle zusammen. Das heißt, wir sitzen sozusagen im gleichen Boot. Ich mache mir also die gleichen Sorgen wie Sie auch.«

»Oh mein Gott. Das ist ja furchtbar! Und was machen wir jetzt? Können wir denn überhaupt nichts tun?«

»Sie können in der Tat im Moment nichts weiter tun als abwarten und hoffen.«

»Das tun wir schon, Frau Kommissarin. Das tun meine Kinder, das tun meine Eltern und das tue ich.«

»Frau Jürgens reicht schon, Frau Grundmann. Aber um auf Ihre Frage zurückzukommen: Wir können und werden natürlich alles in unserer Macht Stehende tun. Wir haben bereits über die Regionalsender um Mithilfe der Bevölkerung gebeten. Es wird ein hellfarbener Ford Transit gesucht, der zudem sehr verdreckt ist. Haben Sie eine Idee, wer dahinterstecken könnte? Vielleicht hat Ihr Mann ja mal etwas zu Hause erzählt.«

»Ich hab mir wirklich schon den Kopf zerbrochen. Aber über Dienstliches hat mein Mann so gut wie nie geredet. Mit seinem Kollegen, Helge Beckmann, hatten wir privat auch keinen Kontakt. Ich kannte den nur von Begegnungen bei offiziellen Anlässen der Behörde. Da hab ich auch mal seine Frau kennengelernt. Aber inzwischen sind die geschieden, wie mir mein Mann mal vor einiger Zeit erzählte. In Bezug auf die Nachbesetzung des Abteilungsleiters standen mein Mann und Helge Beckmann wohl in Konkurrenz, deswegen ist der Beckmann ja auch nach Ostfriesland gegangen. Warum mein Mann dann aber auch nicht den Posten bekam, wollte er mir aus irgendwelchen Gründen nicht sagen.«

»Okay, Frau Grundmann, Ihre Handynummer haben wir. Im Moment können wir leider nichts weiter für Sie tun. Wie ich gehört habe, sind Sie bei der Vermieterin Ihres Mannes in Leerhafe untergebracht. Wenn Sie keine Fragen mehr an mich haben – wie kommen Sie jetzt nach Leerhafe? Soll ich Sie bringen lassen?«

»Danke. Ich habe mir in Bremen einen Mietwagen genommen und bin mobil. Außerdem wäre ja auch der Wagen meines Mannes da. Vielleicht werde ich morgen den Mietwagen wieder abgeben. Ich mache mir halt große Sorgen. Ich darf gar nicht darüber nachdenken, wenn die Kinder ohne ihren geliebten Vater aufwachsen müssten. Die Kinder waren ja schon sehr traurig, dass er nicht mit nach Mallorca zu den Großeltern gekommen ist.« Bei diesen Worten schossen ihr die Tränen aus den Augen. Nachdem sie sich einigermaßen wieder gefasst hatte, fügte sie noch hinzu: »Er ist ja nur wegen der Sommerhitze auf Malle nicht mitgeflogen, weil er für seinen Berlin-Marathon trainieren wollte. Aber wenn ich das Wetter in diesem Jahr in Deutschland sehe, da war es hier ja nicht viel kühler als auf der Insel.«

»Hier an der Nordseeküste ist es schon ein wenig angenehmer. Wir haben immer ein wenig Abkühlung von der See, für ein Marathontraining sicher gut geeignet.« Nina begleitete ihre Besucherin noch zum Ausgang.

Danach setzte sie sich mit ihrem Team zusammen. Eine gedrückte Stimmung lag über allen. Nina war zwar keine regelmäßige Kirchgängerin, aber sie hatte heute auch schon manches Stoßgebet nach oben geschickt. Immer wieder ging ihr etwas durch den Kopf. Es kam ihr fast so vor, als wenn sie nicht mit Bert gemeinsam in dieses Haus ziehen sollte. Als das vor einem Jahr anstand, da passierte ihr Fürchterliches, und jetzt Bert? Doch dann kam wieder ihre Ratio durch. Dumme Zufälle. Alles dumme, aber tragische Zufälle. Kaum jemand im Team sagte ein Wort. Sie warteten alle auf ein Wunder von Sören. Dass seine Leute irgendetwas gefunden hatten, was sie zu Bert führen würde.

Dann endlich kam Sören. Seiner Miene war aber schon anzusehen, dass es nichts mit dem erhofften Wunder werden würde. »Alles wie erwartet. Genau das gleiche Ergebnis wie im Wittmunder Wald beim Beckmann-Fall«, sagte er, »außer dass wir keine Blutspuren von Bert gefunden haben. Es sind tatsächlich genau die gleichen Reifenspuren. Und wir haben ähnliche Schleifspuren von Schuhfersen gefunden, die darauf hindeuten, dass Bert auf Höhe der Fahrertür des Transporters zusammengebrochen ist und dann von dort nach hinten zur Laderampe geschleift wurde. Auch hier nur Fußabdrücke von einer Person. Das entspricht insoweit exakt dem andern Fall.«

»Wir können ja davon ausgehen, dass Bert seine Pistole dabeihatte, als er sich dem verdächtigen Wagen genähert hat. Dann müsste ihn doch jemand aus dem Hinterhalt niedergeschossen haben«, äußerte Nina ihre Befürchtung.

»Dann hätten wir Blutspuren auf dem Waldboden finden müssen. Da waren aber keine Blutspuren. Daher haben wir schon an eine Elektroimpulswaffe gedacht. So etwas könnte auch bei Beckmann zum Einsatz gekommen sein. Die Blutspuren an seinem Wagendach rührten dann vielleicht von seinem Kopf, mit dem er dagegen geschlagen ist, als er zusammenbrach.«

»Klingt plausibel. Also können wir im Moment wirklich nicht mehr als hoffen. Das hatte ich auch schon Frau Grundmann vorgeschlagen«, resignierte Nina.

»Meeting morgen früh neun Uhr«, gab sie dann Anweisung. »Bis auf Weiteres Rufbereitschaft zu Hause! Alkoholverbot, wir müssen jederzeit einsatzbereit sein. Ab morgen zehn Uhr haben wir noch einige Anhörungen durchzuführen, es sei denn, dass sich bis dahin andere Prioritäten ergeben.«

Danach schickte sie ihr Team nach Hause. Sie selbst blieb noch in ihrem Dienstzimmer sitzen und ging die Auswertungen aus dem Finanzamt durch. Im Stillen hoffte sie darauf, dass noch Hinweise aus der Bevölkerung eingingen. Was sollte sie alleine in der Wohnung? Da fiel ihr nur die Decke auf den Kopf und dort würde ihr Bert noch viel mehr fehlen. Wo konnte er nur stecken? Sie hoffte inständig, dass ihm nichts Ernsthaftes zugestoßen war. Der Hinweis von Sören, dass sie keine Blutspuren am Entführungsort gefunden hatten, ließ sie hoffen.

Aber es kam kein Hinweis. Gegen Mitternacht machte sie sich auf den Weg nach Hause. Zu Hause warf sie sich aufs Bett und ließ ihren Tränen freien Lauf. Irgendwann musste sie eingeschlafen sein. Jedenfalls wurde sie wach und lag immer noch in Kleidung auf dem Bett. Sie nahm eine Wolldecke und verbrachte den Rest der Nacht auf der Couch im Wohnzimmer. Allein im gemeinsamen Bett hätte sie sich noch einsamer gefühlt.

14. Kapitel

Nina hatte sich nur ein kurzes Frühstück gegönnt. Ohne Bert wollte es ihr einfach nicht schmecken. Aber ohne Essen würde sie auch nicht lange durchhalten. Und sie musste unbedingt absolut fit bleiben. Gestern hatte sie seit dem Mittag nur ein paar Happen Kartoffelsalat und ein kaltes Würstchen gehabt. Deswegen packte sie den Kartoffelsalat und die Würstchen in einen Behälter mit verschließbarem Deckel, um es mit zur Dienststelle zu nehmen. In der Teeküche hatten sie dort auch einen Kühlschrank.

Pünktlich um neun Uhr saß das Stammteam im Meetingraum. Diesmal stand Nina am Flipchart. Sie gingen noch einmal die Fakten durch, als einer der uniformierten Kollegen vom Schalterdienst kam und mitteilte, dass sich eine Mitarbeiterin vom Altenstift Jungbrunnen aus Carolinensiel gemeldet hätte. Sie habe gestern einen hellen Ford Transit im Hof gesehen.

Wie elektrisiert unterbrach Nina sofort das Meeting und machte sich mit Rita auf den Weg zu der angegebenen Adresse. Am liebsten hätte sie Blaulicht und Sirene eingeschaltet. Aber sie brauchten auch so nicht allzu lange, zumal sich die Verkehrsdichte am Sonntagmorgen in Grenzen hielt.

Sie mussten sich an der Rezeption eine Weile gedulden, bis schließlich ein nicht mehr ganz junges weibliches Wesen mit resolutem Auftreten und streng nach hinten zu einem Dutt zusammengebundenen dunklen Haaren und eine junge, etwas schüchtern wirkende Frau auf sie zukamen. Die Ältere stellte sich mit Olga vor und Femke sei Azubi bei ihnen im Haus. Nach der Aussprache schien Olga eine Russlanddeutsche zu sein.

Nina fragte sie nach ihrer Beobachtung.

»Heute in der Kaffeepause habe ich im Aufenthaltsraum im Radio gehört, dass nach einem hellen Kleintransporter, einem Ford Transit, gesucht wird. Einen solchen Wagen fährt auch mein Mann, der einen kleinen Fliesenlegerbetrieb hat. Daher kenne ich mich damit aus, obwohl ich sonst keinen Mercedes von einem BMW unterscheiden kann, wie mein Mann immer sagt«, sprudelte es aus Olga heraus.

»Und einen solchen Ford Transit haben Sie gesehen?«, hakte Nina ein.

»Ja, genau, hier bei uns in der Straße. Gestern, es war noch vor Mittag. Sie müssen wissen, da geht es für uns Pflegepersonal immer hoch her. Wir müssen auf den Stationen die Aufenthaltsräume für das Mittagessen herrichten und dann geht auch schon die Verteilung an die Bewohner los, die ihre Mahlzeiten auf den Zimmern einnehmen. Als ich gerade das Essen in das Zimmer einer Bewohnerin bringen wollte, habe ich im Vorbeigehen zufällig einen Blick aus dem Flurfenster geworfen. Da ist mir ein solcher Wagen aufgefallen, wie er gerade den Hof verließ. Der könnte auch mal eine Wäsche vertragen, habe ich noch gedacht. Da konnte man ja noch nicht einmal mehr das Nummernschild erkennen. Aber dann war er auch schon weg.«

»Um wie viel Uhr war das genau?«, wollte Nina wissen.

»Die genaue Uhrzeit kann ich Ihnen nicht sagen, aber es war auf jeden Fall gegen Mittag. Da brauchen wir nicht auf die Uhr gucken, da rennt uns ohnehin immer die Zeit davon. War schon ein Zufall, dass ich mal einen Blick aus dem Fenster geworfen habe. Wahrscheinlich habe ich durch die große Scheibe nur registriert, dass sich da etwas Größeres bewegt. Anlieferungen finden bei uns normalerweise nicht an den Wochenenden statt.«

»Haben Sie eine Idee, was der hier am Samstag zu suchen hatte?«, fragte Rita nach.

»Keine Ahnung. Wir sind ja hier am Ende einer Stichstraße, wo man nicht so einfach wenden kann. Da kommt es immer wieder mal vor, dass Autos, die sich verfahren haben, unseren großen Hof mit Parkplätzen dazu nutzen, um hier zu wenden. Daher vermute ich, der hatte sich nur verfahren und bei uns gedreht. Was hätte der sonst hier tun sollen? Als Besucher bei einem unserer Heimbewohner ist der mir jedenfalls noch nicht aufgefallen. Aber Femke hat auch noch was gesehen.«

Olga schob die Kleine, die sich die ganze Zeit etwas hinter ihr gehalten hatte, vor sich. »Komm, sag der Polizei schon, was du gesehen hast. Wir haben uns nach der Sendung im Radio darüber unterhalten und da sagte mir Femke, dass sie am Mittwoch auch so einen Wagen gesehen hat.«

»Was haben Sie denn genau gesehen? Haben Sie keine Angst, wir beißen ganz bestimmt nicht«, versuchte Nina die junge Frau mit einem Lächeln dazu zu ermuntern, die Schüchternheit abzulegen.

Verlegen streifte sich Femke eine lange blonde Strähne aus dem Gesicht. »Ich weiß gar nicht, ob das, was ich gesehen habe, überhaupt zu der Radiomeldung passt, von der Olga gesprochen hat. Aber sie meinte, ich sollte es Ihnen trotzdem erzählen.«

»Na, dann erzähl doch mal, was dir aufgefallen ist«, versuchte Rita mit dem vertraulichen Du eine Brücke zu bauen.

»Da war ja nicht viel. Am Mittwoch, es war kurz vor meinem Feierabend um achtzehn Uhr, da wollte ich einer Bewohnerin noch etwas bringen, die das drittletzte Zimmer vor dem großen Giebelfenster hat, von dem Olga gerade sprach und von dem aus man unsere Zufahrtstraße einsehen kann. Da fuhr ein ähnlicher Wagen auch gerade weg. Aber da konnte ich nur den oberen Teil vom Aufbau sehen. Ob das jetzt wirklich ein Transit oder vielleicht doch eine andere Marke war, das weiß ich nicht so genau. Auf jeden Fall hatte er einen hellen Kastenaufbau, so ähnlich wie bei einem Transit, den mein Freund in seiner Firma fährt. Außerdem könnte ich jetzt nicht sagen, ob der dreckig war oder nicht, weil ich ja, wie ich schon sagte, nur den oberen Teil sehen konnte.«

Rita nahm noch die persönlichen Daten der beiden Frauen auf. Nina hätte gern gewusst, ob vielleicht auch andere Kolleginnen oder Kollegen etwas gesehen hatten. Daher sagte sie zu Olga: »Ist Ihre Heimleitung zu sprechen? Wir müssten ganz dringend auch Ihr restliches Personal befragen.« Die Beschreibung der Pflegerinnen stimmte ziemlich exakt mit den Angaben des Rentners aus Angelsburg überein.

Olga lachte glucksend: »Wir haben Wochenende, Frau Kommissarin, da ist nur das Pflege- und Küchenpersonal im Einsatz. Die Leitung und das Büro haben natürlich frei. Zum Ausgleich verdienen die dafür aber auch ein bisschen mehr als wir vom Fußvolk.« Nina musste an die in den Medien immer wieder angesprochene Unterbezahlung der Pflegeberufe denken und konnte sich ein zustimmendes Nicken nicht verkneifen.

»Die Befragung wäre aber wirklich äußerst dringend!«, versuchte Nina trotzdem Druck zu machen. Sie drückte die Sorge um Bert. »Wie können wir das organisieren? Am besten wäre es, Sie rufen mal das ganze Personal zusammen.«

»Offene Antwort?« Olga dauerte das alles schon viel zu lange. Oben warteten die alten Leute gleich schon wieder auf ihr Mittagessen. Und die konnten ziemlich nörgelig werden, wenn das Essen nicht pünktlich oder kalt auf den Tisch kam.

»Ja, na klar offene Antwort«, sagte Nina.

»Gar nicht! So gern ich Ihnen auch helfen würde. Wir hatten heute Morgen zwei Krankmeldungen und ohnehin zu wenig Personal. Außerdem sind Schulferien und einige Mitarbeiter im Urlaub. Für so etwas haben wir einfach keine Zeit. Vielleicht haben Sie ja schon mal mitbekommen, dass unsere Zeit im Pflegedienst genau eingeteilt und getaktet ist. Da gibt es selbst für so ein Gespräch wie jetzt mit Ihnen eigentlich gar keinen Raum. Tut mir wirklich sehr leid.«

So schnell wollte Nina sich aber nicht abwimmeln lassen. »Dafür haben wir ja durchaus Verständnis. Dann müsste ich mal Ihren Vorgesetzten sprechen, irgendjemand wird ja auch jetzt hier die Verantwortung haben.«

»Mit diesem Jemand sprechen Sie gerade. Ich habe im Moment hier im Haus die Leitung. Und wenn Sie mit der Heimleitung selbst sprechen wollen, dann kann Ihnen meine Kollegin von der Rezeption eine Notfallnummer geben. Aber jetzt müssen wir uns wirklich wieder um unsere Patienten kümmern. Es geht gleich mit der Essensausgabe los und da wird jede Hand gebraucht.« Olga drehte sich genervt um und schnappte sich die junge Kollegin, um mit ihr mit dem Aufzug nach oben zu fahren.

So war Nina auch schon lange nicht mehr abgekanzelt worden. Für sie ging es um Leben oder Tod von drei Männern, da konnte sie sich doch nicht einfach so abwimmeln lassen. Sie ging daher zu der Frau an der Rezeption, um sich diese Notfallnummer geben zu lassen.

Dann telefonierte sie mit dem Heimleiter selbst und erklärte ihm die Situation. Vor allem wies sie darauf hin, dass der von Olga beobachtete Wagen sehr wahrscheinlich tatsächlich der gesuchte war, da ihre Beschreibung sehr genau mit den Suchdaten übereinstimmte. Er versprach, in wenigen Minuten da zu sein. Nina und Rita warteten draußen vor dem Eingang auf ihn und machten sich dabei schon einmal ein Bild von dem Außenbereich des Objektes. Der Haupteingang befand sich an der linken Seite des Gebäudes, davor der große Besucherparkplatz, auf dem jetzt auch ihr Dienstwagen stand.

Die angesprochene Stichstraße führte genau auf die Giebelseite des langgezogenen Haupthauses zu und mündete in eine breite Einfahrt, die zu dem Parkplatz führte, der etwa in der Mitte des Hauptgebäudes von einer hohen Buchenhecke begrenzt wurde. Links wurde der Parkplatz von einem Gebäude mit mehreren Garagentoren und einem Obergeschoss begrenzt.

Inzwischen war der Heimleiter vorgefahren. Nachdem sie sich begrüßt hatten, fragte Nina: »Was ist das für ein Gebäude?«, und deutete auf die Garagen.

»Da sind die Garagen für unsere Fahrzeuge und einige dienen auch als Lager, genau wie die oberen Räume«, erläuterte der Heimleiter.

»Das heißt, es kommen auch schon mal Lieferwagen auf Ihren Hof?«, fragte Nina.

»Unter der Woche schon. Da kommen auch Lkws und Kleintransporter, wie der von Ihnen gesuchte, und liefern Lebensmittel, Fleisch und Gemüse. Die entladen dann aber in der Regel da hinten an der Tür bei der Hecke, die zur Küche führt.«

»So wie es aussieht, könnte es tatsächlich sein, dass der Transit sich am Samstag verfahren und nur gedreht hat, wie Olga vermutete«, stellte Nina fest.

»Und Mittwoch könnte es auch ein Lieferant gewesen sein, den Femke hat wegfahren sehen«, ergänzte Rita. »Allerdings gehe ich davon aus, dass die meisten Lieferanten Firmenlogos auf ihren Wagen haben. Das wäre ihr dann mit Sicherheit aufgefallen. Denn eigentlich machte sie einen ganz aufgeweckten und pfiffigen

Eindruck. Die schien nur Fremden gegenüber ein bisschen schüchtern zu sein.«

»Das haben Sie ganz richtig erkannt«, bestätigte der Heimleiter. »Das wird mal eine ganz wertvolle Kraft. Sie kann sehr einfühlsam mit den Menschen umgehen und ist sehr wissbegierig.«

»Wie bekommen wir denn jetzt am effizientesten Ihre Leute befragt?«, bohrte Nina erneut nach. Es ließ ihr einfach keine Ruhe. Sie mochte nicht glauben, dass nur den zwei bereits befragten Frauen etwas aufgefallen sein sollte. Gleichzeitig ging sie nicht davon aus, dass alle vom Personal auch den Aufruf im Radio gehört hatten. Außerdem sagte ihr Bauchgefühl, dass sie hier auf der richtigen Fährte war, ohne dass sie das näher hätte erklären können.

»Also, ich möchte Ihnen ja gerne helfen. Ich habe schon davon gehört, dass jemand vom Finanzamt vermisst wird. Aber wenn es um den gehen sollte, den ich persönlich schon hier hatte und der mich viel Geld gekostet und fast an den Rand der Existenz gebracht hat, dann tut es mir um den noch nicht einmal leid, muss ich Ihnen ehrlich gestehen. Aber trotzdem, mein Berufsethos lässt solche Rachegelüste nicht zu und deswegen werde ich trotzdem alles tun, wenn ich Ihnen damit helfen kann.

Aber in einem Punkt hat Olga absolut recht. Alle zu gleicher Zeit an einen Ort zu bringen, das ist selbst mit Vorlauf ein Ding der Unmöglichkeit. Wir haben hier fast einhundert pflegebedürftige und zum Teil sogar demenzkranke ältere Menschen. Da kann jederzeit ein Notfall eintreten und auch Personal gerade wegen einer dringenden Pflegemaßnahme nicht abrufbar sein. Dann kommt der Schichtdienst dazu. Ein Teil des Personals ist ohnehin gar nicht im Haus, sondern erst wieder zu Schichtbeginn. Dann sind aber die anderen wieder weg. Also, wenn Sie nach einer effizienten Möglichkeit fragen, dann müssten Sie sich mit mehreren Leuten auf die einzelnen Stationen verteilen und dann das Personal befragen, welches dann gerade mal für ein paar Minuten in den dortigen Aufenthaltsräumen verfügbar ist. Eine Personalliste stelle ich Ihnen gerne zur Verfügung.«

»Das machen wir«, entschied Nina und forderte gleich Verstärkung an. Dann folgte sie mit Rita dem Heimleiter, der schon ins Büro vorausgegangen war.

»Ich drucke Ihnen gerade die Personallisten getrennt nach Abteilungen aus, dann können Ihre Leute abhaken, wen sie schon befragt haben. Wann die einzelnen Abteilungen Schichtwechsel machen, das ist ganz bewusst unterschiedlich. So entzerren wir den Übergabezeitpunkt und können gegebenenfalls auch mal abteilungsübergreifend ausgleichen. Es könnte Ihnen also passieren, dass Sie jemand in einer Abteilung antreffen, der nicht auf der Liste steht und umgekehrt. Da müssen Sie dann das Personal fragen, die kennen sich ja alle.«

»Das ist eine gute Hilfe, vielen Dank«, bedankte sich Nina für die Unterstützung. »Aber eine Frage hätte ich noch: Es könnte doch auch sein, dass ein Bewohner etwas beobachtet hat. Da wäre es doch sicher sinnvoll, auch die alten Leute zu befragen, oder wie sehen Sie das?«

»Da sollten Sie das Pflegepersonal drauf ansprechen. Viel Hoffnung kann ich Ihnen da aber nicht machen. Der Tagesablauf der meisten unserer Schutzbefohlenen orientiert sich in erster Linie an der Befriedigung ihrer Grundbedürfnisse. Dann sind ihnen Besuche der Angehörigen und alten Freunde noch wichtig. Einige vertreiben sich die Zeit mit Fernsehen. Aber vielleicht haben die Raucher etwas gesehen. Da kann Ihnen, wie gesagt, das Pflegepersonal weiterhelfen. Sollten Sie mich noch mal brauchen, Sie haben gesehen, wie man mich erreicht«, verabschiedete sich der Leiter des Altenstifts.

Kurz darauf traf die von Nina angeforderte Verstärkung ein. Die Dame von der Rezeption zeigte der Kommissarin einen Seminarraum neben dem Haupteingang, in dem Nina die Einweisung vornehmen konnte. Die Einteilung übernahm Rita.

»Eure Ablösung erfolgt heute Abend um zweiundzwanzig Uhr«, entschied Nina. »Wir müssen dafür sorgen, dass wir das ganze Hauspersonal aller Schichten erfassen. Ihr übernehmt dann wieder morgen früh um sechs Uhr. Und wir hören nicht eher auf, als bis der oder die Letzte hier befragt wurde. Ich bin mit Rita im Kommissariat auf Abruf.«

Dann machten sich die beiden auf den Weg dorthin. Als sie in der Dienststelle ankamen, waren Silke und Bernd noch bei den Anhörungen der Steuergeprüften, die eventuell ein Motiv hatten. Ergebnis bis jetzt wie bei allen vorherigen. Es hatte sich bislang in keinem Fall ein konkreter Verdacht ergeben. Allerdings warteten noch eine Menge Alibis auf Bestätigung durch Zeugenbefragungen im Außendienst.

Erst jetzt merkte Nina auf einmal, dass sie seit gestern Morgen keine vollständige Mahlzeit zu sich genommen hatte. Silke und Bernd waren kurz über Mittag zum Essen gewesen. Rita ging es ähnlich wie Nina, daher beschlossen sie, sich in ihrem Dienstzimmer über den Kartoffelsalat und die Würstchen herzumachen.

Für Nina war das gemeinsame Essen eine willkommene Gelegenheit, bei aller Sorge um Bert mal mit Rita ganz ungezwungen unter vier Augen ein Gespräch von Frau zu Frau zu führen.

15. Kapitel

Helge Beckmann war kein Mensch, der schnell aufgab. Er war ein Kämpfer, und das nicht nur in Bezug auf seine Karriere. Sollte hier und jetzt sein Leben bereits ein Ende finden? Jetzt, wo er gerade die Frau seines Lebens kennengelernt hatte. Melanie! Sie war für ihn inzwischen zu seinem ersten Rettungsanker geworden, wenn er einen schwachen Moment hatte. Ihr bezauberndes Äußeres, ihr liebreizendes Lächeln und ihr natürlicher Charme machten sie in seiner gegenwärtigen Situation fast zu einer Göttin. Er würde ihr auf der Stelle einen Heiratsantrag machen und verzehrte sich in Sehnsucht nach ihr. Das ließ ihn dann für Momente die Pein vergessen, die ihn immer wieder äußerst schmerzhaft in die Gegenwart zurückholte.

Zum zweiten Rettungsanker bei seiner Überlebensstrategie hatte sich inzwischen sein autogenes Training entwickelt. Die Schwere- und Wärmeformeln hatte er einfach umgedreht. Statt »Meine rechte Hand wird warm und schwer« sagte er: »Meine rechte Hand wird kalt und leicht; meine rechte Hand ist gar nicht da.«

Am Anfang zeigte das so gut wie keine Wirkung. Aber je tiefer er sich selbst in Trance versetzte, umso mehr hatte er das Gefühl, dass sich die unsäglichen Schmerzen, die inzwischen von seinem kleinen, dem Ringfinger und seit einigen Stunden auch vom Mittelfinger seiner rechten Hand ausgingen, etwas linderten. Er nahm an, dass er an diesen Gliedmaßen keine Nägel mehr hatte. Und dieser Psychopath schien sich tatsächlich als Koch betätigt zu haben; sogar als einer, der beim Würzen der Speisen äußerst verliebt war.

Zum ersten Mal in seinem Leben beschäftigte er sich so intensiv mit der Anatomie eines Schmerzes. Im Grunde nichts anderes als ein elektrisches Signal, welches vom Entstehungspunkt ins Gehirn gesendet wurde. Nichts anderes als ein Warnsignal, das anzeigte, dass dem Körper Gefahr drohte, und im Gehirn Impulse auslöste, dieser Gefahr aus dem Weg zu gehen oder sie zu beseitigen. Hallo Gehirn, dachte er, die Ursache des Signals ist für uns nicht lebensbedrohend, also können wir es auch ignorieren. Wir haben es bereits zur Kenntnis genommen, können es aber auch nicht ändern. Also sollten wir uns mit interessanteren Dingen beschäftigen, zum Beispiel: Was macht wohl Melanie gerade? Melanie! Da war sie wieder, seine Überlebensbotin und Göttin!

In diesem Moment wurde ihm bewusst, er sprach mit seinem Gehirn! Wer bestimmt denn nun eigentlich? Mein Gehirn, das mich ständig mit diesen Schmerzsignalen nervt und quält, oder ich? Er wusste, dass einem das Gehirn Dinge vorgaukeln konnte und dass selbst das nächtliche Autofahren für uns überhaupt nicht möglich wäre, wenn uns das Gehirn nicht die fehlenden Puzzleteile in unserer visuellen Wahrnehmung quasi einspiegeln würde. In seiner Situation völlig absurd, aber dabei stellte er sich auf einmal die Frage, was wohl mit der Menschheit passiert, wenn Maschinen das Denken übernehmen.

Aber seine Schmerzen holten ihn wieder auf den Boden der Tatsachen zurück. Schmerzen! Er erinnerte sich an einen Fernsehbericht über die Erkenntnisse von Wissenschaftlern, dass schwarze Menschen in Zentralafrika eine andere Schmerzwahrnehmung und auch Schmerzgrenze hatten als zum Beispiel Menschen weißer Hautfarbe der nördlichen Hemisphäre. Ebenso, dass Frauen eine höhere Schmerzbelastbarkeit hatten als Männer. Von der Natur so eingerichtet oder in der genetischen Entwicklung des Menschen entstanden, weil es Frauen waren, die ihre Kinder zur Welt brachten. Darum sterben Männer auch wahrscheinlich regelmäßig bereits an Schnupfen, dachte Helge und musste bei diesem Gedanken unwillkürlich grinsen.

Auf einmal fiel ihm auf: Er hatte das Auto gar nicht gehört, seitdem dieser Wahnsinnige ihn mit neuen Schmerzvariationen zurückließ. Plötzlich hörte er Schritte. Der war gar nicht wieder weggefahren wie sonst. Der war noch immer da. Dass Helge nicht sein einziger Gefangener war, hatte er inzwischen realisiert. Und gestern war wohl noch jemand hinzugekommen. Es waren die gleichen Geräusche gewesen, die er schon vor einigen Tagen gehört hatte. Er rechnete nach. Seitdem war der Typ viermal bei ihm gewesen. Viermal sechs Stunden ergibt einen Tag. Also war es tatsächlich gestern gewesen. Das heißt, sie waren zu dritt. Er schwankte hin und her in seiner Bewertung. War das ein Wahnsinniger, der aus welchen Gründen auch immer Menschen quälte, oder ging es dem um Rache an ihm?

Und dann … Ja, er selbst schrie, wimmerte und stöhnte. Und wenn die Schmerzwellen einen unerträglichen Grad erreicht hatten, erlöste ihn auch mal eine Ohnmacht. Aber von den anderen hörte er nichts, außer das Hantieren wie bei ihm. Da fehlten ihm die Logik und Erklärung. Was machte dieser Idiot mit denen? Und was hatte er noch mit ihm vor? Fünf Tage hatte er gesagt. Nach seiner Rechnung waren sie jetzt im dritten. Konnte man solche sadistischen Psychopathen überhaupt beeinflussen?

Da kam ihm ein Film ins Gedächtnis, in den ihn mal seine Ex geschleppt hatte. Da ging es auch um so einen wahnsinnigen Sadisten. Er versuchte sich zu erinnern. Dem Typen war ein Profiler der Kripo ins Netz gegangen. Wie war der Polizist damit umgegangen? Er hatte Verständnis gezeigt, daran erinnerte sich Helge ganz genau, und irgendwie hatte er den Gestörten zum Reden gebracht. Jetzt fiel es ihm wieder ein, er hatte ihn auf das angesprochen, was seinem Peiniger wohl am wichtigsten und liebsten war. Er überlegte, wie er diese Erkenntnis auf seinen Folterknecht anwenden konnte.

Viel Zeit für weitere Gedanken blieb ihm nicht. Die Schritte kamen in seinen Raum. Aber nicht zu ihm. Er hörte Geschirr klappern. Dann hörte er einen Reißverschluss und einige Dinge wurden wohl auf einen Tisch gestellt. Eine Flasche wurde mit einem leisen Zischen geöffnet. Hört sich fast so an wie die Vorbereitungen zu unserem Picknick auf der Autobahnraststätte, wenn wir nach Frankreich in Urlaub fuhren und die Kühltasche geöffnet wurde, dachte Helge.

Spontan fragte er, das heißt, er versuchte es: »Wie alt sind eigentlich deine Kinder?«

Sein Krächzen war kaum zu verstehen. Aber sein Peiniger schien trotzdem die Frage verstanden zu haben. »Mit Ihnen habe und werde ich keine Schweine hüten! Nie im Leben und auch nicht im Tod, das können Sie sich schon mal merken! Also keine Vertraulichkeiten! Aber was interessieren Sie sich auf einmal für meine Kinder?«

Helge versuchte es mit Flüstern und der Typ kam zu ihm hin. »Ich versuche zu verstehen, was ich Ihnen und Ihrer lieben Familie angetan haben soll.«

»Klingt ja fast wie Reue.«

»Ja«, hauchte Helge. »Aber ich weiß immer noch nicht genau, was ich bereuen soll.«

Sein Entführer schien zu überlegen. Dann ging er einige Schritte vom Stuhl seines Gefangenen weg. Helge hörte, wie Wasser in einen Behälter lief. Als der Mann wieder bei seinem Stuhl zurück war, wurde der Stoff, der über seinen Kopf gestülpt war, bis zur Nase hochgezogen. »Mund auf!« Dann spürte er, wie Wasser in seinen Mund gesprüht wurde. Gierig lechzte Helge nach jedem Tröpfchen. Es dauerte eine ganze Weile, bis – zumindest ein wenig – Leben wieder in seine vertrockneten Mund- und Rachenschleimhäute zurückkehrte.

Das Knarren seiner Stimme blieb aber trotzdem, obwohl er sehr leise sprach. »Danke!«

»Freuen Sie sich nicht zu früh! Ihr Schicksal wurde bereits auf anderer Ebene besiegelt, wie ich Ihnen schon wiederholt sagte. Aber ich bin kein Unmensch und es wurde mir auch nicht verboten, die Gründe kundzutun. Also was wollen Sie wissen?«

»Habe ich bei Ihnen eine Betriebsprüfung durchgeführt und wenn ja, wann?«

»Vor etwas mehr als fünf Jahren. Von dem fünften Jahrestag habe ich schon gesprochen.«

»Was ist denn bei der Prüfung herausgekommen?«

»Sie haben – trotz mehrfacher Einsprüche durch unseren Steuerberater und seiner Hinweise auf Grundsatzurteile – die Tätigkeit meines externen Marketingberaters zur Scheinselbstständigkeit erklärt. Dadurch mussten mein Partner und ich Lohnsteuer und Sozialabgaben für mehrere Jahre nachzahlen. Der Todesstoß für unsere Firma und, wie Sie jetzt wissen, für uns alle.«

Helge versuchte sich zu erinnern. Sein Peiniger war nicht der Einzige gewesen. Nach seiner Auffassung gab es sowieso zu viele Kleinunternehmer, die eigentlich gar keine echten Unternehmer waren und sich nur vor den Renten- und

Arbeitslosenversicherungsbeiträgen drücken wollten. Nicht umsonst hatte der Fiskus zum Schutz der Sozialkassen den Begriff der Scheinselbstständigkeit eingeführt.

Wo immer es für ihn vertretbar erschienen war, hatte er von dieser Möglichkeit Gebrauch gemacht. Aber wirklich nur da, wo es unzweifelhaft vertretbar war? Grundsatzurteile hatten ja eigentlich auch ihre Bedeutung. Seinen Ermessensspielraum einmal zugunsten eines Steuerpflichtigen einzusetzen, war ihm bislang allerdings nie in den Sinn gekommen. Wie hätte er denn sonst auch in dem internen Wettbewerb mit Georg vorne liegen können? Waren sie damit vielleicht in ihrem persönlichen Ehrgeiz über das Ziel hinausgeschossen?

»Da kommen Sie ins Grübeln, nicht wahr? Sie wollten bereuen. Das ist gut. Vielleicht bewahrt es Sie ja sogar vor ewiger Höllenpein. Ich bin wohl nicht der Einzige auf Ihrem fiskalischen Erfolgsweg? Sogar hier in Ostfriesland hat es Sie die Treppe nach oben gespült. Nicht gerade zur Freude mancher Steuerpflichtiger hier im Kreis.«

Helge schöpfte Hoffnung. Ihn nach seinem Namen zu fragen erschien ihm im Moment strategisch allerdings nicht gerade sinnvoll. Obwohl er sehr gerne gewusst hätte, wer er war. Aber jetzt war es wichtiger, diesem psychopathischen Racheengel die Tür offen zu halten, ihn freilassen zu können, ohne dass seine Freiheit für ihn eine Gefahr darstellen würde.

»Ist Ihr Schweigen Zeichen Ihrer Reue? Oder suchen Sie einen Ausweg?«

»Reue. Über meine Zukunft wurde ja schon bestimmt, wie Sie vorhin sagten.«

»Gute Erkenntnis.«

»Müssen Sie heute eigentlich gar nicht weg?«

»Auch wenn es Sie eigentlich nichts angeht. Nein. Ich bin krankgemeldet. Muss mich schließlich vorbereiten. Außerdem haben wir alles hier, was wir brauchen, bis es vollbracht ist.«

Der letzte Halbsatz hatte Helge wieder einen Stich versetzt. Dabei wurde ihm bewusst, dass die Schmerzwahrnehmung im Moment nicht die zentrale Aufgabe seines Gehirns war. Er dachte an den Profiler in dem Film. Reden, reden, reden. »Wieso geben die anderen beiden eigentlich keine Laute von sich?«

»Erstaunlich, das haben Sie also auch mitbekommen. Auch wenn es Sie eigentlich nichts angeht, die sind medikamentös ruhiggestellt.«

»Ich höre da draußen immer Pferde. Gehören die Ihnen?«

»Nein, sie gehören mir nicht. Aber sie sind wichtiger Bestandteil der höheren Bestimmung, von der ich schon sprach. Wenn es diese Geschöpfe hier nicht gäbe, wären wir jetzt nicht hier. Alles hat genauso sollen sein.«

»Erzählen Sie mir von dieser Bestimmung. Das interessiert mich. Es scheint ja wirklich Dinge zwischen Himmel und Erde zu geben, die man nicht erklären kann.«

»Ich glaube, dass es auch zu dieser Bestimmung gehört, dass wir jetzt hier so zusammen sprechen. Sonst würden wir das nämlich nicht tun. Daher will ich es Ihnen erzählen. Es kann ja auch keinen Schaden anrichten, denn Sie werden es genauso wie ich mit nach oben vor den anderen Richter nehmen. Auch wenn sich dort unsere Wege für immer und ewig trennen werden.«

»Vielen Dank«, hauchte der Gepeinigte.

»Also, zu den Pferdchen. Es sind übrigens zwei Islandponys. Sie gehören einem Freund meines Chefs. Leider – nein, eigentlich nicht leider, denn es ist Teil der Bestimmung – wurde dieser in seinem Ferienhaus auf Mallorca schwer krank und wird dort immer noch behandelt. Die Betreuung der Pferde und des Grundstücks übernahm ein Rentner, der sich damit ein paar Euro nebenbei verdiente. Dieser kam nach einem Schlaganfall in ein Pflegeheim. Tut mir leid für den Alten, aber auch das gehörte zu der Bestimmung. Da mein Chef wusste, dass ich Natur liebe und auch schon mal eine kurze Zeit als Hilfstierpfleger gearbeitet habe und zudem Arbeit nicht scheue, hat er mir, im Auftrag seines Freundes, diesen Job übertragen. Und der Rest ergab sich dann fast automatisch, eben bestimmungsgemäß.«

»Das interessiert mich, was für ein Rest ergab sich automatisch? Ich möchte es gerne verstehen. Ich sagte ja schon, wenn ich etwas zu bereuen habe, dann möchte ich auch wissen was.«

»Was Sie bereuen müssen, habe ich schon gesagt. Ihre Prüfungen mit Ihren gottgleichen Entscheidungen. Da haben Sie nicht nur in meinem Fall raffiniert ausgeklügelt, wie Sie es drehen können, damit Ihr Bescheid so ausfallen konnte, wie er ausgefallen ist. Jetzt erleben Sie, wie Betroffene, sogar aus dem Jenseits, dafür sorgen können, dass Sie dafür Ihren gerechten Lohn erhalten.«

Helge hätte an dieser Stelle sicher einiges entgegenhalten können, zog es im Sinne seiner Strategie aber vor, lieber zu schweigen.

Und so fuhr sein Entführer fort: »Auch dieser alte kleine Gulfhof, auf dem wir uns hier befinden, ist Teil dieser Bestimmung. Über Generationen vererbt, hat sein derzeitiger Eigentümer ihn in den achtziger Jahren liebevoll restauriert und mit fließendem Wasser und Strom versorgt. Dabei wurde die Grundstruktur weitgehend belassen. Sogar die alte offene Feuerstelle hier in diesem Raum, der früher Küche und Wohnstube in einem gewesen war, ist noch vorhanden. Die an den Scheunenteil mit Stallung angrenzende große Koppel bot sich für die Haltung der Ponys geradezu an. Und seine Enkel waren hier oft bei den Pferden. Übers Wochenende standen dann die anderen Räumlichkeiten im Wohntrakt auch Gästen zur Verfügung. Inzwischen kommen die Enkel nur noch ganz selten hierher, Gäste überhaupt nicht und die zwei Ponys sind hier auf ihrem Altenteil geblieben. Aber auch das hatte alles so sollen sein. Sie sehen, alles hat eine höhere Fügung.«

Trotz aller Sorge um sein Leben und der Schmerzen, die ihm gerade jetzt mal wieder zu schaffen machten, war Helge neugierig. Zudem hatte er auch bei diesem Gespräch gemerkt: Je mehr er seinem Gehirn zu arbeiten gab, umso weniger konnte es sich mit der Schmerzwahrnehmung beschäftigen. »Sie haben beim Her- und Wegfahren immer irgendwo eine Weile angehalten. Gehörte das auch zu dieser Bestimmung?«

»Sie sind ein Scherzkeks. Hätte ich gar nicht gedacht. Aber interessant, was Sie alles herausgefunden und bemerkt haben. Nein, das Anhalten hat für die Bestimmung keine Bedeutung. Da sich, nachdem die Enkel keine Zeit mehr für die Pferdchen hatten, keiner mehr regelmäßig hier aufhielt und Kinder und Jugendliche hier ihr Unwesen trieben, hat der Eigentümer einen hohen Zaun um das gesamte Areal ziehen lassen und mit einem abschließbaren Tor versehen.«

»Wie ist das mit den anderen beiden, sind die auch Bestandteil Ihrer Weisung von oben?«

»Ja und nein. Bei dem einen hat das Gebet seiner Kinder ihn beschützt. Sie sollen nicht das gleiche Schicksal erleiden wie die meinen. Außerdem war er kein Mitentscheider, wie ich ursprünglich meinte. Obwohl normalerweise seit Jahrhunderten gilt: Mitgefangen, mitgehangen. Aber hier wurde von oben das Flehen erhört. Gnade wird vor Recht ergehen.«

»Und der andere?«

»Der wollte sich der Bestimmung von oben in den Weg stellen. Das musste verhindert werden. Man kann sich mit irdischen Mitteln nicht gegen die höheren Mächte stellen. Aber auch für ihn wurde inständig gebetet. Auch für ihn wird Gnade vor Recht ergehen. Es sei denn, dass im letzten Moment von oben noch eine andere Weisung kommt. Wie steht es schon in der Bibel: Die Wege des Herrn sind unergründlich.«

Helge begann langsam an seiner Ratio zu zweifeln. Er war sich sicher, dass die Kinder von Georg, von denen er mal gehört hatte, dass sie sogar als Ministranten jeden Sonntag in der katholischen Messe dienten, für ihren Vater inständig beten würden, nachdem sie von seiner Entführung erfahren hatten. Das konnte doch aber dieser Psychopath nun wirklich nicht wissen. »Und für mich hat niemand gebetet?«, fragte er schließlich zaghaft und enttäuscht.

»Doch, auch für Sie wurden von einer sehr sympathischen jungen Frau unzählige Stoßgebete nach oben gesandt.«

»Und?«, fragte Helge voller Hoffnung. Wobei er sich auch hier die Frage stellte: Woher konnte sein Peiniger etwas von Melanie wissen? Waren vielleicht doch höhere Mächte im Spiel? Er wusste nicht mehr, was er glauben sollte.

»Leider zu wenig gegen die vielen Bitten um Vollzug der Bestimmung, nachdem auch dem irdischen Dasein und Umfeld bekannt geworden war, dass selbst geheime Wünsche von manchen, die ebenfalls durch Sie zu leiden hatten, plötzlich die Chance bekamen, wahr zu werden.«

In diesem Moment setzte sich Helges Gehirn mit Macht durch. Mit einem stöhnenden Laut sank er in sich zusammen.

16. Kapitel

Nina war gar nicht nach Hause gefahren. Die Sorge um Bert war einfach zu groß und hier hatte sie wenigstens das Empfinden, sofort reagieren zu können, wenn es Neuigkeiten gäbe. Sie hatte sich eine Wolldecke besorgt und auf der Couch in Berts Dienstzimmer zur Ruhe gelegt. An Schlaf war jedoch nicht zu denken. Sie zermarterte sich das Gehirn, ob sie irgendwo einen Hinweis, eine Kleinigkeit übersehen hatte.

Wohin konnte Bert entführt worden sein? Der Grund war für sie klar. Er hatte das Auto erkannt und war ihm gefolgt und in eine Falle gelaufen. Auch er konnte keine Unterstützung anfordern, weil er in einem Funkloch war. Das gleiche Spiel wie vor einem Jahr bei ihr. Aber was hatten der oder die Entführer mit ihm vor? Im Wald erschossen hatten sie ihn wohl nicht. Dann hätten sie Blut gefunden. Das gab ihr Hoffnung. Die schienen es also nicht auf sein Leben abgesehen zu haben. Dann wäre es am einfachsten gewesen, ihn nach der Betäubung, vielleicht mit einem Elektroschocker, mit seiner eigenen Dienstwaffe zu erschießen und sich dann aus dem Staub zu machen.

Damit stand aber auch für sie fest, dass sie es wohl eher nicht mit dem organisierten Verbrechen zu tun hatten. Die hätten kurzen Prozess gemacht. Und dann kamen ihr doch wieder Zweifel. Gerade solche Verbrecher versuchten ja keine Spuren zu hinterlassen und ihre Leichen möglichst unauffindbar zu entsorgen. Und dann kam ihr wieder ein Lichtblick: Spuren hatte der Transporter genug hinterlassen. Also doch wohl keine Tat von Profis.

Sie sinnierte noch hin und her, bis irgendwann dann doch der Schlaf über sie kam.

Gegen sieben Uhr weckte sie ein Kollege vom Schalterdienst: »Frau Kommissarin, ich konnte Sie auf Ihrem Dienstzimmer telefonisch nicht erreichen und ein Kollege sagte mir, dass Sie sich gestern Abend eine Decke besorgt hätten und dass ich hier mal nachschauen sollte. Wir haben einen Anruf von Ihren Leuten aus dem Altenstift in Carolinensiel erhalten. Beim

Schichtwechsel des Pflegepersonals haben sie jemand gefunden, der den Ford Transit, den wir suchen, gesehen hat.«

Nina war wie elektrisiert. In der Toilette machte sie sich schnell ein wenig frisch, dann war sie auch schon unterwegs. Als sie in der Abteilung ankam, in der der Pfleger, der das gesuchte Fahrzeug gesehen hatte, Dienst tat, musste sie sich erst einmal gedulden. Der Zeuge duschte gerade eine Bewohnerin, wie ihr die junge Kollegin aus dem Verstärkungsteam sagte, die die Befragung durchgeführt hatte. Danach müsse er die ältere Frau noch eincremen und ihr beim Anziehen helfen. Er wäre in zwanzig Minuten wieder im Aufenthaltsraum der Station zurück.

»Kann der nicht von jemand abgelöst werden?« Nina brannte die Zeit unter den Nägeln. Je schneller der Transit gefunden wurde, umso schneller konnte Bert und den beiden Finanzbeamten geholfen werden. Die Kollegin konnte sich ein bedauerndes Grinsen nicht verkneifen. Sie hatte sich gestern bis zweiundzwanzig Uhr und heute Morgen seit sechs Uhr hier auf der Station aufgehalten.

»Von wem? Es ist doch niemand da. Sie sehen doch, wir sind hier im Aufenthaltsraum der Station allein. Alle unterwegs bei den zu betreuenden Personen oder selbst krank oder im Urlaub. Die sind hier in der Abteilung ohnehin schon unterbesetzt, wie mir gesagt wurde. Zusätzlich befindet sich eine alleinerziehende Mutter wegen der Schulferien ihrer Kinder im Urlaub und ein anderer Kollege hat sich schon vor über einer Woche krankgemeldet.«

Schließlich kam endlich der Pfleger. Für Nina schienen Stunden vergangen zu sein. Sie fragte ihn, was er genau beobachtet habe.

»Am Samstag, ich hatte mir vor der Essenausgabe hier vor dem Haupteingang noch schnell eine Zigarette reingezogen«, berichtete der Mann, »da ist mir ein heller, ziemlich verdreckter Ford Transit aufgefallen, der auf der anderen Seite der Parkplätze vor einem unserer Garagentore stand. Habe mich noch gefragt, was der da am Samstag will. Außerdem waren auf dem Parkplatz jede Menge Plätze frei, wo er ganz regulär hätte parken können.«

»Den Fahrer haben Sie nicht gesehen?«, wollte Nina wissen.

»Nein. Ich war ja wegen der bevorstehenden Essenausgabe unter Zeitdruck. Kam noch nicht einmal dazu, meine Zigarette aufzurauchen, da wurde schon wieder von oben aus einem Fenster nach mir gerufen.«

»Konnten Sie sehen, ob eines der Garagentore auf war?«

»Da hab ich nicht drauf geachtet. Und wie gesagt, dann musste ich auch schon wieder hoch. Hatte das Ganze eigentlich auch schon wieder vergessen. Bis Ihre Kollegin mich heute Morgen nach Schichtwechsel danach gefragt hat. Da fiel mir das wieder ein.«

Vom Fenster aus ließ sich Nina zeigen, vor welchem Garagentor der Wagen gestanden hatte. Für sie stand fest, der Transporter hatte dort nicht gestanden, weil er sich verfahren und nur auf dem Besucherparkplatz gewendet hatte. Der war wegen etwas anderem da gewesen. Da war sie sich sicher. Jedenfalls passte es zeitlich in etwa auch mit der Beobachtung von Olga zusammen. Sie ging zur Rezeption, um zu fragen, ob die Heimleitung schon im Dienst sei.

»Der Chef ist gerade gekommen«, sagte die Dame an der Rezeption und führte Nina in sein Büro.

»Was befindet sich hinter dem drittletzten Garagentor vor der Hecke?«, fragte sie den Heimleiter, nachdem sie sich begrüßt hatten.

»Nur die vorderen fünf Garagen werden für unsere Fahrzeuge genutzt. Die hinteren drei dienen als Lagerräume, die innen durch Türen in den Zwischenwänden miteinander verbunden sind.«

Nina berichtete von der Beobachtung des Pflegers. »Könnte es sein, dass der Transitfahrer irgendetwas aus dem Lager geholt hat?«, wollte sie dann wissen.

»Dann müsste er zum Personal gehören und einen Schlüssel haben.«

»Wo befinden sich die Schlüssel?«

»Also unser Lagerverwalter hat einen Generalschlüssel dafür am Mann. Weitere Schlüssel befinden sich bei uns an der Rezeption. Wir können mal nachsehen.«

Als der Heimleiter die Schlüssel überprüft hatte, stellte er fest, dass alle an ihrem Platz hingen.

»Könnte man von diesen Schlüsseln Kopien anfertigen?«, wollte Nina wissen.

»Von den Garagenschlüsseln ja, die gehören nicht zur Schließanlage des Haupthauses. Die Schlüssel von speziell gesicherten Schließanlagen sind extrem teuer und wir müssen auf unsere Kosten achten. Also haben wir eine solche Schließanlage nur da, wo es unbedingt erforderlich ist.«

»Das heißt, es könnte sich im Grunde jeder vom Personal einen Schlüssel zu den Lagerräumen kopieren?« Nina ließ nicht locker.

»Theoretisch ja.«

»Und praktisch?«

»Na, praktisch natürlich auch«, bestätigte der Leiter.

»Das fällt normalerweise kaum auf, ob da ein oder zwei Schlüssel am Brett hängen«, mischte sich die Dame von der Rezeption ein. »Da muss man schon genauer hingucken. Vor einiger Zeit ist mir durch Zufall aufgefallen, dass da an einem Haken nur ein Schlüssel hing. Ich wollte das auch noch melden. Jetzt, wo Sie danach fragen, fällt es mir wieder ein. Aber dann war hier Stress an dem Tag und ich habe es aus den Augen verloren. Zumal kurz danach wieder zwei Schlüssel da hingen.«

»Wissen Sie, an welchem Haken das war?«, wollte der Chef wissen.

»Nein, tut mir leid, da müsste ich jetzt wirklich raten. Wie gesagt, an dem Tag war ziemlicher Stress. Wir hatten gerade zwei Todesfälle hier im Haus gehabt und da kamen dann die Angehörigen und die Bestatter und so weiter.«

Bei Nina läuteten die Alarmglocken. Daher fragte sie: »Können wir in den Lagerräumen mal prüfen, ob etwas fehlt?«

»Können wir. Aber erst, wenn der Lagerverwalter da ist. Der müsste in etwa einer halben Stunde kommen«, antwortete der Heimleiter nach einem Blick auf die Uhr, die an der Rückwand der Rezeption hing. »Nur er hat den Überblick. Aber ich will jetzt natürlich auch wissen, ob etwas im Lager fehlt.«

Nina nutzte die Zeit, um in den anderen Abteilungen nach ihren Leuten aus dem Verstärkungsteam zu schauen. Es waren drei Stationen für normale Bewohner und eine geschlossene Abteilung für Demenzkranke, von denen schon mal der eine oder andere versuchte, sich auf eigene Faust auf den Weg in seine Vergangenheit zu machen, die es so aber in der Realität leider nicht mehr gab. Daher war es unumgänglich, die Tür zu dieser Station verschlossen zu halten. Hinzu kamen noch das Küchen- und Reinigungspersonal sowie das Verwaltungsbüro. Dort hatte aber niemand etwas bemerkt.

In den Stationen fehlten jeweils noch ein bis zwei Personen, die noch nicht befragt werden konnten. Zuzüglich der Urlauber und Krankgemeldeten. Nina gab Anweisung, dass die Kolleginnen und Kollegen nach Abschluss der Befragungen hier im Haus noch die Urlauber und Krankgemeldeten zu Hause in deren Wohnungen aufsuchen sollten, bevor sie sich dann auf der Dienststelle zurückmeldeten.

Danach setzte sie sich mit dem Heimleiter bei einer Tasse Kaffee in einer kleinen Lounge neben der Eingangstür zusammen. Es dauerte nicht lange und der von Nina schon sehnsüchtig Erwartete betrat das Gebäude. Als der Chef seinen Mitarbeiter sah, sprach er ihn gleich an und klärte ihn über die Fragestellung der Polizistin auf.

Der Lagerverwalter ging voraus zu den Garagen. Er öffnete das Rolltor, vor dem nach der Beschreibung des Pflegers der Lieferwagen gestanden hatte.

Bereits an dieser Stelle hatte Nina eine Frage: »Wäre es möglich, dass der Transit hier vor dem Tor steht und man vom Eingangsportal des Haupthauses nicht sehen kann, ob da etwas eingeladen wird?«

Der Lagerverwalter überlegte einen Moment. Dann zog er das Rolltor einen guten Meter nach unten, sodass man sich ein wenig bücken musste, um ins Innere zu gelangen, und sagte: »Wenn Sie so fragen, kann ich Ihnen das mal demonstrieren. Sehen Sie, wenn Sie sich jetzt vorstellen, dass der Kleintransporter genau vor das Tor gefahren wurde, dann sähe es vom Eingang drüben so aus, als stände er vor einem geschlossenen Tor. In Wirklichkeit könnte dann der Fahrer des Wagens Material aus dem Lager holen und vom Haupthaus unbemerkt durch die Seitentür des Transporters einladen. Selbst von den Fenstern im zweiten Obergeschoss des Heims könnte man nicht sehen, dass das Tor offen ist, wenn es so weit runtergezogen ist wie jetzt.« Dabei zeigte er mit seinem hochgestreckten Arm etwa die Höhe eines solchen Klein-Lkws an.

»Dann sollten wir mal schauen, ob etwas fehlt«, sagte Nina.

»Also, um das genau zu überprüfen, müsste ich mein Notebook holen, um das mit den aktuellen Bestandszahlen der Buchhaltung abgleichen zu können. In diesen drei Räumen lagern wir Ersatzmöbel und Stapelstühle und sonstiges Gerät. Da wir die Rolltore einzeln öffnen können, lässt sich das im Bedarfsfall schneller ein- und auslagern. Das hat sich bewährt. Wie Sie sehen, haben wir hier in diesem Lager vor allem Rollwagen für den Essenstransport, Rollstühle für Behindertentransport, Rollatoren und so weiter gelagert. Aber wie gesagt, um festzustellen, ob hier etwas fehlt, brauche ich die Zahlen aus der Buchhaltung.«

»Die Garagen sind ganz schön groß«, stellte Nina fest. »Das sieht man von außen gar nicht.«

»Da könnten sogar zwei solcher Transporter hintereinander stehen«, erläuterte der Heimmitarbeiter.

»Und dahinten über die Treppe gelangt man in die oberen Räume?«

»Genau, da können wir gleich mal raufschauen. Das ist einer von zwei Aufgängen. Der andere befindet sich in einer der anderen Garagen, in denen unsere Fahrzeuge stehen.«

»Was ist im nächsten Raum?«, wollte Nina wissen.

»Kleinmöbel für unsere Büros, aber auch zur Ausstattung der Unterkünfte der Bewohner, wenn die keine eigenen Möbel mitbringen. Aber auch hier könnte ich auf Anhieb nicht sagen, ob etwas fehlt.«

»Und im letzten Raum?«

»Da lagern wir Diverses, zum Beispiel Toilettenstühle, aber auch medizinisches Hilfsgerät, soweit es keine sterile Lagerung benötigt.« Kaum hatten sie den Lagerraum betreten, sagte der Lagerverwalter: »Es fehlen drei Toilettenstühle. Das weiß ich deshalb, weil wir erst vor zwei Wochen fünf neue geliefert bekommen haben. Davon fehlen drei Stück. Rausgegeben habe ich in den letzten zwei Wochen keine. Es müssten also fünf gebrauchte vorhanden sein. Und die sind auch da. Von den neuen aber fehlen drei Stück.«

»Fällt Ihnen sonst noch etwas auf?«

»Wir hatten mehr als sechs Infusionsständer. Da fehlen einige, aber ich muss in der Buchhaltung nachfragen, wie viele wir hatten. Das habe ich jetzt nicht im Kopf wie bei den Stühlen.«

Der Lagerverwalter telefonierte mit der Buchhalterin. Als er die Zahl hatte, stellte er fest: »Es fehlen sechs Stück, wir hatten zwölf. Verstehe ich nicht, was will einer mit den Toilettenstühlen und so vielen Infusionsständern?«

»Wir hatten mal vor Jahren den Fall, da brauchte einer unserer Mitarbeiter für seine Mutter zu Hause einen Toilettenstuhl und hat den während der Nachtschicht in sein Auto geladen und mitgehen lassen«, erzählte der Heimleiter. »Dabei kosten solche Stühle in einfacher Ausführung noch nicht einmal einhundert Euro. Jedenfalls fand ich das ganz schön dumm, dafür seinen Job zu riskieren. Aber das hier entbehrt für mich jeglicher Logik. Um damit Geschäfte zu machen, ist das zu wenig und für eine kranke Mutter wie in unserem früheren Fall zu viel.«

Obwohl das für Nina eigentlich auch keinen erkennbaren Sinn zu machen schien, blieben ihre Gedanken an den drei Toilettenstühlen hängen. Drei Menschen waren verschwunden und drei Stühle fehlten. Gab es da einen Zusammenhang? Auf Anhieb fiel ihr dazu keine Antwort ein. Ihr fehlten die Impulse von Bert. Im Brainstorming mit ihm konnte sie ihren Profilerinstinkt erst richtig zur Entfaltung bringen. Irgendwie spürte sie, dass da ein Zusammenhang bestand. Aber sie wusste es noch nicht logisch übereinander zu bringen.

»Und was wird oben gelagert?«, wollte sie dann noch wissen.

»Oben lagern wir vorwiegend Verbrauchsmaterial, haben aber auch spezielle Räume für steriles Material«, erläuterte der Heimmitarbeiter. »Wir können gerne mal raufschauen.«

Nachdem sich Nina auch dort einen Überblick verschafft hatte, sagte sie an den Heimleiter gerichtet: »Ich muss Sie bitten, Ihre Bestände sofort noch mal genau überprüfen zu lassen. Das ist äußerst wichtig, denn es geht um drei Menschenleben, die sich in höchster Gefahr befinden. Wir haben einen Zeugenhinweis, dass der von uns gesuchte Ford Transit in ein Gewaltverbrechen involviert ist. Von drei Leuten aus Ihrem Mitarbeiterkreis wurde mit an Sicherheit grenzender Wahrscheinlichkeit genau dieses Fahrzeug hier gesehen und hat unbekannte Zeit vor Ihrem Lager gestanden. Dann hat Ihr Lagerverwalter bereits den unerklärlichen Verlust von drei Toilettenstühlen und sechs Infusionsständern bestätigt. Das heißt, wir müssen davon ausgehen, dass der oder die Täter sich hier in Ihrem Lager bedient haben.«

»Frau Jürgens, ich habe Sie verstanden. Da will und muss ich unbedingt selber wissen, ob und gegebenenfalls was sonst noch fehlt. Und das so schnell wie möglich. Ich werde sofort entsprechende Maßnahmen in Zusammenarbeit zwischen unserer Buchhaltung und meinem Lagerverwalter veranlassen und Sie dann umgehend informieren.«

17. Kapitel

Nina war zur Dienststelle zurückgefahren. Kerstin hatte sie bereits informiert, dass sie die letzten Akten heute alleine auswerten müsste. Inzwischen hatten sich alle Kolleginnen und Kollegen von ihrem Einsatz zurückgemeldet und befanden sich beim Meeting mit Berts Stammteam, das selbst heute noch Befragungen von Unternehmern durchgeführt hatte. Es war schon frustrierend: Außer einem eventuellen Motiv war bei keinem etwas herausgekommen. Lediglich die Alibis mussten noch überprüft werden, was für diese Woche auf der Agenda stand. Aber viel Hoffnung, dass dabei noch etwas zutage treten würde, hatte niemand im Team.

Nina fragte die Ergebnisse der einzelnen Teams ab, die beim Altenstift in Carolinensiel im Einsatz gewesen waren, und notierte diese auf dem Flipchart. Außer dem einen Pfleger sowie Olga und Femke, mit denen Nina selbst schon gesprochen hatte, war keinem der Heimmitarbeiterinnen und -mitarbeiter etwas aufgefallen. Auch die Urlauber und Krankgemeldeten hatten nichts zur Aufklärung beitragen können. Ebenso blieb die Befragung einiger der Hausbewohner erfolglos.

Zwei abwesende Personen vom Pflegepersonal hatten die Teams nicht zu Hause angetroffen. Eine Pflegerin war mit ihren Kindern in den Ferien zu den Eltern gefahren, wie Nachbarn sagten. Diese war aber schon vor über zwei Wochen weg und hätte daher ohnehin nichts bemerken können. Und den vor etwa einer Woche krankgemeldeten Pfleger aus der Abteilung des Rauchers hatte das Team nicht zu Hause angetroffen.

Die junge Kollegin von heute Morgen mutmaßte, dass er beim Arzt gewesen sein könnte. »Eine Frau im Vorgarten des Nachbarhauses sagte, dass sie ihn schon einige Tage nicht gesehen hätte. Aber sie würde sich auch nicht ständig darum kümmern, was die vier Mietparteien im Nebenhaus treiben. Es sei denn, dass bei den jungen Leuten, die dort auch wohnen, mal wieder eine Party wäre. Aber da hätten unsere Kollegen ja schon so manchen nächtlichen Einsatz gehabt. Unser gesuchter Pfleger aber wäre ein ganz ruhiger Mann, mit dem sie hin und wieder schon mal ein Schwätzchen halten würde. Aber dass er krank sei, hätte sie nicht mitbekommen. Sie wollte aber nicht ausschließen, dass er heute früh schon zum Arzt ist, bevor sie mit den Arbeiten im Vorgarten angefangen hatte. Jedenfalls stände sein Auto nicht im Carport.«

»Rita, nach dem Meeting versuchst du es noch mal mit der Kollegin, den Mann telefonisch zu erreichen. Wenn der krankgeschrieben ist, kann man ja wohl grundsätzlich davon ausgehen, dass er sich überwiegend zu Hause aufhält. Falls ihr ihn wieder nicht erreicht, dann fahrt ihr nach der Mittagspause noch einmal hin. Solltet ihr ihn wieder nicht antreffen, hört euch auch in der erweiterten Nachbarschaft um und fragt bei dem Arzt nach, der auf der Krankmeldung steht. Der müsste gegebenenfalls davon wissen, wenn er sich an einem anderen Ort aufhält. Möglicherweise ist der Pfleger aber auch in irgendeinem Krankenhaus und die Nachbarschaft hat davon gar nichts mitbekommen, weil er direkt vom Arztbesuch da eingeliefert wurde.«

»Machen wir«, bestätigte Rita. »Wir werden den schon auftreiben.«

Das ist Rita – immer positiv drauf, engagiert und lösungsorientiert, dachte Nina. Die würde bestimmt eine gute Kommissarin werden, da hatte Bert recht und da war sich Nina auch inzwischen nach dem klärenden Gespräch unter vier Augen mit ihr absolut sicher.

Kaum war Nina in ihrem Dienstzimmer zurück, ging das Telefon. Der Heimleiter war am Apparat: »Frau Kommissarin, ich fasse es nicht. Es fehlt auch ein Karton mit Infusionsbesteck.«

»Fehlen denn auch Medikamente?«, wollte Nina wissen.

»Nein, da fehlt nichts. Arzneien dürfen gesetzlich nicht auf Vorrat gelagert werden. Die Medikamente der einzelnen Bewohner sind individuell verordnet und werden in den Stationen getrennt unter Verschluss gehalten.«

Für Nina stand eindeutig fest: Die Diebstähle standen mit dem gesuchten Transit in unmittelbarem Zusammenhang und damit auch mit dem Verschwinden von Bert und den Finanzbeamten.

»Können Sie mir mal helfen?«, fragte sie den Leiter des Altenstifts. »Ich bekomme das nicht überein. Ich habe aber auch zu wenig medizinische Kenntnisse. Wofür könnten der oder die Entführer die Stühle, Infusionsständer und das gestohlene Infusionsbesteck benutzen?«

Der Heimleiter dachte einen Moment nach. »Also, wir brauchen das gelegentlich, wenn zum Beispiel Krebspatienten im Endstadium künstlich ernährt werden müssen. Dann erhalten sie Nahrung und Flüssigkeit über Infusionen. Die zwei Todesfälle, von denen meine Assistentin an der Rezeption sprach, waren solche Fälle. Und beide verstarben an einem Tag, aber das war Zufall.«

»Dann haben Sie doch sicher auch mehr Infusionen dagehabt, als verbraucht wurden. Was passiert dann damit? Könnten die auch gestohlen worden sein?«

»Das weiß ich nicht und das müsste ich beim Personal nachfragen. Grundsätzlich müssen nicht verbrauchte Medikamente in den Lieferapotheken entsorgt werden. Das könnte in diesem Fall längst passiert sein.«

»Dann stell ich mir die Frage: Was will jemand mit den Infusionsständern, wenn er keine Infusionen hat?« Nina versuchte irgendeinen Sinn hinter dem Ganzen zu erkennen. Dann beantwortete sie sich die Frage aber auch gleich selbst: »Na klar, Medikamente und sicher auch Infusionen, so was bekommt man heute doch auch alles ohne Rezept über das Internet aus dem Ausland.«

»Das ist heutzutage kein Problem«, bestätigte der Heimleiter. »Aber für den Einsatz braucht man schon einige medizinische Vorkenntnisse. Das hat von meinem Personal auch nicht jeder. Ich denke jetzt einfach mal laut nach. Der oder die Entführer, von denen Sie sprachen, muss über eine solche Ausbildung verfügen, um zum Beispiel mit dem gestohlenen Infusionsbesteck überhaupt etwas anfangen zu können. So wie es sich darstellt, muss an den Diebstählen hier bei uns zumindest jemand von unserem Personal beteiligt gewesen sein. Ein Fremder hätte keine Möglichkeit gehabt, an den Schlüssel zu den Lagerräumen zu kommen. Konnten Sie denn mit Ihren Befragungen in meinen Abteilungen diesbezüglich schon etwas herausfinden?«

»Leider nein. Allerdings wird sich ein Mitarbeiter, der damit etwas zu tun hat, sicher nicht selbst outen. Außerdem haben wir ja nur nach Zeugen gesucht, die eventuell den Transporter gesehen oder beobachtet haben. Da war leider Fehlanzeige – außer in drei Fällen, denen wir aber schon nachgegangen sind.«

»Warten Sie mal eben. Ich versuche kurz zu klären, ob und gegebenenfalls was mit den Infusionen geschehen ist.« Kurz darauf war er wieder in der Leitung. »Tut mir leid. Der Mitarbeiter, der für solche Entsorgungen zuständig ist, hat sich seit etwa einer Woche krankgemeldet.«

»Wie heißt der denn?« Nina hatte so einen Gedanken.

»Siegfried Wirtz.«

»Interessant«, sagte Nina, »genau den konnten meine Leute heute zu Hause nicht antreffen. Aber wir prüfen noch, ob er vielleicht gerade beim Arzt war. Oder haben Sie eine Idee, wo er sich aufhalten könnte?«

»Ein sehr zuverlässiger Pfleger. Der hat sogar eine Ausbildung als Krankenpfleger und einige Semester Medizin studiert. Eine meiner besten Kräfte. Für den würde ich eigentlich meine Hand ins Feuer legen. Und wo er sich aufhalten könnte, außer zu Hause, keine Ahnung.«

Nina bedankte sich und beendete das Telefonat. Dann versuchte sie Rita, die mit der Kollegin schon unterwegs war, um Siegfried Wirtz zu dem Kleintransporter zu befragen, über das Funkgerät des Dienstwagens zu erreichen. Doch beide meldeten sich nicht. Dafür meldete sich Rita auf ihrem Handy, als Nina es da versuchte.

»Wir sind hier gerade in der Nachbarschaft unterwegs. Wirtz ist immer noch nicht zu Hause. Und von den Nachbarn, die wir angetroffen haben, konnte uns auch niemand etwas sagen, außer dass ihn wohl keiner in den letzten zwei Tagen gesehen hat. Auch sein Auto ist seitdem nicht mehr im Carport gewesen. Da ist gerade eine junge Frau in das Haus gegangen, in dem er wohnt. Da werden wir gleich noch mal nachfragen. Vielleicht hat die ja etwas mitbekommen.«

Nina dachte schon: Nicht, dass der uns auf einmal auch noch als vermisst gemeldet wird. Vielleicht hat der ja den Fahrer des Transits beim Stehlen erwischt und befindet sich deshalb jetzt auch in Gefahr. Oder er ist selbst der Fahrer des Transits und der gesuchte Entführer und Dieb. Aber dagegen sprach die Einschätzung des Heimleiters, der offensichtlich sehr große Stücke auf seinen Mitarbeiter hielt. Dennoch klärte sie bei der örtlichen Zulassungsstelle, ob ein Ford dieser Baureihe auf Wirtz angemeldet war, was sich allerdings nicht bestätigte.

Sie musste mit jemand darüber reden. Deshalb rief sie Sören an, der auch sofort zu ihr kam. Sie schilderte ihm die ganze Situation. Er war über den Verbleib seines langjährigen Kollegen und Freundes genauso besorgt wie Nina. Beide waren sich einig, dass noch in dieser Woche mit der polizeilichen Verstärkung aus Hannover zu rechnen war. Möglicherweise würde man Nina wegen ihrer engen Beziehung zu Bert sogar von dem Fall abziehen. Für die erfahrene Profilerin eine Horrorvorstellung, weil ihr das die Hände binden würde.

»Gehen wir mal die denkbaren Möglichkeiten durch, was der Entführer mit den gestohlenen Gegenständen vorhaben könnte.« Für Sören stand immer noch fest, dass sie es mit einem Einzeltäter zu tun hatten. Er bezog sich dabei auf seine Feststellungen, dass die Schleifspuren auf dem Waldboden nicht da gewesen wären, wenn es sich um zwei Kidnapper handeln würde. Die hätten Beckmann und auch Bert mit Sicherheit zum Verladen in den Wagen getragen. Es erschien ihm einfach absurd, anzunehmen, dass der eine das Opfer mühsam bis zur Ladefläche des Kleinlasters schleift und der andere nur zuguckt. Zumal ja im Wald auch Spaziergänger hätten vorbeikommen können, sodass der ganze Entführungsvorgang auch unter einem gewissen Zeitdruck gestanden haben musste.

Nina konnte sich dieser Logik nicht entziehen. »Okay«, stimmte sie zu, »also, wir suchen einen Täter.« In diesem Moment klingelte ihr Telefon.

»Ich besorg uns noch einen Kaffee«, sagte Sören und verließ ihr Dienstzimmer.

Am Telefon war der Unternehmer Gordon Heisterkamp. »Es tut mir leid, dass ich mich erst jetzt melde. Meine Schwiegermutter hat uns eben erst erreicht und ich habe schon mit meiner Sekretärin telefoniert. Sie hat mir gesagt, dass ich mich mit meinem Flug nach Großbritannien wohl höchst verdächtig gemacht habe. Sorry, ja, ich habe diesen Flug ganz bewusst verschwiegen, weil ich doch mit meinem Schwiegervater zum Angeln in den schottischen Highlands verabredet war. Ich habe aber auch nicht daran gedacht, dass ich mich damit so verdächtig machen würde.«

»Sie haben uns noch mehr nicht gesagt, Herr Heisterkamp«, antwortete Nina. Inzwischen war Sören mit dem Kaffee wieder da. »Übrigens, mein Kollege, Kriminalhauptkommissar Sören Nansen, hört gleich mit. Kleinen Moment, ich setze ihn mal eben ins Bild. Bleiben Sie bitte in der Leitung.«

Zu Sören sagte sie dann: »Gordon Heisterkamp, eigentlich einer unserer Hauptverdächtigen, von dem wir gedacht haben, dass er sich nach England absetzen wollte. Er meldet sich von dort.«

»Na klar, ich weiß, wer das ist«, bestätigte Sören. »Das war doch der, der vorgegeben hatte, in Ostfriesland spazieren gefahren zu sein, obwohl er sich den ganzen Abend in der Nähe des Tatortes aufgehalten hatte.«

»Nach den zwei neuen Entführungen kommt er als Täter ja wohl nicht mehr in Betracht, es sei denn, er hätte Komplizen. Dass er sich von selbst meldet, spricht ja dann aber doch wohl eher für ihn. Bin mal gespannt, was er uns zu sagen hat.«

Sören nickte zustimmend.

»Okay, Herr Heisterkamp, dann sagen Sie uns mal, wo Sie sich an besagtem Sonntagabend tatsächlich aufgehalten haben«, ging Nina die Sache direkt frontal an.

Für einen Moment war Schweigen in der Leitung. Heisterkamp überlegte fieberhaft. Damit hatte er nicht gerechnet, dass die Beamten herausbekommen würden, dass das mit seiner Spazierfahrt nicht gestimmt hatte.

»Hat Ihnen irgendetwas die Sprache verschlagen?«, wollte Nina wissen.

Dem Angesprochenen war inzwischen klar geworden, dass die Polizisten sich das Bewegungsprofil seines Handys besorgt hatten. Zumal sie nach seiner Handynummer auch gefragt hatten. Wenn er jetzt noch erzählen würde, dass das Auto von diesem Steuerfuzzi, wie er Helge Beckmann für sich nannte, sogar an ihm vorbeigefahren war, dann würde das den Verdacht gegen ihn noch erhärten. Zumal er sich sogar überlegt hatte, ob er dem im Wald nicht mal eine ordentliche Abreibung verpassen sollte. Aber das hätte einfach nicht seinem Niveau entsprochen.

»Sind Sie noch in der Leitung?«, fragte Nina erneut nach.

»Ja, ja«, erklang auf einmal eine etwas belegte Stimme. »Ich bin schon noch da, aber ich weiß nicht, wie ich es Ihnen sagen soll. Es ist sehr vertraulich.«

»Bei uns ist alles vertraulich, Herr Heisterkamp«, belehrte ihn die Kommissarin und konnte sich ein Schmunzeln nicht verkneifen. Sie ahnte bereits, in welche Richtung das gehen würde. Auch Sören zwinkerte ihr wissend zu. »Sie können offen sprechen.«

»Mir wäre vor allem wichtig, dass meine Frau das nicht erfährt.«

»Ich sagte ja schon, bei uns ist alles vertraulich«, beruhigte ihn Nina.

»Also, ich hatte ein Date mit meiner Sekretärin bei ihr zu Hause. Sie bewohnt mit ihrem Mann eine Villa in Angelsburg nicht weit vom Wittmunder Wald. Wir mussten aber abwarten, bis ihr Mann, er ist Arzt in einem Krankenhaus in Leer, zu seinem Bereitschaftsdienst unterwegs war. Mein Auto habe ich in einer nahe gelegenen Wohnsiedlung geparkt und dort auch stehen lassen, damit ihre Nachbarn nichts mitbekommen.«

»Das wird Ihre Sekretärin sicher bestätigen können, oder?« Nina war sich sicher, dass sie die Antwort schon kannte.

»Natürlich. Und dann wollte ich Ihnen noch sagen, dass ich morgen wieder zurück bin und mich bei Ihnen im Kommissariat melden werde.«

»Das ist gut, dann können Sie am besten gleich Ihre Sekretärin mitbringen und beide das Protokoll unterschreiben.«

»Bert hätte morgen für ihn Haftbefehl beantragt. Das hatte er schon mit der Staatsanwaltschaft abgesprochen«, informierte Nina im Anschluss an das Telefonat Sören.

»Nina, du hast die Nacht hier geschlafen, habe ich gehört«, zeigte sich dieser besorgt.

»Mir fällt zu Hause die Decke auf den Kopf. Ohne Bert …« Nina musste für einen Moment mit ihren Gefühlen kämpfen. »Außerdem bin ich hier gleich verfügbar, wenn etwas ist.«

»Du kannst gerne heute nach Dienstschluss mit zu uns nach Hause kommen«, bot Sören ihr an. »Da kannst du im Gästezimmer schlafen und hast am Abend jemand zum Quatschen. Meine Frau weiß schon Bescheid.«

»Danke, Sören, das ist lieb von euch. Aber ich muss heute Abend dringend nach Hause. Duschen und Klamotten wechseln. Ich komme schon klar.«

»Nina, sag Bescheid, wenn du Hilfe brauchst. Und das meine ich nicht nur dienstlich, sondern auch als Freund«, sagte Sören und drückte Nina kurz an seine breite Brust, was sie auch ohne Widerstand dankbar geschehen ließ.

***

Sören war kaum weg, da kamen Bernd und Silke und meldeten: »Für heute haben wir den letzten Termin mit den Unternehmern abgeschlossen. Nichts! Es ist wie verhext. Wir haben schon das Gefühl, dass wir im völlig falschen Teich fischen.«

»Ich frage mal bei den Kollegen in Frankfurt nach«, sagte Nina. »Wundert mich sowieso, dass wir von dort überhaupt nichts hören. Ihr könnt schon mal das gesamte Team zusammentrommeln, damit alle auf Sachstand sind. Ich komm nach meinem Telefonat dazu.«

Es war ein kurzes Telefonat. Die Kollegen in Frankfurt hatten eine ähnliche Meldung wie ihr Team, nämlich nichts. Jedenfalls nichts Verwertbares.

In der erfahrenen Kriminalistin kroch Verzweiflung hoch. Ein Gefühl, das ihr eigentlich fremd war. Es war aber auch das erste Mal, dass ein Mensch, der ihr so nahestand, für den sie echte

Gefühle empfand, in so großer Gefahr schwebte. Das ging auch an einer Polizistin nicht spurlos vorbei, und das erste Mal bekam sie Zweifel, ob sie in dieser Situation der Aufgabe überhaupt noch gewachsen sein würde.

Rita riss sie aus ihren Gedanken. »Melde mich zurück. Den Wirtz kann ich dir leider nicht mitbringen. Aber für mich steht inzwischen fest, bei dem ist was oberfaul.«

»Was meinst du damit?«

»Der ist seit Freitag vor einer Woche krankgemeldet.«

»Das stand auf der Krankmeldung. Habe ich gesehen. Was ist daran oberfaul?« Nina sah da keinen Zusammenhang.

»Wir haben mit der jungen Frau gesprochen, die gerade von der Arbeit nach Hause kam, als wir beide zusammen telefonierten. Sie ist in Umständen, arbeitet nur halbtags und ist die meiste Zeit zu Hause. Wirtz hat die Wohnung über ihr. Davon, dass er krankgeschrieben war, wusste sie nichts. Ihr war nur aufgefallen, dass er im Gegensatz zu sonst, wo er im Pflegeheim im Schichtdienst arbeitete, alle paar Stunden für einige Zeit wegfuhr und dazwischen offensichtlich zu Hause war. Sie hatte sich schon gefragt, ob er Urlaub hat oder vielleicht sogar seinen Job verloren hätte. Sie hat ihn wohl auch schon mal im Hausflur darauf angesprochen. Da hätte er sehr merkwürdig reagiert, obwohl er sonst eigentlich immer recht gesprächig gewesen sei. Und seit zwei Tagen ist weder sein Auto noch er wieder da gewesen. Das passt auch alles in den Zeitrahmen der Entführungen. Ich hab mir mal die Zeiten, an die sich die junge Frau erinnern konnte, notiert und die vorhin mit den Daten an unserer Pinwand verglichen.« Rita legte ihrer Chefin ein DIN-A4-Blatt mit den Vergleichsdaten hin.

»Rita, du hast recht. Aber woher hat die schwangere Nachbarin die exakten Angaben? So was merkt sich doch normalerweise kein Mensch.«

»Die junge Frau arbeitet beim Steuerberater. Zahlen und Daten sind ihre Welt, wie sie mir lachend erzählt hat. Ihr Küchenfenster und das Schlafzimmerfenster sind genau über dem Carport und wenn da der Motor gestartet wird, dann hört man das. Bei im Sommer geöffneten Fenstern sogar sehr laut, wie sie sagte. Und es sei schon nervig gewesen, dass der seit Sonntag letzter Woche jede Nacht und morgens früh auch schon wieder für eine Weile weg gewesen wäre. Da sei sie jedes Mal beim Wegfahren und Wiederkommen des Autos wach geworden, da sie seit der Schwangerschaft einen sehr leichten Schlaf hat. Und das Ganze hätte sich dann jeden Mittag und gegen Abend wiederholt, nur dass es nicht zur Schlafenszeit und somit nicht so störend für sie war. Jedenfalls war ihr und ihrem Mann dieses seit einer Woche doch recht komische und ungewohnte Verhalten ihres Nachbarn sehr merkwürdig vorgekommen.«

»Wir werden das Haus observieren. Du teilst gleich im Meeting die Teams ein. Vielleicht haben wir Glück und er taucht wieder auf.«

Verflogen waren die Selbstzweifel. Nina wusste auf einmal, was sie gerade in dieser Situation so deprimiert hatte. Sie fühlte sich zur Untätigkeit verdammt. Mit allem konnte sie umgehen, aber so was fiel ihr schwer.

Sie informierte die Kolleginnen und Kollegen über den aktuellen Sachstand. »Rita wird euch gleich zur Rund-um-die-Uhr-Observation einteilen. Wer nicht eingeteilt ist, hält sich in Rufbereitschaft. Die Nachtschicht übernimmt das Stammteam. Ich werde mit Rita von zweiundzwanzig bis zwei Uhr machen, dann lösen uns Silke und Bernd bis sechs Uhr ab. Wir nehmen nur zivile Dienstwagen. Aus Sicherheitsgründen für alle im Einsatz Schutzausrüstung. Sören ist zwar davon überzeugt, dass wir es mit einem Einzeltäter zu tun haben. Aber man kann nie wissen. Bert würde an dieser Stelle sagen: ›Man hat schon Pferde vor der Apotheke kotzen sehen.‹«

In diesem Moment huschte ein Lächeln über ihr Gesicht. Sie war wieder die Alte. Selbst der emotionale Gedanke an Bert konnte sie jetzt nicht mehr stoppen. Sie war wie die Leitwölfin eines Wolfsrudels, die Witterung aufgenommen hatte.

»Ich werde gleich noch in Carolinensiel vom Heimleiteiter der Pflegeeinrichtung ein Bild von Siegfried Wirtz aus der Personalakte besorgen und euch auf den Messenger schicken. Rita, nach der Einteilung kommst du noch mal kurz zu mir, bevor ich nach Caro fahre. Auf geht's Leute, Action! Und seid mir vorsichtig. Der scheint lautlos zu arbeiten. Ihr wisst, dass wir davon ausgehen, dass er Bert auch mit einem Elektroschocker außer Gefecht gesetzt hat. Und das will schon was heißen. Also noch mal, höchste Konzentration und Aufmerksamkeit!«

Kurz darauf meldete sich Rita. Nina hatte mit ihr noch einige Absprachen zu treffen. »Wenn ich von Caro zurück bin, muss ich erst mal unter die Dusche und dann brauche ich noch eine Mütze Schlaf. Also hol mich um einundzwanzig Uhr dreißig bei Berts Wohnung ab.«

Dann war Nina unterwegs. Die junge, aufstrebende Kollegin rang ihr immer mehr Respekt ab. Und auf einmal wusste sie auch, warum ihr Eifersuchtsteufelchen sie so aufgestachelt hatte. Rita saß schon mal der Schalk im Nacken und zudem war sie außergewöhnlich schlagfertig. Und da war es schon des Öfteren vorgekommen, dass sie auch ihren Chef mit einem zwinkernden Auge angelächelt hatte. Aber wenn Nina genau darüber nachdachte, das machte Rita bei Bernd und Sören auch. Das war einfach ihre Art, optimistisch, fröhlich und auch kumpelhaft mitreißend.

Nina war beim Altenstift angekommen. An der Rezeption saß die gleiche Dame, die sie schon kannte. »Sie wollen zum Chef?«, wurde sie schon in Empfang genommen. »Da haben Sie Glück. Eigentlich wollte er schon zu Hause sein, aber dann hatten wir mal wieder einen Notfall im Haus und das bringt, bei aller Routine, doch immer ein wenig Aufregung. Aber inzwischen war schon der Notarzt und der Rettungstransportwagen da. Er ist in seinem Büro. Sie kennen sich ja mittlerweile aus.«

»Na, Sie werden ja hier schon langsam zum Dauergast«, wurde Nina vom Leiter begrüßt.

»Also damit möchte ich mir nicht nur noch ein paar Jährchen, sondern noch ein paar Jahrzehnte Zeit lassen«, war ihre schlagfertige Antwort, was auch zeigte, sie war wieder zurück im Leben und im Einsatz. Aber dann wurde sie ernst: »Ich brauche mal einen Einblick in die Personalakte von Siegfried Wirtz.«

»Benötigen Sie dazu nicht einen richterlichen Beschluss?«

»Unter normalen Umständen ja. Es sei denn, es ist Gefahr im Verzug. Und hier müssen wir davon ausgehen, dass sich drei Menschen in höchster Lebensgefahr befinden.«

»Aber der Siggi bringt doch niemand um! So eine Seele von Mensch und immer hilfsbereit. Immer ein freundliches Wort für die Bewohner, bei denen er sehr beliebt ist.«

»Wer kann anderen Menschen schon wirklich hinter die Stirn schauen? Darum bemühen sich selbst Psychologen oft vergebens. Also, bitte die Akte.« Nina wurde langsam ungeduldig. Das von dem Menschen, der keiner Fliege was zuleide tun kann, hatte sie in ihrer kriminalistischen Laufbahn schon viel zu oft gehört.

Als Erstes machte sie vom Passbild des Gesuchten mit ihrem Smartphone ein Foto und schickte es sofort per Messenger an die Kollegen. Dann beschäftigte sie sich mit seiner Vita.

»Der kommt aus Frankfurt?« Bei ihr gingen sämtliche Alarmsirenen an. »Hier steht, wie Sie schon am Telefon sagten, dass er nach seinem Abitur eine Ausbildung zum Krankenpfleger gemacht hat. Auch im OP und in der Intensivmedizin war er ausgebildet und im Einsatz. Dann hat er ein paar Semester Medizin studiert. Wieso ist der nicht gleich ins Studium gegangen und hat zu Ende studiert?«

»Er hat mir erzählt, dass seine Abi-Noten für eine direkt anschließende Immatrikulation leider nicht ganz gereicht hätten. Daher hat er erst die Ausbildung zum Krankenpfleger gemacht und sich als solcher auch während des Studiums sein Geld verdient, vorwiegend mit Nacht- und Wochenenddiensten im Krankenhaus.«

»Und dann steht hier, dass er sich selbstständig gemacht hat und dies wegen eines Burnouts aufgeben musste. Danach war er einige Zeit sogar arbeitslos und hat ein paar Monate als Hilfstierpfleger im Frankfurter Zoo gearbeitet.«

»Da sprach er nicht gern drüber. Und man muss Menschen, die schon mal ein Burnout erlitten haben, auch nicht ständig wieder an diese Zeit erinnern. Damit kann man mehr Schaden anrichten, als zu helfen. Es sei denn, dass diese von sich aus darüber erzählen.«

»Und das hat Siggi, wie Sie ihn nennen, nicht gemacht?«

»Na ja … Ich bin übrigens nur mit ganz wenigen Mitarbeitern per Du. Mit Siggi hat sich das mal bei einem Grillnachmittag für unsere Bewohner so ergeben. Sie kennen das ja sicher, da machen dann ein paar Bier schon mal die Zunge locker.«

»Aber da hat er auch nichts erzählt?«, blieb die Polizistin hartnäckig.

»Ich habe ihm nur so viel entlocken können, dass er sich wohl auch eine Zeit lang in psychiatrischer Behandlung befunden hat. Aber Details hat er nicht rausgelassen und mir ist dabei nicht entgangen, dass ihn immer noch irgendetwas belastet, worüber er aber noch nicht sprechen kann. Ich bin kein Psychologe und habe es dann lieber dabei belassen. Zumal er hier bei uns, wie ich schon wiederholt sagte, einer meiner besten Leute ist und immer äußerst zuverlässig seinen Dienst verrichtet hat.«

»Was für ein Auto fährt Herr Wirtz?«, wollte Nina dann noch wissen.

»Einen dunkelblauen Opel Corsa. Die Autonummer müsste in der Akte stehen.«

Nina kopierte sich die Daten und noch einige wichtige Seiten mit dem Handy aus der Akte. Anschließend bedankte sie sich. Bevor sie sich mit dem Wagen auf den Weg nach Hause machte, veranlasste sie noch die Fahndung nach dem blauen Corsa. Dann freute sie sich auf die Dusche und ein paar Stunden Schlaf. Kaum dass sie im Bett lag, holte sich ihr Körper sein Recht und zum ersten Mal seit Berts Verschwinden versank sie in erholsamen Tiefschlaf.

Um einundzwanzig Uhr riss sie der Wecker aus ihren Träumen. Sie wusste nur noch, dass darin auch das Häuschen in Caro vorgekommen war. Der Rest blieb im wabernden Traumnebel. Sie belegte sich ein paar Brote, von denen sie nebenbei auch gleich zwei aß. Erst jetzt merkte sie, wie ausgehungert ihr Körper war. Die restlichen Brote packte sie in einen Behälter. Dann machte sie noch eine Thermoskanne voll Kaffee und packte zwei Becher ein. Solche Observationen, auch bei Nacht, hatte sie in ihrer Polizeilaufbahn schon viele gemacht.

Pünktlich wurde sie abgeholt und war dann mit Rita, die den Weg zur Wohnung des Gesuchten ja bereits kannte, im zivilen Dienstwagen auf dem Weg nach Carolinensiel.

Als sie sich der Wohnsiedlung näherten, wurde Nina auf einmal ganz flau im Magen. Sie waren gerade an Gerda Hinrichs Haus vorbeigefahren und in diesem Moment passierten sie das Häuschen, in das sie mit Bert ab Oktober einziehen wollte. Sie konnte einen unwillkürlichen Seufzer nicht vermeiden.

»Ist was?«, fragte Rita nach einem Seitenblick auf ihre Chefin.

»Wir sind gerade an dem Haus vorbeigefahren, wo Bert und ich demnächst einziehen wollen.«

»Ach du Scheiße!«, entfuhr es der Fahrerin. »Dann wird der ja fast ein Nachbar von euch. Da vorne stehen schon die Kollegen.«

Nina musste einen Augenblick mit sich kämpfen. Aber jetzt war keine Zeit für Sentimentalitäten und sie rief sich zur Disziplin. Die Übernahme erfolgte ohne Probleme. Es war alles ruhig gewesen.

»Schöne Wohngegend«, stellte Rita fest. »Nur die eine Nachbarin scheint es nicht so mit jungen Leuten zu haben, die schon mal gern Party machen. Jedenfalls machte die junge Frau, die jetzt ihr erstes Kind erwartet, nicht den Eindruck wie ein randalierendes Partygirl. Aber da, wo ich wohne, ging vor Kurzem auch richtig was ab. Da standen vor der Tür mehrere Schilder mit dreißig drauf. Zum Teil richtige Kunstwerke. Das ging dann schon am Vorabend hoch her, als die Freunde und unmittelbaren Nachbarn die Schilder aufstellten. Und das war erst der Auftakt. Ich kam gerade zufällig vorbei und die Jubilarin wusste, dass ich ein paar Häuser weiter wohne. Und schon war ich mittendrin. Dann wurde ich auch gleich für den eigentlichen Geburtstag mit eingeladen. War toll. Aber auch sehr laut und bis in den frühen Morgen. Da hat aber keiner der Nachbarn unsere Kollegen von der Streife kommen lassen.«

»Die waren bestimmt alle mit auf der Fete?«, vermutete Nina, die das in Ostfriesland auch schon miterlebt hatte. Sicher würden sie im Oktober auch einen Willkommenskranz über der Tür haben. Dafür würde schon Gerda, die ja nur ein paar Häuser weiter wohnte, sorgen. Oh mein Gott, schoss es ihr durch den

Kopf, was wird daraus nur werden, wenn Bert etwas passiert sein sollte? Bevor sich aber wieder schwermütige Gedanken bei ihr einschleichen konnten, wurde ihre Aufmerksamkeit von einem Scheinwerferpaar abgelenkt, das in der verkehrsberuhigten Straße langsam näher kam und immer um die Ausbuchtungen herumkurvte und bei den in das Pflaster eingelassenen Schwellen kurz auf und ab wippte. Das Auto fuhr dann aber an ihnen vorbei und verschwand. Sie standen mit ihrem Wagen in einer Parkbucht, zwischen zwei Pflanzinseln, etwa fünfzig Meter von dem Haus des Gesuchten entfernt und vor einem etwas herrschaftlich wirkenden, weiß verklinkerten Haus, mit zwei Säulen und einem vorgebauten Giebel. Alle Rollläden waren unten.

»Die sind wohl im Urlaub, da waren auch schon den Tag über die Rollläden unten«, sagte Rita. »So was ist ja, gerade in der Urlaubszeit, schon fast eine Einladung für gewisse Leute. Also wer sich so eine Hütte leisten kann, der sollte doch auch noch ein paar Euro für automatische Rollläden übrig haben und zumindest an der Vorderfront tagsüber die Jalousien offen halten.«

»Oder liebe Nachbarn haben, die das abends und morgens übernehmen«, pflichtete Nina ihr bei. »Eine wirklich ruhige Wohngegend, wo Bert und ich hinziehen werden.« Allein der Gedanke versetzte ihr wieder einen Stich. Deshalb versuchte sie sich abzulenken: »Ich glaube, wir könnten jetzt einen Kaffee vertragen.«

Nachdem sie ihren ersten Schluck aus Ninas mitgebrachten Bechern getrunken hatten, fragte Rita: »Macht es dir was aus, wenn ich dich mit einigen Fragen zum Wechsel in den gehobenen Polizeidienst nerve? Dazu haben wir im Dienst ja sonst kaum Gelegenheit. Und das beschäftigt mich in der letzten Zeit doch sehr. Ich möchte ja auch gerne alles richtig und mit einem guten Ergebnis machen.«

Nina war das sogar sehr recht. So wurde sie doch etwas von den trübsinnigen Gedanken abgelenkt, zumal sich draußen absolut nichts tat. Aber das konnte ja auch die Ruhe vor dem Sturm sein. Im Moment fetzten sich zwei Katzen vor dem observierten Haus, schrien wie Kinder und machten die akrobatischsten

Drohgebärden, bevor sie wie geölte Blitze in einem der Gärten verschwanden.

Rita überließ wirklich nichts dem Zufall, wie Nina aus ihren Fragen erkennen konnte. Geduldig stand sie ihr Rede und Antwort. Plötzlich brach die wissbegierige junge Kollegin mitten im Satz ab. Sie hatte von der Fahrerseite den Rückspiegel im Auge. »Hinter uns ist ein Auto ohne Scheinwerfer in die Straße eingebogen. Es fährt in eine Einfahrt rein … Nein, es wendet … Der Wagen steht jetzt gegen die Fahrtrichtung, aus der er gekommen ist.«

Nina hatte sich inzwischen umgedreht und sah, wie links und rechts zwei männliche dunkel gekleidete Gestalten aus dem Auto ausstiegen. Der eine mit einer großen Tasche. Sie hatte ihre Scheibe runtergelassen. Ein Zuschlagen der Türen, wie man es eigentlich hätte erwarten können, war nicht zu hören. Dann verschwanden die beiden Typen zwischen zwei Häusern, rechts von dem weiß verklinkerten Haus, vor dem sie standen.

»Hast du das gesehen?«, fragte Rita. »Die haben doch bestimmt irgendwas vor und ganz sicher nichts Gutes.« Die beiden Kriminalistinnen mussten an ihr vorheriges Gespräch zum Thema Gebäudesicherheit im Urlaub denken.

»Das hat uns gerade noch gefehlt. Ein Einbruch hier vor unserer Nase. Und dann kommt unser Mann und wir sind enttarnt.«

»Für mich ist das eindeutig. Wir haben uns ja heute etwas umgeschaut. Hier stehen an einigen Häusern ein paar Hecken, aber hinten scheinen auch die meisten Grundstücke offen zu sein, genau wie die Vorgärten. Die wollen hier in einem der Häuser einen Bruch machen. Wahrscheinlich sogar das Haus, vor dem wir stehen. Da wohnen nämlich bestimmt keine Armen. Und ihr Auto haben sie da vorne schon in Fluchtrichtung stehen lassen.«

Nina alarmierte die Bereitschaft im Kommissariat und gab Anweisung, ohne Blaulicht und Sirene hierher zu kommen und die Zufahrtsstraßen zu dieser Wohnstraße nur zu sichern, ohne sie abzusperren. Sie hoffte, dass Wirtz nicht gerade jetzt zu seiner Wohnung wollte.

»Da können wir wirklich nur hoffen, dass unser Gesuchter nicht gerade jetzt um die Ecke biegt«, schien Rita ihre Gedanken erraten zu haben.

Die beiden Polizistinnen hatten ihren Wagen verlassen und waren dahinter in Deckung gegangen. Alles war ruhig. Aus einem der Häuser, bei denen wegen der sommerlichen Nachtwärme einige Fenster offen standen, erklang ein schnarchendes Geräusch, was dann aber gleich wieder erstarb. Auch die Katzen schienen noch irgendwo durch die Gärten zu toben. Dann plötzlich ein dumpfes Geräusch und man hörte deutlich Glas splittern. Aber es war nicht genau zu orten, von wo dieses Geräusch herkam.

»Das hörte sich an, als wenn jemand mit einem Hammer eine durch Stoff gedämmte Scheibe eingeschlagen hätte«, stellte Nina fest. »Ich fürchte, wir haben die Kollegen nicht umsonst herbemüht.«

Danach war wieder alles absolut ruhig. Es verging kaum eine viertel Stunde, da meldeten die Kollegen auf Ninas Handy, dass sie in Position seien. Es verging noch mal eine gute halbe Stunde. Sie hatten inzwischen die Verstärkung von zwei Kollegen bekommen. »Wir haben das Auto da vorne mit einer Wegfahrkralle gesichert. Der Wagen steht mit dem geklauten Kennzeichen bei uns auf der Fahndungsliste«, meldete der eine.

Dann ging auf einmal alles ganz schnell. Plötzlich tauchten die beiden dunkel gekleideten Typen tatsächlich neben dem weißen Haus auf. Jeder schleppte zwei schwere Taschen. Sie gingen in die Richtung, wo ihr Auto stand, als sie von den zwei Polizisten der Bereitschaft gestellt wurden. Der eine Ganove wollte gerade in die andere Richtung fliehen, wo er aber von Nina und Rita gestoppt wurde. Beide Einbrecher waren sogar bewaffnet, wurden aber von der schnellen Aktion völlig überrascht. Deswegen kamen sie auch nicht dazu, ihre Waffen zu ziehen, zumal sie ja auch ihre Hände voll hatten.

Ein kurzer Blick in die Taschen zeigte, dass sie es offensichtlich auf hochwertige Elektronik abgesehen hatten. Noch während die Handschellen klickten, orderte Nina schon die Kollegen, die die Zufahrten gesichert hatten, herbei, und im Nu war der ganze Spuk vorbei. Nur das Auto der Gangster sollte erst am nächsten Morgen abgeholt werden. Nina wollte hier für die Observation freie Bahn haben. Es hatte sich aber, wie die Kollegen berichteten, in der Zwischenzeit kein anderes Fahrzeug dem gesicherten Bereich genähert, worüber Nina heilfroh war. Denn das war ihre größte Befürchtung gewesen, dass Wirtz durch die Aktion gewarnt worden wäre.

»Irgendwann muss der doch mal wieder nach Hause kommen«, konnte sie ihre Ungeduld kaum zügeln. Sie hatte sich inzwischen mit Rita die geschmierten Brote geteilt und auch der Kaffee ging langsam zur Neige, als Silke und Bernd zur Ablösung kamen. Die hatten von den Ereignissen der Nacht schon in der Dienststelle erfahren.

»Da sind euch ein paar alte Bekannte ins Netz gegangen, die schon seit einiger Zeit auf der Fahndungsliste standen«, berichtete Bernd. »Der eine hat schon mal einen Kollegen bei der Festnahme angeschossen und ist einschlägig vorbestraft. Aber wie das so ist, irgendwann wieder Resozialisierung, Freigang und weg war er, bevor er seine Strafe vollständig abgesessen hat.«

»Na, da werden jetzt noch ein paar Jährchen dazukommen«, ergänzte Silke mit einem zufriedenen Lächeln.

Am liebsten wäre Nina auch weiterhin dageblieben, hatte sich dann aber doch von ihren Leuten überzeugen lassen, dass sie dringend ihren Schlaf brauchte. Jetzt lag sie im Bett und ihre Gedanken waren nur bei ihm, bis sie schließlich doch der Schlaf übermannte.

18. Kapitel

Nach einer kurzen, unruhigen Restnacht hatte es Nina schon wieder früh aus dem Bett getrieben und sie saß bereits eine halbe Stunde vor ihrem offiziellen Dienstbeginn wieder an ihrem Schreibtisch. Die Nacht war ruhig geblieben, fast schon wie befürchtet. Ihr Wunsch, dass Wirtz sich bei seiner Wohnung blicken lassen würde, hatte sich nicht erfüllt. Sie wusste nicht, ob sie das nun als ein gutes oder schlechtes Zeichen für die Entführten werten sollte.

Schnell ging sie die E-Mail-Eingänge durch. Da war eine Eilmeldung von den Kollegen aus Frankfurt. Sie glaubte ihren Augen nicht zu trauen. Die waren wohl tatsächlich fündig geworden. Beckmann war vor zwei Jahren einem Spielhallenbetreiber wegen Geldwäsche auf die Spur gekommen und hatte dies an die zuständige Polizeidienststelle gemeldet. In diesem Zusammenhang wurden bei den Ermittlungen noch andere Delikte aus dem Bereich Drogenhandel und Prostitution aufgedeckt. Bevor Nina weiterlesen konnte, wurde sie von Rita unterbrochen.

»Das Team ist schon versammelt, bis auf die Kollegen, die im Moment observieren«, meldete sie.

»Gleich, Rita. Warte einen Moment. Wir haben gestern Abend noch eine wichtige E-Mail aus Frankfurt bekommen. Aber wir waren ja nicht mehr hier. Das müssen wir unbedingt erst lesen. Das scheinen ganz wichtige Informationen für unseren aktuellen Fall zu sein. Du kannst gleich mitlesen.«

Dann las sie weiter, dass der Clan-Chef seitdem im Gefängnis saß. Aber die Söhne schienen das Geschäft unter neuem Deckmantel unbeeindruckt weiterzuführen. Deswegen waren bereits verdeckte Ermittler im Einsatz. Nina fiel ein, dass Bert davon schon gesprochen hatte, von den Kollegen dort jedoch noch keine konkreten Informationen vorgelegen hatten. Und jetzt hatten die gemeldet, dass in internen Familientreffen auch von einem Finanzbeamten Beckmann die Rede gewesen sei, den man wohl schon vergeblich versucht hatte, in Frankfurt zu finden, um sich an ihm zu rächen. Inzwischen war aber im Clan bekannt geworden, dass er nach Wittmund in Ostfriesland gegangen war.

Rita hatte bis dahin mitgelesen und sagte: »Da haben wir ja mal ein echtes Motiv. Hoffentlich haben wir nicht schon einen Auftragskiller hier.«

»Sieht fast so aus«, sagte Nina, die bereits weitergelesen hatte. »Einer der Clan-Mitglieder macht zurzeit mit seiner Familie und Hund im Wohnmobil in Carolinensiel-Harlesiel Urlaub. Die Kollegen in Frankfurt wissen jetzt nur noch nicht, ob der schon direkt auf Beckmann angesetzt ist oder ihn nur für den Einsatz eines Profikillers observieren soll.«

»Dann wäre unser Altenpfleger ja entlastet«, meinte Rita.

»Das müssen wir unbedingt so schnell wie möglich klären. Die Fahndung nach seinem Corsa bleibt bestehen. Und wir machen uns mit drei Teams in zivilen Einsatzfahrzeugen auf den Weg zum Campingplatz in Harlesiel. Du ermittelst bei der Platzverwaltung seinen Stellplatz und ich informiere unsere Kollegen im Meetingraum.«

Nina ging zu den Kollegen und veranlasste die entsprechenden Maßnahmen. Vorsichtshalber hatte sie für den Einsatz wieder Schutzbekleidung angeordnet. Sie würde mit Rita allein zu dem Wohnmobil gehen und die beiden begleitenden Teambesatzungen sollten sich im Hintergrund aufhalten und notfalls sichern. Nina wollte einen großen Aufmarsch vermeiden, denn sie wollte keine Feriengäste in Gefahr bringen. Dass der Typ aus dem Frankfurter Milieu gleich um sich schießen würde, davon ging sie nicht aus. Deswegen hatten sie und Rita auch nur Schutzwesten unter ihre Jacken angezogen. Heute würde das noch nicht einmal auffallen, denn es schien zwar die Sonne, aber es war nicht so heiß wie in den vergangenen Tagen.

Dann waren sie unterwegs. Rita hatte sich genau die Position des Wohnmobils beschreiben lassen. Es stand ziemlich nah an einem Fußgängerdurchgang, was für ihr Vorhaben von Vorteil war. Rita ließ den Wagen einfach am Straßenrand neben der Umzäunung stehen, und Nina und sie gingen zu Fuß die paar Schritte zu dem Wohnmobil. Unter einem kleinen Zeltvordach saßen ein Mann, etwa dreißig, ein südländischer Typ, eine Frau mit blonden

Haaren, wobei Nina nicht einschätzen konnte, ob es echt war, und ein kleines dunkelhaariges Kind beim Frühstück. Daneben lag angeleint ein Rottweiler.

»Sie sollten Ihr Auto besser da wegfahren«, sprach sie der Mann lachend an. »Wenn Sie Pech haben, lässt Sie die Polizei abschleppen. Sie stehen nämlich genau vor der Feuerwehreinfahrt.«

Der Mann schien das wirklich ernst und freundlich zu meinen und wie ein Verbrecher sah er auch nicht aus.

»Wir sind von der Polizei und haben nur ein paar Fragen, dann sind wir auch schon wieder weg und stören Sie nicht weiter bei Ihrem Frühstück«, sagte Nina freundlich und zeigte ihren Ausweis.

»Na, sieh an, die Polizei, dein Freund und Helfer. Was haben Sie denn für Fragen?«

Nachdem Nina die Personalien geklärt hatte, sagte sie: »Im Zusammenhang mit einer unserer Ermittlungen ist ein Hinweis mit Ihrem Namen aufgetaucht. Das möchten wir auch in Ihrem Sinne klären.«

»Um was für Ermittlungen geht es denn da? Müsste ich dazu meinen Anwalt bemühen?«

»Das glaube ich nicht, denn wir befragen Sie hier nicht als Beschuldigten«, klärte Nina ihn auf, obwohl seine Frage nach dem Anwalt sie misstrauisch gemacht hatte. Das war sicher keine Frage eines unbedarften Bürgers. Es sei denn, der hätte zu viele Krimis im Fernsehen gesehen.

»Okay«, sagte der Camper. »Wir können gerne in meinen Wagen gehen.«

»Ich glaube, das ist gar nicht notwendig«, wiegelte Nina ab. »Wir würden nur gerne wissen, wo Sie sich am Sonntagnachmittag und -abend vor einer Woche aufgehalten haben.«

»Das kann ich Ihnen ganz genau sagen. Sonntagnachmittag befand ich mich in einem Flieger aus New York im Landeanflug auf Frankfurt. Warten Sie, ich glaube, das kann ich Ihnen sogar beweisen.« Er stand auf, öffnete eine Klappe an seinem komfortablen Wohnmobil und zog einen leeren Koffer heraus.

»Da, sehen Sie. Das ist die Banderole von der Gepäckabfertigung in New York.«

Nina schaute sich das an. »Kann ich mir davon ein Foto mit dem Handy machen?«

»Von mir aus können Sie die auch mitnehmen. Ich brauche sie nicht mehr.« Er riss die Banderole auf und gab sie ihr.

»Danke«, sagte Nina. »Dann sind wir auch schon wieder weg.«

»Würde mich aber trotzdem mal interessieren, in welchem Zusammenhang Sie mir die Frage gestellt haben. Hat das etwas mit den Suchmeldungen nach diesen beiden Finanzbeamten zu tun?«

»Ich denke, Sie kennen das sicher auch aus Frankfurt und den Medien. Dazu können wir aus ermittlungstaktischen Gründen nichts sagen.«

Die beiden Polizistinnen gingen wieder zu ihrem Wagen und machten sich auf den Rückweg.

»Also, für die Entführung von Beckmann und Grundmann kommt der jedenfalls nicht infrage. Bei Bert wäre es wohl auch nur theoretisch möglich«, resümierte Rita.

»Es sei denn, er hat sich mit seinem Mobil zu der Zeit hier in der Gegend woanders aufgehalten«, warf Nina ein. »Aber das glaube ich auch nicht wirklich, zumal er für die Entführung von Beckmann wirklich nicht in Betracht kommt. Deswegen habe ich das jetzt auch so schnell abgebrochen. Wir sollten uns wieder auf den Krankenpfleger konzentrieren. Auch wenn nicht auszuschließen ist, dass der Frankfurter doch hier gerade für die Rache seines Clans die Lage sondiert. Von der Entführung hat er zumindest gewusst.«

Als der kleine Tross der drei Einsatzfahrzeuge gerade auf den Hof des Kommissariats in Wittmund einfuhr, kam ihnen Sören mit seinen Leuten mit Blaulicht entgegen.

Sören hielt kurz an. »Da ist jemand bei Burhafe vor den Zug gelaufen. Der Zugführer war sich nicht sicher, ob da nicht Fremdverschulden dabei war, denn er hatte einen Mann mit dem Toten kämpfen sehen. Den hat eine Streifenbesatzung von uns schon festgenommen. Es ist bei der Bahnüberführung der Straße von Abens nach Hammerichhausen. Rettungswagen und Notarzt sind schon vor Ort.«

»Oh mein Gott, uns bleibt aber auch nichts erspart.« Nina hatte gehofft, sich jetzt voll auf die Entführungen konzentrieren zu können. Stattdessen saß sie wieder mit Rita im Wagen und sie waren in Richtung Burhafe unterwegs.

»Abens, Hammerichhausen, bin ich noch nie gewesen«, sagte Rita. »Weißt du, wo das genau ist?«

»Einfach der Esenser Straße bis Abens weiter folgen, da geht es dann rechts ab. Das kann man gar nicht verfehlen«, klärte Nina sie auf. »In Hammerichhausen war ich aber auch noch nie.«

Es dauerte nicht lange, dann hatten sie die Abbiegung erreicht, und hinter einer leichten Linkskurve sahen sie auch schon die ganzen Blaulichter von Feuerwehr, Rettungsdienst und von ihren Kollegen. Rita fuhr bis zum Bahnübergang vor, auf dem der Zug stand. Nina sah Sören im Gespräch mit einem Mann und ging zu ihm.

»Das ist der Zugführer. Er hat gesehen, wie der Mann, den wir da im Einsatzwagen sitzen haben, mit dem anderen Mann kämpfte, den er dann überfahren hat.«

Nina sah, dass der Zugführer kurz davor war zu kollabieren. Aber auch Sören war das nicht entgangen und er fing ihn auf, bevor er zu Boden stürzen konnte. Im Nu waren auch schon zwei Sanitäter mit einer Trage da, die sie für den Überfahrenen nicht mehr brauchen würden. Dann kam auch der Notarzt, der nach dem Toten gesehen hatte.

»Da gibt es nichts mehr zu helfen. Das ist nur noch etwas für die Gerichtsmedizin«, sagte er und kümmerte sich um den Zugführer, dem er eine Spritze gab.

»Kann ich ihm noch ein paar Fragen stellen, bevor Sie ihn ins Krankenhaus bringen lassen?«, fragte Nina den Arzt.

»Eigentlich nicht.«

»Geht schon wieder, Herr Doktor«, sagte der Mann auf der Bahre. Dann schilderte er kurz, was er gesehen hatte, bevor ihn die Sanitäter zum Rettungstransportwagen brachten.

Nach seiner Schilderung waren plötzlich, ungefähr fünfzig bis hundert Meter vor dem auf schnurgerader Strecke mit relativ hoher Geschwindigkeit fahrenden Zug, die beiden Männer aus dem Gebüsch aufgetaucht und es gab eine Rangelei auf den Gleisen. Kurz vor dem Zusammenprall sei dann der festgenommene Mann im letzten Moment zur Seite gesprungen.

Nina ging zu dem Einsatzfahrzeug, um mit dem vorläufig Festgenommenen zu sprechen. Man hatte ihm einen Becher mit Wasser hingestellt und er war gerade mit zittrigen Händen dabei, diesen an den Mund zu führen. Nina setzte sich ihm gegenüber an den kleinen Klapptisch und fragte ihn, was passiert sei.

Da sprudelte es aus ihm heraus: »Das habe ich schon versucht, Ihren Kollegen klarzumachen. Ich habe den Mann nicht vor den Zug gestoßen. Im Gegenteil, ich wollte ihn retten. Aber der hat sich dagegen gewehrt und mir sogar ins Gesicht geschlagen. Der wollte vor den Zug springen. Mir gehören hier die Äcker und Weiden auf der anderen Seite der Buschreihe und ich war gerade dabei, mit meinem Traktor das gemähte Gras zu wenden. Da kam der Mann über die Wiese gelaufen und lief auf die Buschreihe neben den Gleisen zu. Ich wusste, dass jeden Moment der Zug nach Esens kommen musste, und bin dem Mann hinterher. Da hatte er die Büsche aber schon erreicht und es war mir klar, was er vorhatte. Also habe ich versucht ihn festzuhalten, was mir aber leider nicht gelungen ist. Und jetzt behauptet der Zugführer, ich hätte den Mann auf die Gleise vor den Zug gestoßen.«

»Na, so hat er es mir nicht gesagt«, beruhigte ihn Nina. »Er sprach von einer Rangelei und dass Sie im letzten Moment vor dem Aufprall zur Seite gesprungen wären.«

»Genauso stimmt es auch. Ich bin sogar neben die Gleise gestürzt, habe mich aber dabei wohl nicht ernsthaft verletzt.«

»Wo kam denn der Mann her?«, fragte Nina.

»Der ist mit seinem Auto vom Bahnübergang gekommen, hat dann am Straßenrand angehalten, ist ausgestiegen und zurückgerannt. Aber wie gesagt nicht zum Bahnübergang, sondern quer über die Wiese auf die Büsche zu. Dadurch ist mir das ja so komisch vorgekommen. Im Übrigen müsste mal jemand meinen Traktor abstellen, der Motor dürfte noch laufen.«

»Ich kümmere mich darum und bin gleich zurück. Dann sprechen wir weiter.«

Sie winkte Rita zu sich ran. Sörens Leute hatten die Passagiere gebeten, im Zug zu bleiben, der genau über dem Bahnübergang zum Stehen gekommen war. Inzwischen waren noch weitere Rettungstransportwagen gekommen und der Notarzt versorgte im Zug Reisende, die das Ganze zu sehr mitgenommen hatte.

»Wir müssen auf die andere Seite«, sagte Nina. »Dort steht noch ein Traktor mit laufendem Motor auf der Wiese. Und auch der Wagen des Toten.«

Um keine Spuren in dem Gebüsch zu beseitigen, liefen die beiden Polizistinnen um das Zugende herum und dann wieder bis zur Straße, der sie dann folgten. Da stand tatsächlich der Traktor mit laufendem Motor auf der abgemähten Wiese. Rita lief dort hin, um den Motor abzustellen, während Nina zu dem PKW lief, der am Straßenrand stand. Dunkelblauer Corsa. Sie war wie elektrisiert. Ja, sie erkannte es am Kennzeichen. Es war das zur Fahndung ausgeschriebene Auto des Altenpflegers. Ninas Herz schlug bis zum Hals und das kam nicht vom Laufen. Hatte Wirtz sich gerade umgebracht? Was war dann mit Bert und den anderen beiden Entführten?

Rita hatte inzwischen den Traktor abgestellt und lief im Sprinttempo zu Nina. Auch sie hatte die gleichen Gedanken wie Nina. Kurz nach ihr erreichte sie ebenfalls den Corsa. Nina hatte sich Handschuhe angezogen und machte als Erstes ein paar Fotos mit ihrem Handy, bevor sie einen großen weißen Umschlag, der sich auf dem Beifahrersitz befand, an sich nahm. Darunter lag Berts Dienstwaffe. »An die Kriminalpolizei Wittmund«, stand in Druckschrift darauf geschrieben. Der Umschlag war nicht zugeklebt und Nina zog mehrere DIN-A4-Blätter heraus und begann zu lesen.

Rita las gleich mit. Nachdem Nina die erste Seite gelesen und die anderen nur kurz überflogen hatte, steckte sie die Blätter wieder in den Umschlag und sagte: »Wir müssen sofort nach Caro zum Altenstift.« Dann rannte sie mit Rita los. Den Umschlag nahm sie mit. Bei Sörens Einsatzwagen angekommen, zeigte sie ihm den Inhalt des Umschlages und übergab ihm Berts Waffe. Schon nach kurzem Überfliegen trommelte er einige seiner Leute zusammen: »Ihr folgt Nina zum Altenstift nach Carolinensiel und nehmt gleich mindestens drei RTWs mit.«

***

Schon von unterwegs hatte Nina den Heimleiter des Altenstifts angerufen und ihn kurz über die Situation aufgeklärt. Dann wollte sie wissen, wo sie den Hof seines Freundes finden würden. Er hatte Nina bereits die Adresse und die Wegebeschreibung durchgegeben und versprochen, auch sofort dorthin zu kommen. Ausgerechnet Carolinengroden. Bei Nina kamen die schlimmsten Erinnerungen ihres Lebens hoch. Bei ihr war es der Ostteil gewesen und, welche Ironie des Schicksals, Bert befand sich in einem alten Gulfhof im Westteil.

Sie fuhren noch auf der B461 kurz vor Carolinensiel. Fast auf der Höhe, wo sich dieser Hof nach der Beschreibung befand, aber dazwischen floss die Harle und so mussten sie fast bis zum Ortskern von Caro fahren, bevor sie zum Carolinengroden-Westteil kamen. Nina ging es nicht schnell genug, obwohl Rita mit Blaulicht und Warnsignal so schnell fuhr, wie es die Verkehrssicherheit überhaupt nur zuließ.

Unterwegs hatte Nina inzwischen den ganzen Inhalt der Blätter überflogen. Sie wusste, Bert lebt. Gott sei Dank!

Dann waren sie am Tor angekommen, von dem der Heimleiter sprach. Er hatte es schon aufgeschlossen. Wohl mit einem Ersatzschlüssel, denn den Hauptschlüssel hatte Nina in dem weißen Umschlag gefunden. Wie abgesprochen fuhr er voraus und die Polizei- und Rettungsfahrzeuge folgten ihm.

Es waren noch gut zweihundert Meter bis zu einer kleinen Baum- und Buschgruppe, in deren Mitte ein bestimmt Jahrhunderte altes Bauernhaus stand. Wie hier in der ostfriesischen Landschaft zumeist anzutreffen, waren Scheune, Stallung und Wohntrakt unter einem gemeinsamen Dach untergebracht. Nur, dass hier alles viel kleiner ausfiel als bei den Höfen der neueren Zeit. Aber alles sah sehr gepflegt und anheimelnd aus. Sogar ein kleiner Bauerngarten mit verschiedensten Blumen und Kräutern befand sich neben dem Gebäude. Die Fensterläden waren an allen Fenstern geschlossen.

Kaum dass Rita das Auto abgestellt hatte, war Nina schon draußen. Sie hatte bereits Handschuhe an und auch die obligatorischen Plastik-Überzüge für Tatorte an den Füßen. Dann war sie die Erste, die in das Haus stürzte. Dicht gefolgt von Rita und dem Notarzt. Die Tür war nicht verschlossen gewesen und der Schlüssel steckte von außen.

Noch geblendet vom Sonnenlicht, konnte sie im dunklen Raum zunächst nichts erkennen. Erst als der Kegel ihrer Taschenlampe den Lampenschirm über einem von Stühlen umstandenen Esstisch erfasste, suchte sie neben der Tür nach einem Schalter.

Sie befanden sich in einem Raum, der wohl als Küche, Wohn- und Essraum gedient hatte. Sogar eine offene Feuerstelle war noch vorhanden.

Den drei Helfern, die schon berufsbedingt einiges gewohnt waren, bot sich ein grausiges Bild. Ein Mann war mit silberfarbenem Panzerband an einem Stuhl fixiert. Sogar über die Stirn war der Kopf damit an einem Brett im Rücken des Mannes befestigt. Seine Augen starrten ins Leere. Neben dem Stuhl stand ein Infusionsständer, an dem noch zwei leere Beutel hingen.

Der Arzt fasste an seinen Hals. »Tot, kein Puls mehr«, sagte er. Bis auf die Finger der rechten Hand, an denen die Fingernägel fehlten, waren äußerlich aber keine Verletzungen erkennbar. »Das sieht nach Folter aus. Übel! Sehr übel!«, stellte er dann fest.

Nina hatte sofort realisiert, das war Beckmann. Aber wo war Bert? Sie ging mit Rita, die ihr folgte, durch eine offene Tür in einen Gang. Dort standen ebenfalls zwei Türen offen. Sie leuchtete mit ihrer Taschenlampe in den ersten Raum. Auch da saß ein Mann auf einem Stuhl fixiert. Er war am Leben, doch es war nicht Bert. »Kümmere dich um ihn«, sagte Nina zu Rita, die auch hier gleich den Lichtschalter neben der Tür gefunden hatte.

Nina fand Bert im nächsten Raum. Er lebte und war bei Bewusstsein, war aber in gleicher Weise festgebunden wie Beckmann. Er versuchte zu sprechen, doch es kam nur ein Krächzen heraus. Im Nu hatte Nina das Band um seinen Kopf mit einem Taschenmesser durchschnitten. Dann umarmte und küsste sie ihn.

»Sie bringen ihn ja um.« Mit sanftem Nachdruck zog der Arzt Nina von Bert weg. »Wir kümmern uns um ihn. Machen Sie sich keine Sorgen«, versuchte er sie dann zu beruhigen. Kurz darauf war Bert bereits auf einer Trage in einem RTW nach Wittmund ins Krankenhaus unterwegs.

»So wie es aussieht, ist er zwar ein wenig geschwächt und die Stimmbänder haben etwas gelitten, da der Mund- und Rachenraum völlig ausgetrocknet ist. Aber das wird wieder«, waren die Feststellungen des Arztes nach einer ersten Untersuchung gewesen.

Nina war Profi. Jetzt galt es, ihren Job zu machen, denn schließlich vertrat sie immer noch Bert als Teamleiterin. Eine Verstärkung und ein Abzug von dem Fall waren ihr erspart geblieben. Der Fall war gelöst. Das schriftliche Geständnis von Siegfried Wirtz vor seinem Suizid auf den Bahngleisen erklärte alles. Der Rest am Tatort war Routine für Sörens Leute. Sie bedankte sich beim Leiter des Altenstifts für seine tatkräftige Unterstützung und Kooperation.

Dieser war erschüttert. Er konnte es nicht fassen, wozu sein bester Altenpfleger fähig gewesen war. Nina hatte ihn dann beruhigt. Aus dem Abschiedsbrief wusste sie: Die Bezeichnung Burnout in Beckmanns Vita war eine heftige Untertreibung gewesen. Nicht umsonst war er nach dem erfolglosen Suizidversuch mit seinen Kindern sogar für einige Zeit in der geschlossenen Abteilung einer psychiatrischen Klinik untergebracht und in Behandlung gewesen.

Nina hatte sich mit Sören im Kommissariat verabredet. Sie wollten gemeinsam den Abschiedsbrief des Mörders und Peinigers von Helge Beckmann durchgehen und auswerten.

19. Kapitel

Nina hatte inzwischen ihr Stammteam, Rita, Silke und Bernd, am achteckigen Besprechungstisch zusammengerufen. Auch Sören war wieder zurück und dazugekommen. Silke hatte für Kaffee gesorgt. Nina war der Meinung gewesen, den würden sie dafür brauchen.

»Ich lese euch den Brief erst einmal vor. Diskutieren können wir das danach. Übrigens ist das erste Blatt handschriftlich und wahrscheinlich erst kurz vor seinem Suizid entstanden. Die mit Maschine geschriebenen Seiten hat er wohl schon vor einiger Zeit verfasst.« Dann begann sie zu lesen:

Liebe Kriminalpolizei!

Damit Sie Ihren Polizeikollegen schnell finden und befreien können, hier ein paar hilfreiche Hinweise:

Wenden Sie sich an meinen Chef, den Heimleiter des Altenstifts Jungbrunnen in Carolinensiel. Sagen Sie ihm, Ihr Kollege wäre auf dem Hof seines Freundes in Carolinengroden-Westteil. Dann weiß er, wo das ist.

Allerdings hat er keine Ahnung davon, was sich dort abgespielt hat, und daher auch nichts mit der Sache zu tun, wie Sie gleich noch lesen werden. Er verfügt aber über einen Schlüssel zum Objekt und kann Sie hinführen. Es tut mir leid, dass er auf diese Weise quasi mit hineingezogen wird. Auch Ihrem Kollegen hätte ich das gerne erspart, aber er hat mir leider keine Wahl gelassen.

An dieser Stelle unterbrach Nina mit dem Hinweis: »Hier endet der handschriftliche Teil seines Briefes.«
Dann fuhr sie fort:

Liebe Kriminalpolizei!

Ich weiß ganz genau, was ich getan habe. Denn was ich getan habe, habe ich bewusst, mit voller Absicht und vorheriger reiflicher Überlegung und in voller Übereinstimmung mit den Weisungen von ganz oben getan. Und ich muss sagen, jeder Schmerzensschrei „dieses Mannes" (für mich hat der keinen Namen) war für mich und meine Weisungsgeber, die nicht mehr von dieser Welt sind, eine Genugtuung.

„Dieser Mann" hat sich – offensichtlich durch die Machtbefugnisse der Finanzbehörde – gottgleich gesehen. So durfte er schon mal einen Geschmack davon bekommen, was ihn im Jenseits erwartet. Als der Vollzieher durfte ich „ihm" zeigen, welch ein jämmerlicher Mensch (im wahrsten Sinne des Wortes) „er" eigentlich ist.

Wenn mir jemand vor etwa fünf Jahren gesagt hätte, dass ich mich eines Tages zu einem solchen Sadisten entwickeln würde, hätte ich den für verrückt erklärt. Ich war ein liebender und treusorgender Ehemann und Familienvater, der seinen damals 8-jährigen Sohn Tim und seine 6-jährige Tochter Lea über alles geliebt hat. Für meine Mitarbeiter war ich ein fairer und fürsorglicher Chef. Aber was kann staatliche Machtausübung alles bewirken, insbesondere wenn der sogenannte Ermessensspielraum angewandt wird!

Die Erfahrungen in Deutschland im Dritten Reich mit seinem damals staatlich legitimierten Machtmissbrauch, der in der Endkonsequenz in den Konzentrationslagern Millionen von Menschenleben gekostet hat, waren den Vätern unseres Grundgesetzes so wichtig, dass sie diesen Satz in Artikel 1 im Absatz (1) niedergeschrieben und festgelegt haben: „Die Würde des Menschen ist unantastbar. Sie zu achten und zu schützen ist Verpflichtung aller staatlichen Gewalt."

„Dieser Mann" und sein Vorgesetzter in Frankfurt haben sicher nicht nur in meinen Augen diese staatliche Gewalt missbraucht! Mit für mich, meine Familie und meinen Compagnon

entsetzlichen (wenn ich an meine armen Kinder denke, die ohne Elternliebe aufwachsen müssen) und tödlichen (wenn ich an meine über alles geliebte Frau, meinen Partner und mich denke) Konsequenzen.

Dem Kollegen „des Mannes" mag es zur Besinnung dienen. Er hat überlebt, weil ich seinen Kindern, die für ihn gebetet haben, nicht dasselbe antun wollte, wie es meinen Kindern angetan wurde.

Der Polizist wollte mich leider daran hindern (ich verstehe, es war sein Job), meinen Auftrag aus dem Jenseits auszuführen. Das durfte ich nicht zulassen. Aber auch für ihn wurden Gebete nach oben geschickt und erhört.

Ich erwarte keine irdische Absolution, auch wenn die nachfolgende Erklärung dies einzufordern scheint. Dieser Brief ist für meine Kinder bei einem Notar hinterlegt, damit sie eines Tages wissen, warum ihr Vater zu einem solchen sadistischen Monster geworden ist.

Aber von Anfang an:

Eigentlich hatte ich nach dem Abitur Medizin studieren wollen. Leider scheiterte ich wie viele am Numerus clausus. Daher habe ich zunächst eine Ausbildung als Krankenpfleger abgeschlossen und mir damit später das Geld für das Medizinstudium verdient, welches ich dann verspätet doch noch beginnen konnte.

Ein Freund von mir hatte inzwischen ein Ingenieursstudium abgeschlossen und eine kleine Erbschaft gemacht. Ich erzählte ihm von den Belastungen für Dialysepatienten, die zusätzlich durch die ständigen Fahrten in die klinische Ambulanz verursacht wurden. Ich will jetzt hier nicht mit wissenschaftlichen Details aufwarten. Nur so viel sei gesagt, wir entwickelten ein System zur Optimierung der Dialyse zu Hause.

Haken war allerdings, dass die Entwicklung und Patentierung bereits so viel Geld verschlungen hatten, dass für teure Werbemaßnahmen kein ausreichendes Budget mehr verfügbar war.

Da kam uns ein Freund zu Hilfe, der sich als Marketingberater selbständig gemacht hatte. Innerhalb von drei Jahren haben wir es dann geschafft, die Firma in die Gewinnzone zu bringen, mit stetig steigenden Umsätzen und Gewinnen. Da mein Freund nicht nur Werbung über die sozialen Netzwerke für uns machte, sondern auch einen kleinen Vertrieb bei uns aufbaute, hatte er einen Büro- und Schulungsraum in unserer Firma. Nebenbei machte er noch den einen oder anderen Auftrag für externe Auftraggeber. Er sagte, das müsse sein, damit ihm und mir nicht eines Tages vom Finanzamt eine Scheinselbständigkeit unterstellt werden könne.

Nach fünf Jahren kündigte sich „der Mann" zu einer betrieblichen Außenprüfung an. Die Zahlen, Daten, Fakten hatte er bereits bei meinem Steuerberater überprüft. Für ihn stand von vornherein fest, dass es sich bei der Tätigkeit meines Freundes bei mir um eine Scheinselbständigkeit handelte, da er in meiner Firma einen Büro- und Schulungsraum nutzte. Wobei er unterstellte, dass es meinem Freund und mir nur darum ging, Lohnsteuer und Sozialabgaben zu sparen.

Unser Steuerberater hatte das die ganzen fünf Jahre allerdings anders gesehen.

„Der Mann" und sein Vorgesetzter ließen keine Argumente und Rechnungsbelege anderer Auftraggeber meines Freundes gelten. Mein Steuerberater sagte, der habe sich von vornherein bereits festgelegt, uns hier einen reinwürgen zu wollen, wie er das ausdrückte. Also kam der Bescheid mit hoher Steuernachzahlung und Nachentrichtung der gesamten Sozialabgaben für fünf Jahre.

Für mich, meinen Partner und unsere Firma war das das Ende. Der Schnäppchenpreis, für den unser Unternehmen unter den Hammer ging, deckte natürlich nicht annähernd unsere Verbindlichkeiten bei den Banken, einschließlich der zu leistenden Zahlungen an das Finanzamt und die Sozialkassen.

Uns warfen „dieser Mann" und sein Vorgesetzter vor, den Staat und damit die Allgemeinheit sowie auch die Solidargemeinschaft der Sozialsysteme betrogen zu haben.

Der Rest ist schnell erzählt. Mein Compagnon nahm sich das Leben. Meine geliebte Frau, die mich immer liebevoll Sogi nannte, die Mutter unserer lieben Kinder, auch. Ich wollte ihr mit unseren Kindern folgen und diese nicht allein zurücklassen, wie es die letzte Nachricht meiner lieben Frau an mich vorsah. Einen Versuch, mich mit den Kindern, die ich mit Schlafmittel ruhiggestellt hatte, im Auto in der Garage umzubringen, hat eine Nachbarin verhindert, die nachts den laufenden Motor in der Garage gehört hat. Für mich endete der missglückte Versuch in der psychiatrischen Klinik. Für meine Kinder in getrennten Pflegefamilien.

Bereits in der Klinik hatte ich immer wieder versucht, meiner geliebten Frau zu folgen. Es endete jedes Mal in der Zwangsjacke und der Gummizelle. In dieser Zeit entstand eine feste Brücke in das Jenseits. Mein Auftrag wurde immer klarer. Ich hatte etwas zu vollziehen, bevor auch ich mich von dem Diesseits verabschieden durfte. Ich lernte zu kooperieren. Schließlich durfte ich mich auch wieder frei bewegen.

Auch von höherer Fügung beeinflusst, hatte mein Steuerberater und Anwalt, endlich nach über drei Jahren, beim Finanzgericht Erfolg. Das Urteil habe ich beigefügt – Konsequenzen für den Verursacher? Keine! Ich erhielt mein Geld zurück. Aber was nützte das noch? Es war alles zerstört! Aber es erleichterte mir die Erfüllung meines Auftrages aus dem Jenseits.

Über einen beauftragten Privatdetektiv erfuhr ich dann, dass „der Mann" einen Posten in Wittmund sogar mit Beförderung erhalten hatte. Diesmal also auch noch als Vorgesetzter. Ich konnte mir vorstellen, was das für manchen Steuerpflichtigen bedeuten würde. So suchte ich mir hier eine Arbeit und mietete mir eine kleine Wohnung. Die Lehre aus der Klinik hatte ich verstanden: Kooperation und Anpassung!

Und dann kamen weitere Fügungen von oben hinzu und zeigten mir den Weg auf, den ich zu gehen hatte. Der Freund meines Chefs hier im Altenstift erkrankte schwer in seinem Feriendomizil Mallorca. Der Rentner, der seine Pferdchen und das Grundstück in seiner Abwesenheit betreute, erlitt einen Schlaganfall und kam in die Altenpflege bei uns im Haus in Carolinensiel. Da ich inzwischen das absolute Vertrauen meines Chefs erringen konnte, übertrug er mir die Obhut für die Ponys und das Objekt in Carolinensiel.

Alles andere ergab sich dann völlig von selbst. Für Futtertransporte und Ähnliches gehörte ein alter Ford Transit zum Objekt. Damit waren auch Menschen- und andere Transporte, wie zum Beispiel die der Toilettenstühle, kein Problem.

Um den Nachlass für meine Kinder wird sich der Notar kümmern, bei dem auch dieser Brief hinterlegt ist. Er wird sich mit ihnen in Verbindung setzen, sobald er Kenntnis von meinem Ableben erhält.

Ich bin mir darüber im Klaren, dass ich im irdischen Sinne schwere Schuld auf mich geladen habe. Aber gibt es eine schlimmere Strafe als den Entzug des Lebens? Mein Todesurteil ist auch Bestandteil der Weisungen von oben. Was mich dort erwarten wird, wenn ich vor dem anderen Richter stehen werde, war leider nicht Bestandteil der Offenbarungen.
In diesem Sinne leben Sie wohl
Ihr Siegfried Wirtz

Betretenes Schweigen. Dann ergriff Sören das Wort: »Bei aller Sorge um meinen Freund Bert. Aber das muss ich erst einmal verdauen.«

Auch Nina war die Ergriffenheit anzumerken, als sie sich outete, ohne sich dafür zu schämen: »Ich frage mich, woher hat der gewusst, dass ich gebetet habe?«

»Mir tun nur die Kinder leid. Was wird nur aus denen?« Silke standen die Tränen in den Augen.

Selbst den beiden Schlagfertigen im Team, Rita und Bernd, schien es die Sprache verschlagen zu haben. Schließlich sagte Rita: »Bei allem Mitleid für die Toten und vor allem auch für seine Kinder. Das, was er getan hat, ist ein Verbrechen!«

»Dafür hat er sich ja quasi selbst gerichtet«, ergänzte Bernd.

Nina, die sich inzwischen gefangen hatte, gab dann fast schon so etwas wie ein Plädoyer ab: »Eines dürfen wir auf keinen Fall außer Acht lassen. Wirtz selbst zitiert hier das Grundgesetz Artikel 1 und die Würde des Menschen. Dabei vergisst er aber, dass das Grundgesetz keinen Unterschied macht. Weder nach Staatszugehörigkeit, Rasse, Hautfarbe, Religion noch in Bezug auf Straffälligkeit und Amtsmissbrauch. Also, auch die Würde eines im Sinne des Gesetzes Gestrauchelten ist unantastbar! Und auch Staatsbeamte sind dann in diesem Sinne geschützt, wenn sie ihren Ermessensspielraum missbrauchen. Und das gilt selbst für ihn als Mörder, legitimiert aber keine Selbstjustiz, auch wenn er meint, sich dabei auf höhere Mächte berufen zu können. Aber darüber wird – wie er selbst ja schon sagt – ein anderer Richter zu entscheiden haben. Unser Job im Diesseits ist und bleibt, zu dem Schutz im Sinne unseres Grundgesetzes beizutragen.«

»Dem gibt es nichts mehr hinzuzufügen«, schloss sich Sören an.

»Für heute ist Feierabend«, ordnete Nina an. »Ich will jetzt gleich mit Sören noch einen Besuch bei Bert im Krankenhaus machen. Ich denke, ihr habt Verständnis dafür, dass wir ihm dort heute noch nicht in der vollen Besetzung auf die Bude rücken können.« Dann machte sie sich mit Sören auf den Weg.

ENDE

Liebe Leserin, lieber Leser,

es freut mich sehr, dass mein Ostfrieslandkrimi »Kluntjesmord in Carolinensiel« Ihr geschätztes Interesse gefunden hat. Noch mehr würde es mich natürlich freuen, wenn Sie durch die Lektüre meines Buches durchgehend eine spannende Unterhaltung gefunden haben.

Dann wäre ich Ihnen für eine Rezension oder eine Rückmeldung per E-Mail (rolf-uliczka@ewetel.net) sehr dankbar. Auch konstruktive Kritik ist sehr hilfreich, damit habe ich die Möglichkeit, weiter an mir als Autor zu arbeiten. Da Amazon Sie automatisch zur Abgabe einer Rezension auffordern wird, ist das auch dort für Sie ganz einfach. Sie brauchen nur den Links zu folgen.

An dieser Stelle schon meinen herzlichsten Dank. Denn was für den Künstler auf der Bühne der Applaus ist, das ist für den Autor eine positive Rezension.

Sollten Sie sich für weitere Fälle des Ermittlerteams Bert Linnig und Nina Jürgens interessieren, dann finden Sie diese unter www.rolf-uliczka.de oder auf meiner Facebook-Fanpage: www.facebook.com/Rolf-Uliczka-753214611363796 oder unter meinem Autorennamen beim Klarant Verlag: www.klarant-verlag.de und auf www.ostfrieslandkrimi.de.

Herzliche Grüße
Ihr Rolf Uliczka

Danksagung

Einen ganz besonderen Dank möchte ich an meine liebe Frau richten, die mich wieder mit viel Geduld und konstruktiver Kritik beim Schreiben begleitet hat.

Ostfrieslandkrimi-Empfehlungen des Klarant Verlages

In der Reihe »**Bert Linnig und Nina Jürgens ermitteln**« von Rolf Uliczka sind bereits folgende spannende Ostfrieslandkrimis als Taschenbuch und eBook erschienen:

»Hafenmord in Carolinensiel«, Band 1
Taschenbuch ISBN: 978-3-95573-798-6
eBook ISBN: 978-3-95573-799-3

Ein Mord versetzt das ostfriesische Fischerdorf Carolinensiel in helle Aufregung. Im idyllischen Museumshafen schwimmt eine männliche Leiche erschlagen im Wasser. Bei dem Toten handelt es sich ausgerechnet um Torsten Oltmann, den beliebten Jugendtrainer des lokalen Fußballvereins. Die Kommissare Bert Linnig und Nina Jürgens von der Polizei Wittmund nehmen die Ermittlungen auf, und schnell mehren sich die Hinweise auf eine Affäre zwischen dem Fußballtrainer und Katja Schmitz, der attraktiven Mutter eines seiner Schützlinge. In den Fokus gerät Katjas Mann Gerd Schmitz, der sich immer mehr in Widersprüche verstrickt. Ein klassischer Mord aus Eifersucht? Doch je tiefer die Ermittler graben, desto mehr Verdächtige kommen ins Spiel. Sogar der Jogger, der den Toten angeblich zufällig entdeckt hat, scheint eine offene Rechnung mit ihm gehabt zu haben. War die Meldung des Leichenfunds nur ein perfider Weg, um von sich selbst abzulenken?

»Serienmord in Neuharlingersiel«, Band 2
Taschenbuch ISBN: 978-3-95573-800-6
eBook ISBN: 978-3-95573-801-3

»Bauernmord in Bensersiel«, Band 3
Taschenbuch ISBN: 978-3-95573-802-0
eBook ISBN: 978-3-95573-803-7

»Wattmord in Carolinensiel«, Band 4
Taschenbuch ISBN: 978-3-95573-804-4
eBook ISBN: 978-3-95573-805-1

»Sektenmord in Neuharlingersiel«, Band 5
Taschenbuch ISBN: 978-3-95573-866-2
eBook ISBN: 978-3-95573-867-9

»Campermord in Bensersiel«, Band 6
Taschenbuch ISBN: 978-3-95573-922-5
eBook ISBN: 978-3-95573-923-2

»Kluntjesmord in Carolinensiel«, Band 7
Taschenbuch ISBN: 978-3-95573-950-8
eBook ISBN: 978-3-95573-951-5

Klarant Verlag

Lernen Sie die Ostfrieslandkrimi-Titel des Klarant Verlages kennen und besuchen Sie uns im Internet unter:

www.ostfrieslandkrimi.de

und

www.klarant.de

Sie können dort Näheres über unsere Autoren erfahren, viele weitere interessante Bücher und eBooks finden und Leseproben herunterladen. Mit dem kostenlosen Newsletter auf

www.ostfrieslandkrimi-lesen.de

erhalten Sie aktuelle Informationen rund um das Verlagsprogramm, wie beispielsweise spannende Neuerscheinungen und Gewinnspiele.